O PORTAL

Viagem real ao segredo do Graal

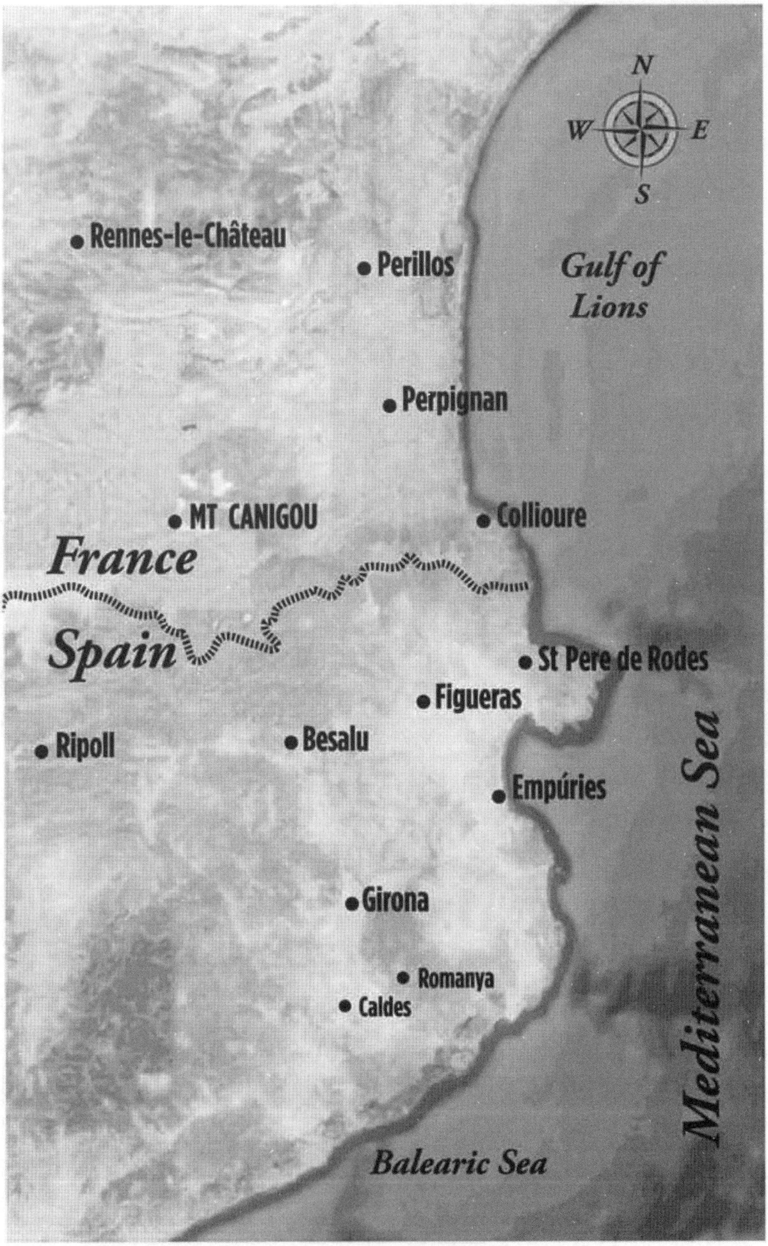
N
W
E
S
Rennes-le-Château
Perillos
Gulf of Lions
Perpignan
MT CANIGOU
Collioure
France
Spain
St Pere de Rodes
Figueras
Ripoll
Besalu
Empúries
Mediterranean Sea
Girona
Romanya
Caldes
Balearic Sea

PATRICE CHAPLIN

O PORTAL

VIAGEM REAL AO SEGREDO DO GRAAL

TRADUÇÃO
BARANY EDITORA

Barany

Publicado no Brasil conforme acordo com Quest Books, Theosophical Publishing House

Título original: *The Portal – An initiate's journey into the secret of Rennes-le-Château*

Direção editorial: Júlia Bárány
Preparação: Barany Editora
Revisão: Barany Editora
Capa: Lumiar Design
Diagramação: SGuerra Design

Dados Internacionais de Catalogação na Publicação (CIP)
(Elaboração: Aglaé de Lima Fierli, CRB-9/412)

C431p Chaplin, Patrice, 1940 -
O portal: viagem real ao segredo do Graal / Patrice Chaplin. --São Paulo: Barany, 2013. 352p. : il. pb; 16 x 23 cm.

Título original inglês: The Portal - An Initiate´s Journey into the Secret of Rennes-le-Château
ISBN: 978-85-61080-40-2

1. Biografia espiritual – Memórias - Europa. 2. Viagem iniciática. 3. Peregrinos e peregrinações - Rennes-le-Château. 4. Graal – Sociedade secreta. 5. Igreja Santa Maria Madalena (Girona) - Espanha. 6. I. Título.

CDD 924.092

ÍNDICE PARA CATÁLOGO SISTEMÁTICO

Biografia espiritual : Memórias : Europa 924.092
Viagem iniciática : Girona : Espanha 914.671
Peregrinos e peregrinações : Europa 263.0424
Igreja Santa Madalena : Girona : Espanha 274.671
Sociedade secreta : Graal 296.493

São Paulo - SP - Brasil
contato@baranyeditora.com.br
www.baranyeditora.com.br

Dedicado a Lluís de L'Arc.

Monte Canigou:

Quão alto seu platô! Quão esplêndidas suas vestes!
O amanhecer traz a prata, o sol, seu ouro mais puro
Para manter sua coroa real eternamente nova.
Estrelas beijam sua fronte, e deixam-se ficar como pedras preciosas.
E, às vezes, dizem, ao viajar pelas estrelas
Os Serafins pausam para descansar

– Jacint Verdaguer

Canto do Amante:

Quando você ainda não era você
Nem eu ainda era eu,
Você se lembra, Querida?
E os sinos tocavam em seu cabelo
E o sangue cantava em suas veias –
Seu sorriso igual ao de um anjo
De outra época.

– José Tarres

ÍNDICE

LISTA DE ILUSTRAÇÕES

AGRADECIMENTOS

A autora deseja agradecer a Senhora Marta Andras, Tove Frisvold, Ingerborg Zander, Señor Jaume Vialles, e Josep Tarres.

Figura 1.1. A torre de Rennes-le-Château no sul da França, construída pelo Abade Bérenger Saunière, na década de 1890

CAPÍTULO 1

O padre pobre de uma igreja decadente num vilarejo pouco conhecido no distrito de Aude ao sul da França mal conseguia ganhar a vida. Seus livros contábeis mostravam uma existência precária. Então, certa manhã, inexplicavelmente, ele se tornou fabulosamente rico. O ano era 1891 e ele tinha trinta e oito anos.

Como conseguiu o dinheiro? O que havia feito? A resposta a essas perguntas tem sido um mistério desde então e, nas últimas três décadas, fonte de contínua especulação, produzindo livros, documentários na TV, e a base para um romance e filme de Dan Brown, *O Código Da Vinci*.

O padre, Bérenger Saunière, nasceu em 1852 em Montazels, um pequeno vilarejo ao sul da cidade medieval de Carcassonne, na França. Como era costume nas grandes famílias naquele tempo, ele entrou para a Igreja. Ambicioso e inteligente, parecia destinado a uma promissora carreira clerical, mas depois de um curto período no seminário em Narbonne, foi designado à decadente paróquia de Rennes-le-Château. Mediante a doação de um membro da dinastia dos Habsburg, Saunière começou a consertar e restaurar sua igreja. Em 1891, durante a remoção das colunas do altar, ele descobriu quatro pergaminhos, dois com mensagens codificadas. Estes pareciam ser a fonte de sua riqueza.

Imediatamente levou os pergaminhos à Igreja de São Sulpício em Paris e, enquanto estes estavam sendo examinados, foi apresentado a sociedades esotéricas e secretas. Foi aí que começou seu envolvimento com um mistério profano e ainda não resolvido?

Quando de seu retorno de Paris, Saunière continuou a restauração da igreja, descobrindo emblemas Templários, ouro e pedras rituais. Existe uma série de teorias de que sua grande e contínua riqueza resultou de diversas alquimias, chantagem ao Vaticano, ou a obtenção da prova de que Jesus e Madalena geraram um filho, iniciando assim a linhagem divina que continuou na França. Especulou-se também que os Habsburgos fossem os financiadores do padre.

Saunière restaurou a igreja de um modo que provocou curiosidade e choque. Construiu a Villa Bethânia, uma casa considerável no estilo renascentista, e a Torre Magdala, uma torre neogótica de frente para o sudeste da Espanha. Criou um parque, um zoológico, um pomar; apresentou espetáculos prodigiosos e planejou uma estrada pavimentada para Couiza, o vilarejo vizinho. Viveu uma vida extravagante e suntuosa. Saunière, um padre do interior, encontrou-se com intelectuais e celebridades que normalmente não teriam cruzado seu caminho: Mallarmé, Maeterlinck, Debussy. Tais celebridades se tornaram visitantes do seu lar em Rennes-le-Château, e dizia-se que ele tinha uma ligação com a cantora de ópera Emma Calvé, a Maria Callas da época.

O arquiduque Johann Von Habsburg interessou-se pela restauração de Saunière, e os dois homens abriram contas bancárias com números consecutivos. A empregada do sacerdote vestia-se com o que havia de última moda parisiense e era chamada de "Madonna" pelos aldeões.

Ao que tudo indica, Saunière gostava de coisas grandiosas e pessoas importantes. Então, por que ele ficou estagnado? Teria sido porque não *podia* partir? Foi o medo que o manteve na paróquia decadente? Ele e sua empregada morreram sem deixar qualquer explicação da fonte de sua riqueza; porém, mais de uma vez me disseram que seus financiadores lhe pagavam muito bem para fazer o que quisesse, e que

Figura 1.2 O Abade Bérenger Saunière

exigiam que ele permanecesse na igreja e trabalhasse de acordo com o que precisassem.

Saunière fez viagens curtas de alguns dias por vez, mas para onde e para quê? A Paris? Ou às proximidades de Carcassonne? Os paroquianos diziam que ele cruzava a fronteira rumo ao nordeste da Espanha. Muitos anos depois, eu soube que ele ia para a antiga cidade de Girona. Este lugar pré-romano, a quarenta milhas da Costa Brava, possui um vasto bairro antigo, banhos árabes e igrejas monumentais. Sua catedral predominantemente gótica, que se acredita ter começado como um simples templo pagão, apresenta uma nave central desproporcionalmente grande, e o fato de que a construção ainda esteja em pé é considerado um milagre.

Sinos tocam através da floresta de pedra que é Girona, a cada quinze minutos, dia e noite. A parte antiga sobrevive – gloriosamente, com becos pavimentados, escadas desmoronadas, e arcadas profundas levando a pátios inesperados – tudo em pedra, estilo

Figura 1.3 O bairro antigo de Girona

medieval ou pré-romano, com partes da muralha original da cidade ainda em pé num aglomerado de pedras de quatrocentos anos de idade. As construções, enormes contrafortes da perícia romana, quase se juntam ao longo das ruas, deixando apenas uma nesga do céu brilhante. As pedras fazem a cidade ecoar e ampliam todos os sons. Apenas os sinos estão livres, pois soam alto sobre a velha cidade. Girona mantém sua atmosfera e garante que o passado esteja sempre lá, sólido, invicto ao decaimento. Era a essa cidade que vinha o padre francês.

Ninguém sabia o propósito das visitas de Saunière na década de 1890, e ainda não se saberia hoje, não fosse um fato inimaginável, inaceitável e ainda assim inevitável – as pessoas envelhecem e morrem. Diante da morte, os guardiões do material escondido em Girona, que possuíam aquilo que o padre fora procurar, precisavam de resultados conclusivos. O que parecera benéfico em sua juventude e os unia na maturidade, tornou-se outra coisa completamente diferente à medida que eles se tornavam mais teimosos e desesperados diante da sombra da morte.

Havia discórdias. Segredos vazavam um pouco. De repente, estrangeiros, muitos, pareciam saber alguma coisa. Isso foi no verão de 2003.

Na antiguidade, antes de os romanos chegarem, Girona fora um centro de comércio ibérico. Os ibéricos, primeiros habitantes conhecidos da região, viveram na aldeia catalã de Ullastret pelo menos cinco mil anos atrás. Os fenícios se estabeleceram na província de Girona, deixando artefatos e pedras sacrificiais. Os gregos deixaram um assentamento no litoral: Empuriés, tradução espanhola para a palavra grega Emporion, com fileiras de figuras esculpidas ainda existentes, um tanto degradadas, olhando para o mar.

Figura 1.4 Em Girona, as próprias pedras guardam segredos

Ao longo desta costa, muitas aldeias têm nomes de influência grega. Os romanos construíram uma grande parte do que atualmente é o bairro antigo de Girona. Carlos Magno entrou na cidade e deixou sua influência, assim como Napoleão III. Girona venceu a disputa com os mouros, mas perdeu contra Franco e a Guerra Civil na década de 1930. Cada invasor deixou alguma marca.

Talvez porque tantos cultos e religiões florescessem em Girona, nenhum deles seja lembrado de modo excepcional. O único sinal visível do que foi tão importante lá e depois completamente esquecido são as pedras. Achados históricos ocorrem com frequência, dando indícios de civilizações ainda mais antigas do que os historiadores locais poderiam ter previsto; e hoje Girona celebra este passado com festas, lendas, rituais e teatro.

Situada entre a fronteira da França e da capital catalã Barcelona, Girona sempre foi uma cidade de passagem. Viajantes anônimos deixaram poucos vestígios, fazendo dela um bom lugar para esconder o que nunca deveria ser mostrado.

Quando pisei pela primeira vez em Girona, na década de 1950, soube que lá era onde eu deveria estar. Eu tinha quinze anos, era uma boêmia, viajando de carona pela Europa com meu amigo Beryl. Nós viajávamos para o sul, pegando as estradas à medida que elas apareciam, não fugindo de nada e sim indo em direção à liberdade. Nós queríamos ser ciganos. Na noite em que entramos na cidade, os artesãos locais acendiam fogueiras na beira do bairro antigo, o céu era violeta, salpicado de enormes estrelas planas. O sol se punha por trás da última ponte num esplendor de fúria escarlate. As ruas estreitas estavam cheias de música, perfume, cheiro de fumaça de lenha. Os sinos da igreja repicaram como em celebração e então as luzes da cidade se acenderam – centenas de olhos amarelos. Foi uma verdadeira recepção cordial.

Dizia-se que as pedras de Girona tinham um magnetismo que fazia algumas pessoas voltarem muitas vezes. Carcassonne, antiga cidade fortificada na antiga província de Languedoc, possuía a mesma lenda, e eu soube que se relacionava às linhas *Ley*. Em certos pontos, por toda Terra, a energia se acumula e cria uma atração, uma pulsação, e nesses lugares acontecem coisas incomuns e místicas. Em Girona, em certos dias, dependendo do vento, até o ar ficava carregado, produzindo uma exaltação instantânea. Como eu disse em *City of Secrets* (Cidade dos Segredos), o visitante era seduzido e transformado em uma pessoa diferente, num amante da cidade, porque isso é o que a cidade queria. Depositava seu coração nas ruas estreitas como um recém-nascido em sacrifício. A cidade aprovava amplamente as ofertas. Um estrangeiro nunca poderia ser parte dela realmente. Era uma questão relativa às pedras, não aos habitantes. As pedras detinham o poder.

O espírito da cidade era o que importava. Ele devia aprovar você; senão você passaria por aquele bairro antigo e este nada lhe mostraria. Acredito que o espírito de Girona realmente me aprovou como eu era naquela época. Claro que ele não queria me deixar partir; o amor de uma cidade não morre. Na época, um otimismo adorável dos anos cinquenta prevalecia e nenhum regime político – nem mesmo o de Franco tiranizando a Espanha – conseguia suprimir isso. A cidade era tocada por sonhos, sonhos de outros séculos, que apareciam em lendas e eram transmitidos em poesia, canções e mesmo no grito dos pássaros.

No dia em que entrei pela primeira vez em Girona, quando tinha quinze anos, eu me lembro de estar em pé ao lado do rio que serpenteava pelo centro da cidade, sabendo que, se cruzasse a ponte de ferro tilintante construída por Eiffel e pisasse na outra margem, estaria numa terra inimaginável, e transformada para sempre.

O pensamento foi providencial. A primeira pessoa que vi do outro lado da ponte foi José Tarres. Todos os rádios estavam tocando uma assombrosa canção espanhola que pensei ser um flamenco demolidor. (Na verdade era uma música de publicidade para o chocolate Torres). A música era cheia de melancolia e desejo que a Espanha

Figura 1.5. José Tarres, década de 1950

evoca, e pensei que anunciava o início de uma paixão enorme, mortal até. Como eu estava certa...

Conforme o tempo passava, eu não podia saber que meus sentimentos insuperáveis por este homem e esta cidade ecoavam os de outra mulher de meio século antes. Uma francesa, seu nome era Maria Tourdes, e havia sido amante de Bérenger Saunière, padre de Rennes-le-Château. Ela era, certamente, uma das razões de suas frequentes visitas a Girona, embora ele também tivesse outras. Acho que Beryl e eu, quando andamos pela primeira vez por aquelas ruas antigas, naquela esplendida noite, sentimos um pouco da marca desse plano secreto, embora, claro, não pudéssemos captar nada da sua forma externa e reconhecível, nem colocar nada daquilo em palavras.

José Tarres – poeta carismático, defensor de sua província catalã contra a violação da ditadura de Franco, guardião dos antigos costumes que sobreviveram através dos séculos – celebrava sua cidade natal com festas, danças e palavras, tornando Girona viva e diferente de qualquer outra região da Espanha. Essa era a parte que eu conhecia. Ele mesmo era diferente de qualquer pessoa que eu já houvesse conhecido. Ao longo do último meio século, isso não se alterou.

Beryl e eu ficamos no pequeno hotel, administrado pela família, que pertencia a José, o *Residencia Internacional*, atrás do Ramblas. Era o coração do bairro antigo e base para a considerável resistência contra o regime de Franco operando a partir de Madri. Os hóspedes que passavam pelo hotel, indo da França para Barcelona ou em férias na então intocada Costa Brava, eram sofisticados e prósperos. Outros ficavam permanentemente em pensão completa e tinham trabalho ou negócios na região. Artistas locais também faziam do *Residencia Internacional* seu lar. Danças eram realizadas todo sábado à noite no piso térreo com música ao vivo de um cantor de tangos. O hotel, imerso na esfera social, dava a sensação de ser bem cuidado e mostrava como vantagem sua identidade fornecida por José que sempre trazia sua essência onde quer que estivesse. Jean Cocteau ficou no hotel enquanto fazia um filme curto sobre um poeta apaixonado por uma garota local cujo sapato perdido, em suas mãos, se tornava uma rosa. Umberto Eco ficou num quarto atrás do bar.

Entendi José completa e totalmente a partir do primeiro olhar e senti que toda a minha vida até então havia sido simplesmente um tempo de espera. Ao longo dos anos percebi que ele amava sua cidade mais do que poderia amar uma mulher ou, na verdade a si mesmo. Se necessário, ele a teria protegido com sua vida. A história catalã foi marcada por figuras carismáticas que, portando o segredo das pedras da cidade, a valorizavam e defendiam. Eram produto do solo e dos mitos e religiões que haviam florescido lá.

Após jantar no Chez Beatrice (um pequeno restaurante dirigido por duas irmãs) por quarenta pesetas, José e eu andávamos pelo beco no bairro antigo fervilhando de gatos vadios, sem nunca nos cansarmos da forte silhueta da cidade com a catedral, a igreja de São

Felix e, estranhamente, uma casa comum com uma torre neogótica bastante grande que se sobressaía incongruentemente entre os edifícios antigos. José disse que ela pertencia a uma francesa e não quis dizer nada mais.

Cocteau fez seu filme em volta daquela casa com a torre. A francesa, Maria Tourdes, vivera ali aparentemente sozinha desde a década de 1890. O jardim era enorme e traiçoeiro com buracos e astutas ervas daninhas. As paredes circundantes, algumas fazendo parte da antiga muralha da cidade, estavam quebradas e degraus subindo dentro desta formação forneciam outra entrada para a casa. Uma enorme palmeira real dava uma sombra maravilhosa e profunda pela qual agradecemos, seus galhos parecendo cobrir o jardim. A torre, de meros cem anos de idade, foi anexada ao lado da residência, de frente para a montanha sagrada dos catalães – Monte Canigou. A casa, muito mais antiga, foi construída atrás da catedral, de onde a música do órgão enchia os cômodos, abalava as janelas. O jardim, conhecido como o Cemitério Negro, fora uma necrópole para padres.

– Oh, essa casa era esplêndida –, disse o tio de José, organista da catedral. – Aqui havia um jardim maravilhoso, o assunto de Girona na época. A casa foi feita no estilo parisiense. Eles tinham uma carruagem e diversões. Debussy veio aqui –. Ele apontou para um letreiro sobre a entrada do jardim: Casa dos Cônegos. – O clero sempre viveu aqui. A francesa foi a primeira dona secular desta casa.

Na época da minha visita, Cocteau estava arrumando escadas para entrar na torre e me selecionou para o papel da garota que o poeta amava, mas eu acho que ele não queria fazer o filme realmente. Queria era entrar naquela casa. Ele mencionou "a sociedade", e me pareceu que José queria que ele se calasse sobre o assunto. Após as visitas de Cocteau, eu costumava subir para o que achava que fosse um jardim abandonado, e quando José descobriu, disse que eu nunca deveria ir lá. Perguntei por quê. – Porque é um lugar amaldiçoado – foi só o que ele disse.

Figura 1.6. Patrice, selecionada por Cocteau
para o papel da garota que o poeta amava

Naquele tempo, nos anos cinquenta, José dava brilho à vida; ele atraía as pessoas e tinha o poder de transformá-las. Certamente me transformou. Mas subitamente desaparecia por horas, dias, sem explicação. Eu soube pelo cozinheiro do hotel que ele se envolvera num grupo político. Quando a polícia cinza – os temidos que vinham dentro de "carros cegos", – carros sem luzes – invadiu o *Residencia Internacional*, entendi que José era mais do que um simples poeta. Era um catalão nacionalista apoiando combatentes contra Franco, escondendo-os no hotel e ajudando-os a escapar através dos Pirineus para a França. Eu acreditava ser esta a causa do inegável ar de mistério em torno dele.

Mas a questão do mistério de José era muito mais complexa. Foi necessário eu descobrir um grupo noturno que desaparecia à luz do dia, para que eu começasse a entender sua verdadeira identidade. O grupo – que se revelou de membros da sociedade secreta – era formado por profissionais estabelecidos: um banqueiro, advogados, um padre, maçons, um industrial francês, os ricos e os eruditos. Eles se encontravam em vários locais, inclusive na casa da francesa. José era o guardião da sociedade. Muito mais tarde, entendi que o papel que ele havia assumido existira por centenas de anos. A família de José ocupou o posto desde o século anterior e, quando jovem, ele fora enviado por dois anos a Ripoll, pequena cidade nas montanhas, a fim de preparar-se para a responsabilidade.

O cargo foi documentado na Idade Média, quando práticas secretas, conhecidas no antigo Egito, foram exploradas em Girona – práticas que transformavam o entendimento da vida. Considerado inadequado para o conhecimento público, o material sempre foi resguardado e mantido por uma sociedade privada. (Na Catalunha, preferia-se a classificação "privada" à "secreta"). Quando necessário, o material era transmitido e o grupo renovado com membros escolhidos, sempre na intenção de manter o conteúdo oculto e não fazer uso pessoal de suas propriedades. A consciência predominante era que chegaria uma época, talvez quando o mundo fosse um lugar mais otimista e seguro, para que tal conhecimento fosse revelado.

Documentos antigos em posse das famílias dos guardiões anteriores mostram que houve contato prévio entre Girona e Rennes-le-Château, especialmente em 500 d.C. Naquele tempo, os visigodos dominavam a região em torno dos Pirineus tanto no sul da França quanto no norte da Espanha, com muita troca de um lado para o outro. Eles também saquearam Roma e, conta a lenda, trouxeram de volta o menorá que os romanos por sua vez pegaram do segundo templo em Jerusalém, supostamente criado pelos Cavaleiros Templários, muitos dos quais eram catalães. De qualquer modo, Rennes-le-Château era então um comunidade poderosa e florescente; os visigodos fizeram dela sua capital nos séculos VI e VII, até mais tarde ser abandonada e finalmente esquecida.

O contato entre o povoado francês e a cidade espanhola interessava principalmente pela conexão da linha *ley* marcada pelas duas torres idênticas, uma em cada local. De acordo com os documentos da sociedade, esta linha era conhecida desde a criação de Girona, no mínimo dois mil anos atrás. Ao longo da história, as duas torres apareceram e se foram. O fato de que houve reconstruções prematuras, os documentos deixavam implícito com uma referência a Cassini, italiano, do século XVII, astrônomo real do rei francês. Aparentemente as duas torres foram destruídas naquela época. Cassini, que também era cartógrafo, sabia mapear as energias na região e assim identificar os locais onde cada torre deveria ser reconstruída. Num determinado momento, ele desapareceu por dois anos. Especulava-se que Cassini estivesse nas cidades francesas de Perillos e Perpignan. Mas ninguém sabia com certeza, tampouco o porquê. Não se sabe se as duas torres foram reconstruídas de acordo com as descobertas de Cassini, embora se reconheça que essas descobertas acabaram sendo consultadas. Também não sabemos se existiu uma nova torre de Girona antes que a sociedade a reconstruísse em 1851, depois do que Saunière reconstruiu a outra em Rennes-le-Château, na década de 1890.

Em 1792, o padre de Rennes-le-Château era um homem conhecido como Abade Antoine Bigou. Antes de fugir da revolução francesa, ele escondeu quatro pergaminhos nas colunas do altar, dois deles codificados, dizia-se, para algum futuro iniciado encontrar e entender. Então teria cruzado a fronteira para a Espanha, e sumiu. Mas em Girona, a sociedade privada daquele tempo o conhecia; cuidava dele na casa anexa a uma igreja secreta, no meio da floresta, a oeste da cidade.

Os quatro pergaminhos que o Abade Bigou escondeu eram, como podemos adivinhar, os mesmos que Saunière encontrou durante sua restauração da igreja, um século mais tarde. Tendo decodificado os pergaminhos, ele não perdeu tempo em seguir os passos de Bigou. Na época sabia-se que na Idade Média os judeus haviam formado um núcleo em Girona e que lá grandes cabalistas executaram algumas experiências místicas nunca antes divulgadas abertamente. Girona era a terra natal do grande erudito rabínico Nachmanides, que escreveu

O Livro do Esplendor. Os cabalistas Azriel, Ezra ben Solomon, Jacob ben Abraham, e outros de Narbonne, incluindo Isaac o Cego, praticavam o texto do ritual sagrado nas vinte e quatro casas em torno de um pátio à sombra da catedral de Girona. Presente desde o século XI até a Expulsão em 1492, este núcleo de devotos preservou e avançou tanto a sabedoria cabalística que o período foi considerado "A Era de Ouro". Depois da Expulsão, a região em Girona conhecida como o Bairro Judeu foi fechada e lacrada por ordem da Igreja. Parece que só no século XIX o material cabalístico foi novamente disponibilizado.

Então Girona não era apenas uma cidade agradável com uma esplêndida catedral, banhos árabes, uma longa e conturbada história e um bairro antigo intocado e extenso. Ela fora o próprio centro da cabala na Idade Média; e, quando o padre de Rennes-le-Château introduziu-se na cidade, na década de 1890, a presença judaica ainda era lembrada. Mas quando cheguei durante o regime de Franco nos anos cinquenta, o assunto estava completamente encerrado assim como estavam fechadas as casas e os pátios do velho Bairro Judeu, tendo sobrevivido apenas nas histórias de rua do local.

A presença judaica, entretanto, não era realmente um segredo. O que era segredo envolvia a transformação do tempo e do espaço. Era um segredo que já existia muito antes de os judeus praticarem a Kabalah, e muito daquilo, dizia-se, originou-se em eras pré-cristãs.

Então, quando se originou este segredo? E como? Levei vários anos e várias visitas à Girona até descobrir o menor traço do mistério, e aquela descoberta teve um preço: ela mudou minha vida. Desde cedo, entretanto, tive consciência de uma ligação entre a cidade catalã e Rennes-le-Château.

Aconteceu desta forma: José me levou com ele ao encontro com o escritor Salvador Espriu, na aldeia de pescadores de Arenys de Mar. - O caso Saunière foi resolvido? - quis saber o escritor. Parecia que Noel Corbu, o novo comprador da propriedade do padre francês em Rennes-le-Château, queria transformá-la num hotel; e, para atrair

Figura 1.7 Patrice e José no degrau da porta da catedral

negócio, ele fora à imprensa a fim de chamar a atenção para a riqueza do falecido padre e um possível tesouro escondido. Caçadores de tesouros já chegavam carregando pás. – Faça algo –, Espriu disse, como que esperando que José tivesse esse poder. Mas por que José, morando em Girona, teria qualquer poder sobre o que acontecia em Rennes-le-Château?

A primeira vez que visitei Girona, José pediu que eu fosse sua noiva, ou *novia*. Senti-me tão emocionada e alegre que corri para a rua e dancei ao longo das vielas escuras em comemoração. Logo, sem perceber, cheguei à casa com a torre.

Eu me equilibrei despreocupada pelo muro e me balancei numa folha da palmeira. Olhando por uma janela, de repente percebi que a casa não estava vazia. Atrás das venezianas quebradas, uma cerimônia acontecia. Podia ver parcialmente homens à luz bruxuleante de velas entoando incessantemente frases desafinadas, e entre eles eu tinha certeza de ter visto Cocteau. Na mesa comprida havia um grande pedaço de pedra gravada, um rolo de pergaminho desenrolado, uma tigela de metal. O som foi aumentando de volume, como se forçando minha cabeça a expandir, e logo se tornou insuportável. Mais tarde, eu me lembraria dele como hipnótico, de uma forma que eu só poderia fugir dele. Este grupo representava uma parte da sociedade secreta?

Depois descobri que entre outros membros do grupo que vira através da janela da francesa se incluía Lucia Stilman, sempre vestida de ouro e se safava com isso. A beleza dela era bem diferente de qualquer outra, e eu temia muito que ela me tomasse José.

- Por que uso ouro? - ela riu, repetindo minha pergunta. - Ele combina com a região. Pode-se dizer que aqui em Girona, tudo que reluz é provavelmente ouro.

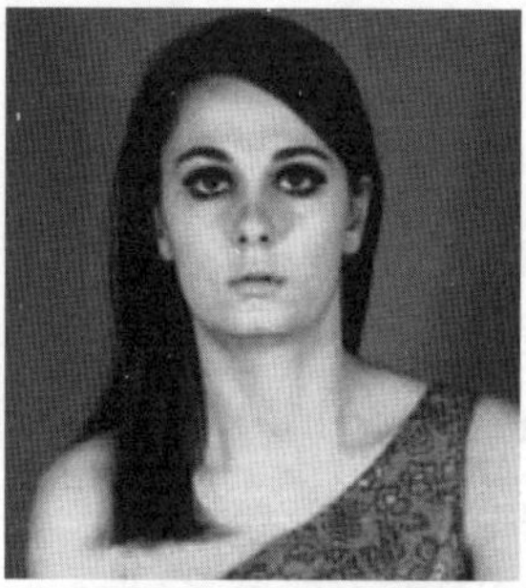

Figura 1.8. Lucia Stilman

E então havia o padre e estudioso Quim Carreras – elegante, erudito, terrível – que provavelmente também era membro do grupo. Ele estava a caminho da América do Sul e tinha planos diferentes para José, dos quais, para meu desalento, eu só soube mais tarde.

O lugar de encontro era o Arc Bar. O amigo íntimo de José, Lluís, apelidado "O Lobo", que falava várias línguas, abriu o bar em frente à escadaria da catedral. Tornou-se o local da lendária vida noturna dos anos cinquenta e sessenta, sua música jazz penetrando suavemente na noite. E neste bar, à meia-luz, sentava-se o celebrado escritor ou ator do momento, bastante à vontade entre os jovens desconhecidos e aqueles que queriam – como eu – aventura e liberdade. Pode ser que os jovens desconhecidos estivessem lá porque precisavam de uma razão aceitável para obter um visto a fim de cruzar a fronteira, e muitos não conseguiam sair. O próprio Lluís, por outro lado, e diferente da maioria, realmente viajou para o exterior.

Seu Arc Bar era bastante diferente de qualquer outra coisa na Catalunha. Antes de abri-lo, ele havia trabalhado na catedral como guia para visitantes estrangeiros, raros naquele tempo. O bar era projeto seu e tornou-se sua vida. Ele amava o jazz, a noite, as fofocas, política, ironia, cigarros Gitane. Era impossível esquecer a atmosfera daquele bar. Por cortesia de Lluís, o bar surgira tão suntuosa e simplesmente quanto o mais profundo e explosivo fenômeno que José mantinha em segredo.

Quando conheci Maria Tourdes, pensei que ela fosse a faxineira. Achei-a velha demais para ser a raramente vista *femme fatale* sobre quem se falava no bar de Lluís. Uma vez, quando eu passava na frente de sua casa, ela me convidou a entrar na cozinha, tomar chá. Observei que a torre não combinava com a casa e perguntei por que ela foi construída.

– De fato, por quê? – ela disse. – É uma pergunta que muitos gostariam que fosse respondida.

Ela era uma mulher de qualidade e substância e podia mudar de tal forma que virtualmente se transformava. Quando colocava suas roupas e maquiagem glamorosas eu não a reconhecia. Eu achava que ela não tinha mais de cinquenta anos. Na verdade, tinha quase oitenta. Ela era gentil e senti, durante o curto tempo em que a conheci, que podia contar-lhe sobre meu amor por José. Durante minha última visita, ela estava colocando fotografias e bugigangas numa caixa. Percebi que fazia as malas. A música de órgão da catedral abafava cada som

Figura 1.9. Maria Tourdes, a francesa

em sua casa. Quando a música diminuiu, ela disse que estava indo para Paris. Parecia não ter escolha.

– Você vê, uma vez amei um padre –, ela comentou enigmaticamente.

Mais tarde, algumas pessoas me avisaram sobre Girona. Lucia me avisou para ter cuidado. Carreras fez o mesmo. Todos me advertiram de que lá nada era como parecia. Mas a sorte me deixou antes mesmo que encontrasse qualquer perigo. Num curto espaço de tempo tive que ir embora de Girona. Parece que os assassinos disfarçados de Franco, a polícia cinza, haviam se infiltrado na cidade. José, sendo um nacionalista catalão, ajudando muitos a fugir para a França, estava no topo da lista dos procurados. Ele insistiu que era mais seguro eu partir imediatamente. Sem ele? Contestei. Nós nos encontraríamos em Paris, ele prometeu. Deu-me dinheiro e me ajudou a pegar carona em um caminhão rumo ao norte.

Nós devíamos nos encontrar em Paris dois dias depois na Gare d'Austerlitz. Mas José não pode comparecer. Eu tentei esperar por ele, mas o dinheiro acabou. Paris era uma cidade difícil para se ficar sem dinheiro e sem teto. Depois de ter conhecido José por menos de um ano, recomecei minha vida em Londres. Mas essa afirmação está errada: em essência, eu o conhecera toda minha vida.

No fim da década de 1950, comecei a revisitar Girona sempre que podia, e meu "caso" com José não diminuiu. Na época, eu frequentava a Academia Real de Arte Dramática e trabalhava como atriz em Londres. Meu futuro parecia estar na direção de Hollywood. José veio duas vezes a Londres e me garantiu que eu pertencia à Catalunha. Durante uma visita a Girona em meados dos anos sessenta, descobri que a casa com a torre fora derrubada pedra por pedra. Até a palmeira real fora arrancada pelas raízes. Eu fiquei chocada com a devastação. Maria havia morrido em Paris em 1964. José estava abalado.

– Eles não encontraram o que estavam procurando, pobres ladrões na noite –, ele disse. Estava se referindo ao tesouro que já havia sido tirado de lá havia muito tempo. Perguntei quem eram "eles". Ele permaneceu em pé ao lado do triste buraco que a árvore tinha deixado e não respondeu, apenas jurou: – Eu cuidarei deste jardim. Eles não o tocarão de novo.

– Eles?

– Irei a Quillan. É de onde ela veio. Vou me certificar de que não há mais nada para alguém pegar.

Quillan ficava perto de Rennes-le-Château, e fui até lá com José e um médico que era membro da sociedade. Eles procuraram a casa onde Maria Tourdes ficou e então nos dirigimos colina acima para Rennes-le-Château. Na igreja de lá, tive uma experiência que não podia dispensar como sonho, alucinação ou simplesmente o modo como a luz incidia. Esse acontecimento permaneceria comigo pelo resto da minha vida. Eu apenas podia dizer que era além de qualquer coisa que pertencesse a este mundo. A figura que eu vi era um fantasma? Ela não queria meu bem.

Seus olhos, como espadas, penetraram nos meus, cheios de um poder acumulado por centenas de anos de uma existência inimaginável.

A experiência foi tão potente que quase deixei de ver a torre que Saunière construíra. Mas, claro, já havia visto sua gêmea quase idêntica no jardim de Maria.

Mais tarde descobriria as muitas surpresas que rivalizavam com aquela que eu tinha visto naquele dia na igreja. Saunière, por exemplo, viera ao jardim de Maria em Girona para obter as medidas exatas de sua torre. Ele havia escrito pedindo a ela e ao tio de José as plantas do arquiteto. Era essencial que a torre fosse erguida em sua paróquia; era obrigatório que existissem duas torres, uma ao norte em Rennes-le-Château e uma ao sul em Girona, situadas em sua linha *ley* comum, e equidistantes de Monte Canigou. Os documentos guardados pela sociedade mencionavam essa exigência com frequência. Mas por quê?

As muralhas de Girona eram tão sólidas e firmes que sugeriam que nada poderia estar por trás delas, mas então foi com certa perplexidade que na década de 1970 José abriu uma parede do século VIII e descobriu o local medieval judaico que fora o palácio e a sinagoga de Nachmanides. Na Idade Média, o lugar era um famoso centro de aprendizagem que se destacava em ourivesaria, medicina, cultura e, entre outras coisas, estudos cabalísticos. José encontrou-o nas mesmas condições de quando os judeus foram forçados a abandoná-lo durante a Inquisição Espanhola em 1492. Um terreno baldio para cães vadios, tão escondido que ninguém imaginava sua existência, tornou-se uma descoberta mundialmente importante. José restaurou o templo de modo a atrair os judeus para retornarem à Catalunha – dantes conhecida como a “Mãe de Israel”.

Lucia disse: – Claro que não foi por acaso que ele abriu uma parede. Desde criança, ele sempre soube que o lugar estava lá.

Nas décadas de 1970 e 80, o local restaurado, transformado em museu, atraía milhares de visitantes. José o havia fundado e, um dia, simplesmente partiu deixando para trás seus anos de envolvimento. O que quer que estivesse procurando, ele havia encontrado.

Figura1.10 O Pátio do Centro Judaico, Isaac el Cec, restaurado por José, agora o Museu d'História dels Jueus a Catalunya

Em 1976, em frente ao jardim da francesa, uma aparição conhecida como Madalena foi testemunhada por muitas pessoas de Girona. Grupos e grupos assomavam à colina apenas a alguns metros daquilo que ainda era a entrada do jardim. A aparição não podia ser explicada, mas os observadores diziam que sentiam uma sensação de calma, de cura. Entretanto, apesar de todas as testemunhas, a Igreja e o governo não apoiaram a validade desta aparição e disseram que ela devia simplesmente ser esquecida. Só a Igreja poderia autenticar uma visão ou um milagre. Nem mesmo a imprensa a mencionou. A visão da Madalena no jardim, entretanto, realmente teve um efeito na sociedade secreta. O que ocorreu de fato naquela noite? O que trouxe esta visão? Demorei alguns anos para descobrir.

Em 2003, depois que José Tarres sofreu um ataque cardíaco, uma decisão tinha que ser tomada quanto ao futuro da sociedade.

Um membro mais antigo, uma mulher, estava com doença terminal. Outros, que estavam velhos e incertos quanto às mãos que o material guardado iria cair, queriam descartá-lo definitivamente. A questão da visão em 1976 deveria ser um aviso suficiente, eles argumentavam. Como eu soube na época, a aparição da Madalena fora invocada por meio de um ritual realizado por iniciados para os membros da sociedade. Os iniciados consideravam que tinham sido bem sucedidos na medida em que a presença, conhecida como "A Senhora com o Cálice", aparecera esplendidamente. O problema, porém, era que ela não havia aparecido especificamente na região que eles pretendiam; na verdade, eles não tinham controle sobre onde ela se manifestava. Após este experimento, os rituais foram interrompidos.

A sociedade foi dividida mais ainda pelos seus membros de pensamento mais moderno. Lucia Stilman, por exemplo, acreditava que os segredos eram elitistas e davam poder demais a seus detentores; ela queria que a verdade se tornasse pública. Algum dinheiro de Saunière fora lhe dado através de Maria, e como Lucia também herdara de seu pai, era suficientemente rica para que sua autoridade fosse ouvida. O ponto de vista de Quim Carrera, por outro lado, era que toda evidência da sociedade, remontando a um passado atemporal, deveria ser dada ao Vaticano. José Tarres, o guardião, queria que alguns dos aspectos da sociedade se tornassem públicos. A sociedade estava aos cuidados principalmente de seus parentes, que eram cônegos da catedral.

Todas estas contingências são parte da história sobre a qual Beryl e eu inocentemente tropeçamos décadas atrás e que continuam a manter-me em seu encalço desde então. Aconteceu que José e eu não nos casamos; talvez o casamento, com seus hábitos cotidianos, tivesse matado a ressonância extasiada entre nós, e essa morte eu não poderia permitir. José acabou se casando com uma escultora bretã e raramente saía de Catalunha. Eles tiveram um filho. Eu mesma fui casada duas vezes, tive dois filhos, e segui minha carreira nos Estados Unidos e

Figura 1.11. Patrice e José, durante a restauração do Centro Judaico

na Europa. Mas o trabalho me manteve voltando a Girona, incluindo um filme de um dos meus livros, a apresentação de uma peça, e apresentações dos meus livros baseados na cidade catalã. José e eu não nos víamos com frequência, mas quando nos encontrávamos, parecia que nunca tínhamos estado separados.

Então qual era o segredo dos mistérios cabalísticos tão bem guardados pelas pedras antigas de Girona? Como disse, tinha a ver com transformação.

Em 2003 José apresentou-me a uma nova parte da atividade da sociedade. – Você tem que fazer o que os iniciados têm feito a cada século –, José disse. – Você deve fazer a viagem. É a viagem que importa, não o destino.

– Ela terá um efeito sobre mim?

– Oh, sem dúvida –. E ele riu, secamente, como costumava quando o encontrei pela primeira vez do outro lado do rio.

– Lembre-se do que Maria lhe disse. E lembre-se das duas torres.

Que viagem? Onde? Ele deve ter me visto hesitar. Eu começaria a fazer perguntas em seguida. Ele evitou aquilo.

– Faça a viagem –, repetiu apenas.

Figura 2.1. A porta da cabana

CAPÍTULO 2

Quando José mencionou a viagem pela primeira vez em 2003, entendi que esta levaria a um estado de realização. Outras pessoas entenderam diferentemente. Estávamos todos errados. A viagem levava ao inesperado e inacreditável, além das leis deste universo como se costuma entendê-lo. Não surpreende que a verdade e a natureza da viagem fossem mantidas em segredo. Os membros da sociedade, ao longo dos séculos, defenderam o material com suas vidas.

Pouco tempo depois que José abordou o assunto, falei com o proprietário do hotel local, *Señor* Mons, que me contou que se começava a viagem na pequena cabana de pedra, situada num trecho de terra herdada por José e que, por acaso, era contígua à propriedade da francesa. O próprio *Señor* Mons não havia feito a viagem, mas sabia que não se tratava exatamente de uma excursão turística. Ele disse que as pessoas que voltavam ficavam transformadas pela experiência. Perguntei se era algo religioso.

– Não que tenha a ver com a Igreja. Você pode ter certeza disso.

– Magia negra?

Não, ele não achava que as pessoas supostamente envolvidas estariam associadas com magia. Então quem eram? Pessoas de destaque? O *Señor* Mons não sabia, pelo menos quando perguntei. Quando ele falou de "as pessoas que voltavam", perguntei o que aconteceu com os outros. Sua resposta não foi satisfatória.

– Era semelhante à peregrinação a Santiago?

– Não, nada semelhante –, respondeu num tom que encerrava o assunto. Depois contou algumas piadas catalãs irônicas para desviar meu pensamento de onde ele obviamente achava que não deveria estar.

Os catalães não eram dados ao ocultismo nem ao misticismo em geral. Mesmo suas visões tinham que ser confirmadas pela Igreja; caso contrário, as testemunhas eram consideradas loucas ou bêbadas. A Igreja aprovava apenas as visões associadas com as pedras locais ou o aparecimento de água, como na visão em Lourdes. O mito favorito, tolerado, era o de São Narciso, que comandou enxames de moscas a rechaçar os franceses, no século XVII.

Os catalães, por séculos, consideraram-se realistas e materialistas – pessoas que lidavam com terra, alimento, dinheiro e sobrevivência. Até a morte de Franco em 1975, foram dominados pela Igreja, os militares, a polícia, a burocracia. Quando podiam, adquiriam propriedades e terras. Não eram como os franceses que tinham uma longa história, estilo e cultura, bem como uma aristocracia invejável. Os catalães sempre se sentiram inferiores aos franceses e ainda lidavam com o complexo. O catalão rico – e sempre existiam os ricos, não importa as circunstâncias – acumulava terras e seus habitantes, casas enormes no interior e palácios nas cidades. Esses proprietários de terras eram aristocratas menores, mas, como o historiador Lluís Maria de Puig disse: – Não eram interessantes e grandiosos como a aristocracia europeia mais ao norte, e sabiam disso –. E esses aristocratas também não se interessavam por ocultismo como os cidadãos comuns.

Então, a propósito da viagem sobre a qual José falava, os catalães não teriam acreditado de forma alguma nos assuntos que a sociedade privada guardava. Eles não se deslocavam exceto ao trabalho, à igreja, ao banco ou ao bar.

Naris, que construiu um bom negócio exportando frutas, entendia que o *Señor* Mons era membro da maçonaria e dela recebia as informações sobre a viagem. Depois da súbita morte do *Señor* Mons em 2004, sua viúva disse que na verdade ele conhecera apenas uma pessoa que havia feito a viagem; foi através desse homem que soube sobre os outros e suas experiências. A ideia interessou o *Señor* Mons por um tempo, mas não era coisa para ele, e sua viúva certamente não queria falar sobre o assunto. Tudo aquilo era passado e não acontecia mais.

Enquanto eu pesquisava para meu livro *City of Secrets* (Cidade dos Segredos), encontrei registros de viagens feitas na década de 1890. Não foram frequentes e normalmente seu propósito era uma experiência ritual ou a iniciação de um novo membro da sociedade. Estava claro que o padre francês havia feito tal viagem.

Figura 2.2 Roger Mathieu, a torre de Girona em segundo plano

Por que a experiência começava na cabana – nas terras que José possuía – e quantos locais havia na viagem? Qual era o destino? Depois de um tempo entendi que não tinha a ver com "onde" mas com "o quê". Disseram que não me envolvesse no processo e sim que cuidasse apenas de escrever meu livro; só isso já apresentava obstáculos suficientes. Mas eu não podia seguir esse conselho e continuei tentando descobrir mais sobre a viagem. Aparentemente esta seguia uma rota imutável e exigia um grande preparo físico e espiritual.

A cabana pouco havia mudado ao longo dos séculos. Uma pequena construção rústica, solitária, com um telhado sólido, uma chaminé bem trabalhada e duas janelas amistosas. Árvores espessas ocultavam-na dos transeuntes. Muitas coisas ao longo dos anos foram escondidas nesta cabana de um cômodo, inclusive pessoas.

De certo ponto de vista a cabana pertencia a um conto de fadas. O terreno foi usado para criação de pequenos animais e cultivo de legumes, e José havia cuidado do jardim, sem deixar que ele perdesse seu estado selvagem. Por algum tempo foi um local de celebrações, com iluminação nas árvores, dança com música ao vivo até tarde da noite, e cordeiro e linguiça cozinhando no fogo a lenha. Mas essencialmente era um local escondido na encosta, em meio às árvores, na junção de dois caminhos. Mal se sabia de sua existência. Vizinhos passavam sem vê-la. Não havia eletricidade nem água encanada, que era preciso trazer da fonte abaixo, subindo pela trilha acidentada que chegava até a aldeia San Daniel.

Mas mesmo relativamente desconhecida, a cabana possuía sua importância histórica. Havia sido um dos postos avançados originais da cidade, e Carlos Magno repousou lá em 785 d.C. em sua furtiva jornada para Girona. Diz a lenda que ele teve uma experiência estranha dentro da cabana e mais tarde colocou um relógio de sol no jardim. Na década de 1960 o relógio de sol ainda estava lá e tinha marcas estranhas que pareciam mudar com a luz.

O primeiro caminho que levava à cabana chegava por trás da catedral, passando pelo jardim da francesa em direção à Torre

Gironella, quebrada, – outro marco lendário especialmente durante a guerra napoleônica do século XIX. O outro caminho, íngreme com pedras escorregadias, ia além da fonte em direção ao bairro agrícola conhecido como San Daniel. Foi por este caminho que Carlos Magno marchou para dentro de Girona, então sob ocupação moura. Os mouros não esperavam este ardiloso ataque francês e foram derrotados em alguns dias.

A cabana estava sempre varrida e limpa, com um chão de pedra, mesa, uma cama, um fogão. José a herdara de seu tio, e era o lugar de que mais gostava no mundo além do jardim da francesa. Ele ficava lá em silêncio, dando-se tempo para escrever, refletir.

A cabana não mudou. Dizia-se que um ritual foi executado no século XVIII para manter o local seguro e secreto. O terreno não podia ser vendido ou trocado, e sim tinha que ser legado dentro da família ou de um membro da sociedade para outro. Acreditava-se que tentar obter lucro com a propriedade traria má sorte. Em 1870 a cabana foi designada como um lugar para sentar em silêncio, refletir e se preparar para a viagem. Uma lista de perguntas em francês ficava guardada sob o chão de pedra:

"Sou forte o suficiente para ser membro da sociedade? Sou capaz de jejuar? De estar sozinho? De separar-me daqueles a quem amo e de quem necessito? De guardar segredo?"

Nos anos cinquenta, o vizinho mais próximo de José ainda era Maria Tourdes, mas da cabana ele só podia ver a torre da casa dela. Uma vez, quando ele e eu estávamos na cabana juntos, comentei que a torre era um acréscimo estranho, neogótico, um intruso jovem no meio de tal banquete de história. José não me respondeu na hora, mas mais tarde descobri o propósito da torre, e certamente não tinha nada a ver com o desejo de grandiosidade por parte dos donos da casa.

Foi também na cabana que José me revelaria a história de Maria Tourdes e Bérenger Saunière. Um dia, em meados dos anos noventa, eu acabara de chegar de uma visita a Rennes-le-Château e estava mostrando o jardim ao meu agente literário e sua esposa. Eles leram meus livros sobre Girona e estavam entusiasmados em conhecer a cidade. O calor subitamente se tornou terrível, e levei-os em direção à sombra da catedral. Eu não teria de modo algum visto José se um vento do sul – que sempre me trazia sorte – não tivesse começado a soprar e me feito virar para aproveitar o aroma. E lá, a alguma distância estava a figura que eu reconheceria em qualquer lugar, caminhando pela trilha que levava à cabana. Ele carregava uma grande sacola de corda com laranjas e uma garrafa de água da fonte. Chamei-o e, apesar do calor, corri em sua direção.

– Estive em Rennes-le-Château –, eu disse.

– Mas Rennes-le-Château é aqui. Você não encontrará nada lá –. O beijo que ele me deu foi educado e formal, mas seus olhos estavam fixos nos meus de um modo que me lembrarei até a morte.

Meu agente e sua esposa estavam bastante impressionados com este encontro e sua absoluta improbabilidade. Apenas minutos antes de começarmos nossa caminhada, Lluís do Arc Bar nos disse que José e a esposa estavam fora da cidade.

– Oh, José é sempre a primeira pessoa que vejo –, falei com suficiente indiferença, já que sabia que o amor entre nós ainda estava vivo. De repente eu não era mais a mesma pessoa que o agente e a esposa haviam encontrado uma hora atrás. Notas musicais em oitavas de felicidade suprema me tornaram irreconhecível.

– Estamos num caminho magnético, não estamos? – José disse bruscamente, tentando explicar a surpresa, a emoção.

A cabana era refrescada pela abundância de árvores crescendo densamente juntas, e com gratidão nos sentamos à sua sombra e bebemos água da fonte. José nos mostrou o relógio de sol de Carlos Magno. – Ele é feito à maneira francesa. Quando queria privacidade, Carlos Magno costumava sentar-se aqui na noite fresca e ouvir a música da catedral, que era mais baixa naquela época.

A história a seguir veio de José sem sua cautela habitual. Seria a surpresa de nosso encontro que o tornou tão espontâneo com os fatos?

– Claro –, ele continuou, – Rennes-le-Château é aqui. Por isso é que o padre vinha para cá. Girona sempre guardou o segredo. Um lugar como este, com toda sua ressonância, só poderia ter, é claro, algo tão poderoso.

– Que segredo? – meu agente perguntou.

– O segredo que continuam tentando encontrar do outro lado da fronteira, na França.

– Então o padre veio aqui? – perguntei. Era a primeira vez que eu ouvia aquilo. *Bestsellers* foram escritos sobre o assunto, no entanto José nunca me falara uma palavra a respeito, até então.

Como José então explicou, num dia qualquer em 1892, Saunière trouxe Maria de Quillan à Girona, uma mulher muito jovem, ainda adolescente. Seu objetivo era instalá-la na casa que havia comprado aqui para que servisse de fachada para ele. Para começar, ela devia ficar fora de vista. Seu suposto jardineiro, Guillen, era de fato seu acompanhante. Saunière a visitava frequentemente no fim da década de 1890 e guardava na casa o material que não estava mais seguro em Rennes-le-Château porque sua riqueza, muito conhecida, fez de sua paróquia alvo de curiosidade exacerbada. Ele também recebia hóspedes importantes na casa de Maria pela mesma razão.

– Sim –, José concluiu, – Saunière vinha a Girona para ver a francesa. Isso era amplamente conhecido. Meu primo Geli, organista da catedral, sabia tudo sobre o fato e cuidava dela. Ele não conheceu o padre, mas meu avô sim. Na verdade, o padre francês vinha para obter aquilo que nunca esteve em Rennes-le-Château.

– Mas e os pergaminhos, aqueles que foram encontrados na igreja dele? – meu agente atacou, transformando-se de turista em tigre. Ele conhecia o cheiro de um "sucesso de vendas".

– Eles continham instruções codificadas indicando a localização do material, mas não era na França.

– *Material*? – exclamamos todos interessados.

– Documentos. O ritual. O... – Ele parou e perguntou se alguém queria uma laranja. Ninguém queria nada exceto que ele continuasse falando. – É improvável que os pergaminhos de hoje sejam os originais. Eles devem ter sido copiados e alterados várias vezes desde 1891. Saunière com certeza providenciou isso.

– Quem os colocou na igreja se o segredo não está lá? – meu agente perguntou.

– O abade Bigou. Era o padre de Rennes-le-Château no século XVIII e saiu da França antes da revolução. Certamente tinha informações que ligavam Rennes-le-Château com Girona.

– Para onde ele foi? – meu agente, suave e persuasivo aproximou-se de sua presa. Antes do pôr do sol, José poderia obter um reluzente contrato de publicação.

– Para cá. Ele veio para cá e para uma aldeia próxima. E tinha que divulgar certas informações que foram deixadas na igreja francesa. Era 1792.

José também mudara completamente, assim como eu, ao vê-lo no caminho. Eu diria que sua mudança tinha a ver com seu orgulho em proclamar a importância de sua cidade.

– Alguma evidência documental? – meu agente perguntou, cuidadosamente.

– Existe uma correspondência entre Saunière e Maria Tourdes –. E foi só o que José disse.

Como Saunière conseguiu que o segredo fosse codificado nos pergaminhos? E o que era esse segredo? (Entendi que ele levou os pergaminhos para São Sulpício em Paris para serem decodificados. Muitas pessoas quebravam a cabeça, debruçadas sobre eles, desde então.) Meu agente fez as perguntas e nós todos queríamos respostas, mas o que conseguimos foi outra laranja e um passeio turístico pela parte antiga da cidade. E isso foi tudo.

Mais tarde percebi que José nos lançara apenas uma parte pequena e sem importância da verdade. Embora o mistério do padre francês tivesse enchido livros e documentários por décadas, tudo isso estava, no entanto, na periferia do *verdadeiro* mistério.

Quando reencontrei José, perguntei porque não me contara nada até então, já que ele sabia desse material o tempo todo.

Num modo típico seu, ele apenas disse: – Não acho que seja assunto para discussão.

Era esse o seu modo de dizer que não confiava em mim?

Mais alguns anos se passaram até que eu, quando pesquisava para *City of Secrets* em 2004, entendesse mais sobre a viagem. Por que a cabana era tão importante? Por que a viagem se iniciava lá? José disse que sempre foi um local de reflexão e questionamento, então não seria o melhor local para começar?

E era bem possível que coisas estivessem escondidas lá. Na década de 1790, quando Bigou veio a Girona, era necessário encontrar um esconderijo para os documentos e artefatos que ele carregava. Os membros da sociedade, que estavam em desacordo, estressados, passaram muitas semanas procurando o local correto.

– A solução estava debaixo dos seus narizes –, José exclamou. – A cabana era quente e à prova de água, segura contra movimentos de terra, inundações repentinas, ou ladrões. Alguns membros da igreja, cientes da presença de Bigou na cidade, comprometiam sua segurança. Dias depois, ele foi mantido na cabana antes de o levarem para uma casa adjacente a uma igreja particular na floresta em Palera, fora da cidade de Besalú, a oeste de Girona.

Perguntei se Maria Tourdes visitava a cabana.

– Só para se esconder com Saunière quando Roger Mathieu chegava inesperadamente.

Perguntei quem era Mathieu.

– O marido dela.

Foi a primeira vez que ouvi falar dele. Perguntei por que Maria se casou com ele se estava apaixonada pelo padre francês.

– Talvez porque visse que não havia futuro com o padre.

Roger Mathieu foi um participante silencioso da história, e obtive pouca informação sobre ele de José ou de qualquer outra pessoa.

O que de fato sei é que, em alguma data desconhecida, perto do fim das visitas de Saunière, Mathieu, descrito como homem culto, que viajava pela Europa, conheceu Maria. Eles se casaram antes do início da Primeira Guerra Mundial. Mathieu tinha uma casa ao norte de Girona, em Lansa, perto da fronteira francesa, mas o casal permanecia a maior parte do tempo na casa em Girona, ele viajando com frequência. Ele foi a pior escolha que Maria podia ter feito de acordo com os parentes de José, incluindo os da Igreja, que vieram a conhecê-lo. Amigos de Maria, especialmente a mãe de Lucia, disseram o mesmo; e as cartas de Maria a Pepita, provavelmente outra amiga, mostravam que ela não era feliz.

Secretamente Mathieu trabalhava para o Vaticano, e sua intenção era capturar Saunière relatando a fonte de sua riqueza e a extensão e natureza de suas atividades. O que se supunha em Girona era que a ocupação de Saunière tinha pouco a ver com a Igreja Católica. Membros da Sociedade discutiram a situação, e o tio de José, organista da catedral, observou que o padre francês era "astuto demais" para ser pego e sabia lidar com seus inimigos.

Parecia que Saunière ainda visitava Girona, apesar da presença de Mathieu. Os amigos de Maria disseram que o relacionamento a três era uma fonte de consternação para ela. Mathieu era consideravelmente mais velho que Maria; quando ele morreu em 1940, o Vaticano proporcionou-lhe um enterro de honra. Após o funeral, uma carta da amiga mais íntima de Maria novamente confirmava que o casamento não havia sido feliz.

José guardava um envelope com as cartas de Maria para Saunière e as cartas dele para ela. As cartas de Saunière eram com frequência triviais, a respeito de sua chegada a Girona e a entrada pela muralha da cidade, as plantas que ele estava trazendo, os projetos arquitetônicos que ele queria para sua torre, e visitas propostas a Girona por seu irmão Alfred. Em 1964, quando um contingente incógnito, que mais tarde entendi ser mortal, derrubou a casa de Maria e a torre pedra por pedra, e arrancou a palmeira real pelas raízes, José achou prudente esconder na cabana qualquer informação que pudesse ser de interesse.

Quando fotografei essa pequena choupana para meu livro *Happy Hour*, não fazia ideia que ela representava uma parte tão importante da história de Girona. José espalhara sobre sua mesa, na cabana, as cartas, escolhendo quais eu poderia usar. O papel parecia bem preservado e de boa qualidade, a escrita elegante. Maria havia escrito várias ao padre sobre a casa; ele deve tê-las devolvido a Girona com outros papéis ao final de suas visitas por volta de 1910.

– Por que ela pergunta a ele como quer que as coisas estejam dispostas? É a casa dela –, perguntei a José.

– Talvez achasse por dever. Ele pagou pela casa.

José prosseguiu explicando que Saunière instalou Maria na casa por volta do final da década de 1890. Ela havia sido a primeira pessoa leiga a possuí-la. Antes disso, o local sempre pertencera aos cônegos da Igreja, e ainda era possível ver ali uma placa sobre a entrada onde estava escrito "Casa dos Cônegos". José tinha a escritura da casa, mostrando que um advogado chamado Saguer colocou o negócio em seu nome, pois Maria era muito jovem – provavelmente com apenas dezessete anos naquela época – e Saunière não podia permitir que seu nome aparecesse em lugar algum nem em documento algum. O avô de José cuidou de ambos, Saunière e Maria, tomando conta de todas as exigências práticas nesta província estrangeira da Catalunha. Em outras ocasiões Geli, o primo de José, contou-me que Maria necessitava de companhia, e a filha do açougueiro disse ter feito compras e tarefas para ela.

Dentre os iniciados da sociedade secreta que fizeram a viagem que começava na cabana, estava o padre e poeta catalão do final do século XIX, Jacint Verdaguer. Através de sua poesia, Verdaguer recuperou o orgulho próprio da Catalunha, elevando a simples tarefa daqueles que trabalham a terra à atividade a ser exaltada. Esta visão foi a base de sua representação da Catalunha e influenciou outros artistas e escritores da época, especialmente o grupo conhecido como Revista de Girona, que queria uma nova província separada dos comandos opressores da Espanha. Verdaguer devolveu a língua catalã à Catalunha onde, na época, o castelhano fora a língua oficial.

Vi em documentos referências aos relatos de Verdaguer sobre a viagem como "Caminhando com a Ursa Maior" e "Caminho das Sete Estrelas". Não está claro quem se referiu primeiro à Ursa Maior, entretanto, mais tarde, a partir dos cabalistas entendi que sua inclusão era tão antiga quanto o próprio material. E em todos os casos, o primeiro passo desta passagem para dimensões desconhecidas era uma humilde choupana escondida numa ladeira entre as árvores, à margem de uma cidade antiga.

Portanto, a cabana de pedra ainda tinha importância, como no tempo de Carlos Magno. Nas instruções da viagem ela é descrita como "a oculta". Um cabalista confirmou posteriormente que ela se situava numa vantajosa linha *ley*. Embora fosse um local de mistério e investigação, ninguém fazia perguntas sobre ela. Os amigos de José a viam como o local ideal de *fiesta*, com luzes penduradas nas árvores. Eu mesma me lembrava dela como um lugar de amor e promessas enlevadas. José e eu tínhamos nossos segredos, assim como Saunière e Maria outrora tiveram os deles. Mas eu não fazia ideia de quantos outros segredos existiam além da porta baixa da cabana, ou o que eram aqueles segredos. Em 1964, quando Salvador Dali falou sobre uma iniciação na choupana rústica, referia-se à cabana?

Figura 3.1 A Catedral e a torre de Girona, reconstruída pela sociedade em 1851.

CAPÍTULO 3

Os dois documentos aos cuidados da sociedade detalhando a viagem estavam originalmente em catalão. Foram traduzidos para o francês na década de 1950, de modo que os novos membros da sociedade, de fora da província, pudessem lê-los e entendê-los. O primeiro documento registrava o processo pelo qual, na década de 1890, o então guardião da sociedade secreta, Mossen Avila, guiou Saunière pela viagem para "o invisível". Mencionava onze locais. A viagem parecia estar dividida em duas partes, e apenas segmentos do documento estavam disponíveis. O relato mencionava uma viagem anterior – aquela de um estudante de direito de Paris que, numa livraria extraordinária, havia descoberto detalhes da 'transformação' ocorrendo em 'Girona, nordeste da Espanha'. O estudante desistiu do que poderia ter sido uma profissão lucrativa e foi para a cidade em 1820. Em busca do segredo da viagem, ele partiu a pé e depois a cavalo pelo caminho do "urso andando". (Novamente essa referencia ao urso; entendi vagamente que tinha a ver com a constelação da Ursa Maior, que contém a constelação menor conhecida como Arado). A expedição do estudante levou várias semanas.

O primeiro documento afirmava ainda que a viagem era conhecida no século XIV, quando o alquimista Nicolas Flamel também veio de Paris para solicitar a estudiosos judeus o segredo que encontrara em um 'arquivo'. Depois de voltar de Girona ele tornou-se um homem extremamente rico.

Os onze locais que compunham a viagem eram predominantemente catalães e estavam situados em ambos os lados, francês e espanhol, da fronteira. Perguntei a José se eu deveria seguir as mesmas instruções que os outros usaram.

– Você deveria –, ele disse. – Se quer a verdadeira experiência de mudança, você deve fazer a viagem tradicional.

– Mas aqueles lugares estão irreconhecíveis atualmente.

– Você tem que seguir as sugestões. E então irá superar as mudanças modernas que a princípio parecem ter alterado irrevogavelmente o local.

– Vai funcionar?

– Funcionou nos anos cinquenta. A maioria dos locais muda na superfície. Suas energias não mudam.

– Como você sabe?

– Eu fiz a viagem.

– Gostaria de tê-la feito com você.

Ele encolheu os ombros como fazia com frequência quando não tinha certeza. –Você precisa de uma boa pessoa para guiá-la. Primeiro tem que decidir se quer fazê-la.

Eu disse que queria. Sentia que a viagem era algo incomum que certamente não encontrei em minha pesquisa para *City of Secrets* (Cidade dos Segredos). Fazê-la seria uma continuação daquele trabalho. José disse que encontraria alguém para me acompanhar. Parecia bastante simples. Disse que estava sugerindo aquilo porque eu já havia tocado em grande parte do material em meus escritos e estava interessada em outras dimensões. E já estava suficientemente madura.

Suficientemente *madura*? Ele queria dizer velha? Essa conversa aconteceu em 2004, décadas depois que tê-lo encontrado pela primeira vez.

Dois dias mais tarde eu estava pronta. O início era a cabana – "a escondida", o local de Reflexão e Indagação. Sentei-me sozinha à mesa e escrevi, pois José me pedira para fornecer a meu guia um breve texto sobre mim à guisa de apresentação. A porta estava aberta e, no jardim, eu via o relógio de sol com inscrição de Carlos Magno. À luz cinzenta ele parecia deixar para trás o segredo das árvores e se destacar, com suas marcas marrons escuras e curvas como se a pedra sofresse de uma doença. Ouvi falar que mulheres estéreis se sentavam sobre o relógio e se tornavam férteis.

Esperava a vinda da pessoa que me acompanharia; José me disse, antes, que seria ao meio-dia. Ninguém veio. Casas recém-construídas mais adiante no caminho para San Daniel estavam ocupadas, e eu ouvia gritos domésticos como se vizinhos estivessem discutindo enfaticamente. O espanhol sempre soava dramático. Eles provavelmente conversavam sobre o preço da linguiça. Uma mulher pelejava carregando pesadas sacolas de compra em direção à primeira casa, sem nem mesmo olhar para o meu lado. A cabana estava invisível? Um tanto hesitante, bebi água de fonte da garrafa que José deixou sobre a mesa e tentei decidir se deveria sair para comer. Deixei um bilhete e me pus a caminho da catedral. E se a pessoa aparecesse e não esperasse? Voltei para a cabana, comi duas maçãs e tentei traduzir documentos de uma pasta de couro gasta que estava sob a cama.

O nome de Saunière era mencionado. Havia diagramas e grupos de números que sempre somavam 360. Às quatro horas deixei outro bilhete e corri para o restaurante mais próximo na *Calle Forsa*. Às cinco horas estava de volta à cabana de pedra. Ninguém havia vindo. Tentei me manter calma, respirei profundamente, para ter uma noção dessa viagem. Bebi o que restava da água da fonte. Então, agitada, comecei a andar para cima e para baixo do caminho. José não tinha noção do tempo? Eu sabia a resposta. O céu escurecia; uma tempestade estava se aproximando. Isso não ia funcionar. Sentei-me na cama e fechei a porta.

Mais duas horas se passaram. Então uma mulher abriu caminho por entre as árvores, seus pés triturando as samambaias e as pedrinhas. Ela era loira natural, com mechas mais claras por causa do sol, sua pele radiante da vida ao ar livre. A princípio ela parecia jovem. Então vi seu rosto. Deveria ter pelo menos sessenta e cinco anos. Era robusta e bem constituída. Perguntei o que queria e disse que José não estava lá. O relógio da catedral bateu sete horas.

Ela esperou até a última badalada. – Sete. Esse é um número muito especial –. Falou em inglês, com um sotaque meio europeu. – Você entenderá o sete. Então vamos começar. Colocou sua mochila no chão.

– Onde está o guia? Ele não está aqui.

– Mas eu estou –. Ela riu e entrou na cabana como se lhe fosse familiar. Empurrou de lado os papéis sobre a mesa e sentou-se com uma segurança que fez meu coração afundar desagradavelmente.

– Mas José disse que você viria ao meio-dia.

– Mas são sete. Você sabe o significado do número sete?

Não respondi.

– É um número sagrado do pico de Canigou. E desta cidade. Você aprenderá sobre o número sete.

Eu disse que esperei por um guia desde o meio-dia.

– Você nunca deve esperar.

Será que eu queria essa pessoa como meu guia?

– Vamos ver se eu vou aceitá-la –, ela disse de repente.

Ela lia mentes? Eu esperava um homem atraente, jovem, carismático com as mesmas qualidades de José e do poeta Verdaguer. Esperava poder esconder minha decepção.

– Vamos ver o que você experimentou entre o meio-dia e as sete. Conte-me como se sente quanto a esperar.

Deixei claro que eu não gostava daquilo e não perderia mais tempo.

– O que a ideia de 'meio-dia' de José significa pra você?

Então ela o conhecia. A falta de noção do tempo dele era lendária. Finalmente ela me persuadiu a revisitar a ambivalência, exasperação, raiva, indecisão. Resumiu tudo como desamparo.

– É útil reconhecer o quanto o desamparo se manifesta em você. Experimentará um pouco dele nessa viagem. Mas você cuidou de si mesma. Foi comer –. Olhou alguns materiais. Ela havia notado a pasta de documento aberta. Olhou rapidamente meu resumo pessoal. – Mas você não colocou 'Expectativa' aqui. Esteve me esperando ao meio-dia. Não espere. Uma expectativa é o ressentimento sendo criado. Acho que abrir-se a surpresas seria mais sábio.

Ela se demorava sobre os sons de vogal como se os amasse, sua voz cheia de cadências e drama. Decidi que tinha um sotaque austríaco. Poderia ter sido uma diretora de teatro tornando claro cada ponto por sua habilidade com o som. O nome dela era Liliane. Estudou a cabala e muitos outros assuntos, algumas vezes com Ingrid, a cabalista alemã que me ajudou com a pesquisa para *City of Secrets* (Cidade dos Segredos).

– Então você conhece José? – perguntei.

– Bem, é claro, ele é meu amigo. De que outro modo saberia onde encontrá-la?

Naturalmente José não enviaria um homem carismático. O ciúme o havia feito escolher essa mulher. Imediatamente me senti melhor. Liliane foi até o limite do terreno no qual a cabana estava e apontou para o Monte Canigou. – O que você pensa disso?

– É a montanha sagrada dos catalães.

– O que mais?

– Morei no sopé no lado francês e a vi em todos os seus humores.

Mas não era o que lhe interessava.

– Fica diagonalmente oposta à muralha do jardim da francesa, onde a torre outrora se localizava –, tentei novamente.

– Você nunca deve aceitar nada como fato inquestionável. Não nessa viagem.

– Então, o que devo fazer?

– Questione tudo.

Estava ficando tarde. Deveria voltar para meu quarto de hotel? Eu voltei. Estava hospedada no *Hotel Ciudad* ao lado do rio. Suspeitava que Liliane preferisse que eu passasse a noite sozinha na cabana, sem comida ou água corrente, ou luzes, ou lençóis limpos, ou instalações sanitárias. Sem mencionar que o calor exigiria abrir as janelas, permitindo animais ou humanos errantes subirem e me fazerem companhia sem impedimentos. Eu estava cheia de medos e nunca apreciei tanto um quarto de hotel comum com luzes que acendiam, um lavatório, água corrente para banho, água engarrafada. Tinha certeza que Liliane desaprovava o hotel e teria preferido me manter fora dele como parte da minha evolução.

Ela havia me mostrado documentos relacionados à viagem de José nos anos cinquenta – que ele passou dias e noites sozinho na cabana, bem como aquela preparação o ajudou nos dias seguintes. Liliane me pediu considerar o que o termo *refletir* significava. Pediu concentração sobre a torre. Eu aprendi algo sobre a torre durante a pesquisa para *City of Secrets* (Cidade dos Segredos).

Foi construída em 1851 pela sociedade secreta, usando um *Señor* Massaguer como o comprador de fachada. Os documentos da compra, que mais tarde desapareceram dos arquivos, afirmavam que Massaguer pagou por ela "de seu próprio bolso", como se essa prática fosse pouco comum. Como eu disse, Saunière veio a Girona para copiar a torre e escreveu a Maria Tourdes e ao tio de José para obter o projeto do arquiteto. Em 1903, Saunière reproduziu a Torre Magdala de Girona em Rennes-le-Château.

Na manhã seguinte, após um delicioso café da manhã no hotel, tentei alcançar José para lhe perguntar sobre minha guia – se Liliane era realmente uma guia. Cheguei atrasada para meu encontro com ela na cabana, esperando que estivesse ofendida como eu estive no dia anterior; mas encontrei-a calmamente sentada à mesa olhando para uma folha de papel. Observei-a desenhar um triângulo com a parte superior decepada. A parte superior estava suspensa acima, com um espaço medido entre as duas formas. No centro inferior da parte maior, o número 49; na parte menor, em cima, o número 1. Ela

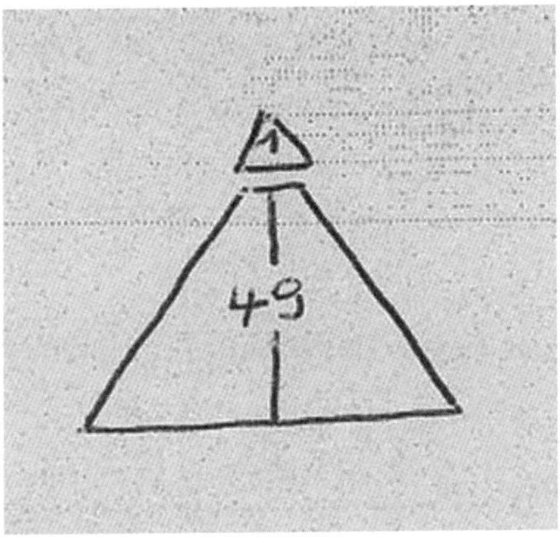

Figura 3.2 Pirâmide com topo destacado.

trabalhava com exatidão, certeza, como quem entende, controla e desfruta do desenho.

– Então, o que você vê?

– Formam juntos um triangulo perfeito.

– Isso se relaciona com a Grande Pirâmide de Quéops, que você já deve conhecer.

Eu sabia que a construção da pirâmide continuava sendo um mistério. Perguntei de onde ela era e o que fazia normalmente.

– Pesquisa. Não importa de onde sou –. E era tudo o que eu saberia dela.

– Então, o que você vê? – ela repetiu. Mas não esperou que eu respondesse. – A parte de cima da Grande Pirâmide está faltando. Essa é a parte com o número 1, a parte faltante que se estende para o próximo mundo. Quando ela desce do céu, a pirâmide está completa. Sua descida é celestial. O homem não consegue trazer para baixo essa parte faltante e assim fazer 49+1=50. Ela desce pela graça divina. A própria Girona poderia ser uma pirâmide completa. Você descobrirá isso por si mesma.

– Então, o que você descobriu sobre Reflexão? – perguntou, continuando a trabalhar no triângulo decapitado.

Eu disse que fui bastante longe na minha pesquisa sobre a sociedade secreta, mas que havia muito mais informação que gostaria de...

hesitei sobre a próxima palavra e quase disse 'reivindicar' mas troquei-a por 'experimentar'.

– Isso é uma intenção. Não uma reflexão. Você já ouviu falar de quadrados mágicos?

Eu não.

– Existem vários tipos. Por exemplo, há um para a Lua e outro para Mercúrio. E Saturno. Essa viagem em especial se encaixa com o Quadrado Mágico de Vênus. Lidamos com números. Já ouviu falar de Pitágoras?

Sim.

Ela explicou que o quadrado mágico era uma cópia de um modelo celeste atualmente sendo estudado por físicos quânticos. Encontrei um ou dois depois da publicação de *City of Secrets* (Cidade dos Segredos) que estavam trabalhando em quadrados mágicos e números sagrados de uma forma que eu não podia nem começar a entender. Eles quiseram verificar minhas informações sobre as duas torres. Aparentemente, cientistas também pesquisavam as energias no Monte Canigou, embora preferissem permanecer anônimos, pois seus interesses podiam comprometer sua credibilidade entre os colegas proeminentes.

– Um número para lembrar é 360 –, Liliane declarou. – Voltaremos a isso na ocasião.

Ela escreveu mais números na lateral da pirâmide decepada: '49 + 1 = 50 Sirius'. Então adicionou a palavra *Teba* precedida de um sinal ondulado. Eu achava que Sirius era um sistema solar que nos deu a inteligência. Sobre Teba não sabia nada. Minha ignorância não a surpreendeu.

– *Teba* é o nome da Arca de Noé na Cabala –, ela disse. E continuou: – A viagem começa em Girona. É uma jornada de Vênus, o que é benéfico, já que a energia de Vênus traz boa sorte para você.

Acrescentou que na cabana eu faria exatamente o que os viajantes anteriores fizeram. Deveria me preparar para a viagem, fazendo uso da sabedoria registrada nos documentos. Primeiro, deveria listar as qualidade que precisava buscar e praticar durante essa preparação.

Eu esperava que a preparação não incluísse passar a noite sozinha na cabana. Tinha uma nova preocupação: roedores. Perguntei quanto tempo essa preparação levaria. Ela não respondeu diretamente, mas disse que nós seguiríamos o caminho de quatro viagens documentadas que começava exatamente onde me encontrava.

– *El pozo* – ela disse, apontando para um poço que eu nunca havia notado. Coberto com uma grade enferrujada, disfarçado por arbustos, parecia de uma profundidade sem fim. Deixei cair uma moeda através das barras de metal e contei até cinco até escutar uma pancada distante na água.

Minha viagem deveria seguir as quatro viagens documentadas que foram feitas por homens, cada um aos cuidados de um guia. José havia viajado com seu mestre de Ripoll em 1955. Saunière com o padre de São Feliu, o poeta catalão Verdaguer viajou com seu patrono, o Conde Comillas, na década de 1880. Comillas era um homem extremamente rico que possuía uma empresa de navegação, '*The Transatlantic*'. Ele levou o poeta consigo, como sacerdote da família, em suas viagens pelo mundo inteiro. Finalmente, o estudante francês de direito começou sua viagem em 1825 sob a orientação de um rico e venerável maçom. Nós usaríamos todas as experiências deles.

Liliane me disse que a viagem tinha um padrão que eu descobriria à medida que seguisse. Perguntei se o padrão vinha da Cabala. Respondeu que vinha de outro tempo e espaço. Novamente perguntei quem ela era.

– Uma viajante como você –, ela riu. Tinha uma boa risada. Deu-me algumas folhas de papel e uma caneta. – Esse é o primeiro estágio. A Indagação. Então escreva as qualidades que você deve buscar e praticar.

Quando terminei minha lista, provavelmente rápido demais, ela perguntou o que eu havia descoberto sobre as torres. – E lembre-se que o pico de Canigou está no mesmo meridiano que São Sulpício –, ela disse. – Então há outra parte do padrão: Girona, Caligou, São Sulpício. Lembre-se do nome São Sulpício.

Eu me lembrava que Saunière foi com os pergaminhos recém-descobertos para São Sulpício. Também me lembrava que foi visitar um dos padres que sabia das duas torres e que 'o sul sempre tinha que desaparecer'. Em *City of Secrets* (Cidade dos Segredos) descrevi a narrativa da cabalista alemã Ingrid de que o norte e o sul tinham que estar integrados, e depois o ponto sul sempre desaparecia, e o norte permanecia. Quando perguntei por que, ela respondeu. "porque o Sul concluiu seu trabalho" (significando sua viagem). No simbolismo egípcio, o norte é Aset, a serpente Ísis, e o sul é Néftis, a vinha. O fato de que Saunière sabia do assunto me levou a suspeitar que ele tivesse uma conexão com a sociedade secreta de Girona.

Importunei Liliane com perguntas, por precisar de fatos: se Saunière foi a São Sulpício, então Paris era parte da viagem? Quanto tempo demoraria? – Vejamos como você chega a este estágio. Esqueça Paris –, respondeu. Ela leu minha lista de qualidades a serem buscadas e trabalhadas. – Você deixou serenidade de fora.

– Não me ocorreu.

– Ocorrerá.

Não comentou as outras que eu não deixara de fora. Ficamos sentadas por um tempo sem falar. Se José fez essa viagem, então eu também a faria, e completamente. Se ela mudaria minha vida, se era emocionante, então eu iria. Percebi que meus objetivos pareciam um pouco ordinários para Liliane, e esperava que nós não tivéssemos que examiná-los.

– Expectativas não podem salvá-la –, ela disse baixinho.

Perguntei o que queria dizer com aquilo. As árvores cheias de pássaros eram tão barulhentas que eu mal conseguia ouvi-la.

– Você é muito voltada para as expectativas. Por exemplo, esperava que eu ficasse impaciente porque chegou uma hora atrasada. De onde vem isso? De você mesma? Do modo como os outros agiram com você? Não pode me incluir nisso. Você não me conhece.

Só me restou concordar.

– As expectativas devem ser abandonadas. Tente estar no momento, cada momento. Mude seu modo de pensar.

– Como?

– Respiração. Mantras. Contemplação –. Ela me explicou como praticar os exercícios. – Agora o primeiro passo: Indagação. Faça as indagações. Vamos começar com o que você sabe sobre as duas torres.

A cabalista Ingrid me informou que tinha muito conhecimento original sobre o enigma de Rennes-le-Château, que as duas torres eram o marco da história por criar matematicamente uma secção áurea com o Monte Canigou. A energia que transitava de uma à outra marcava o ponto central.

Ela me interrompeu. – O que há no Monte Canigou?

– Disseram-me que é o local de impressionante e inexplicável ocorrência, conhecido desde a antiguidade.

– E antes até –, ela concluiu, enigmaticamente.

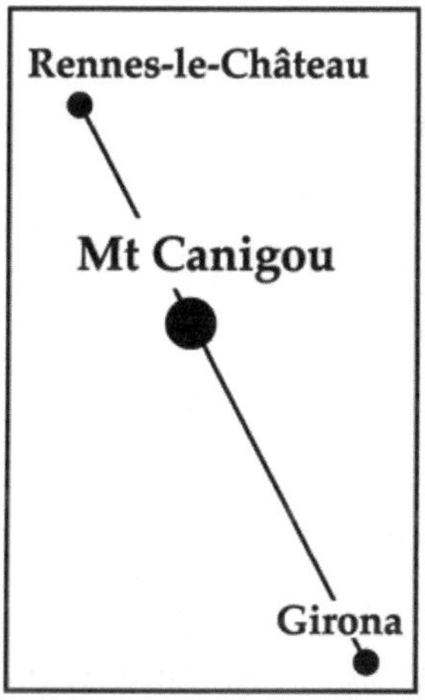

Figura 3.3 As duas torres marcam o centro.

Ela perguntou sobre Saunière, e eu respondi que ele agia sob ordens, aparentemente da família Habsburg. Liliane perguntou o que ele havia feito.

– Ninguém entendeu porque Saunière construiu sua torre. A que propósito ela servia? Eles a atribuíam a uma exibição de grandiosidade. Eu achei que ele precisou usar um pouco de sua fortuna, pois não sabia o que fazer com todo aquele dinheiro. Mas então fiz minha pesquisa. Ninguém na França parecia saber coisa alguma sobre a torre do outro lado na Espanha.

– As duas torres uniam Norte e Sul –. Liliane disse, – o que era um dos propósitos do trabalho de Saunière em Rennes-le-Château. Mais tarde, falaremos sobre a razão de se ter construído a segunda torre. E por que as estadias dele aqui?

– Suas frequentes e curtas estadias eram outro mistério. Seus paroquianos afirmavam que ele cruzava a fronteira de Perpignan para a Espanha em várias ocasiões no fim da década de 1890 e na primeira década do novo século. Sua empregada encobria suas ausências.

Liliane perguntou se eu estivera no pico do Monte Canigou e lembrei que fui até lá com José muitos anos atrás.

Bruscamente ela perguntou por que eu estava aqui.

– Para começar a viagem.

– Onde é o início?

– No hotel –, assegurei.

Ela suspirou.

– Eu não posso e não ficarei aqui sozinha. Não à noite.

– Mas Carlos Magno ficou! Bem aqui neste jardim. Naquele tempo Girona perdia a batalha para os mouros e estava sitiada. Carlos Magno fez o ritual da respiração, da indagação, e depois da transformação. Ocorreu uma mudança química visível. Uma cruz de fogo apareceu bem ali –. Ela apontou além da catedral em direção aos Pirineus. – Ele conduziu seus homens por esse caminho, pronto para tomar a cidade, mas os mouros invasores haviam fugido. A cruz de fogo os apavorou. Carlos Magno, dominando o medo com sua paciência, salvou Girona.

– Então ele podia, pela transformação, criar uma alteração química a certa distância dele?

– O que você pensa que é um ritual?

Percebi que ela não tinha medo. Era isso que a tornava tão diferente.

Depois do almoço num bar tradicional em San Daniel, com sua comida simples e televisão em volume muito alto, Liliane traduziu o registro da chegada de Saunière à cabana. Ele fora preparado para viajar com um membro da igreja de São Feliu até o momento em que deveria se juntar ao seu guia. Na casa com a torre, Maria Tourdes havia preparado pão com tomate e tortilha embrulhada em papel, pois a viagem dele seria a pé através do campo. Ela adicionou dois litros de bom vinho leve. Os dois homens passariam pela aldeia de *Los Angels* até *Romanya de la Selva*, no alto das colinas, onde uma antiga civilização desconhecida deixara um arranjo de pedras sacrificiais semelhante ao de *Stonehenge*, embora muito menor. Liliane disse que a viagem levou vários dias. Em Romanya, Saunière encontraria seu guia e a partir de lá eles viajariam a cavalo e carruagem para o próximo local. O padre, acostumado a caminhar pelo campo várias horas, era forte, apto e bastante capaz de dormir sob as estrelas.

– Ele não demonstrou medo, depois de viver experiências que baniram esse sentimento de seu íntimo. Então vamos ver o que vai livrá-la dos seus –, Liliane me desafiou.

– Mas ele sabia o que queria –, eu disse. – Ele conhecia a intenção da viagem.

– Exatamente –. Ela estava satisfeita. – Mas não como executá-la. O problema dele? Ele achava que sabia tudo.

– Por que ele fez a viagem?

– Era essencial tornar-se um iniciado, caso quisesse fazer parte da sociedade secreta.

Então a primeira parte da preparação na cabana era indagação. Assim eu deveria examinar minha intenção de fazer a viagem. Era fácil: José me disse para fazê-la. Mas essa razão não servia para minha professora.

– Você ainda está apaixonada por ele –, ela disse como se estivesse diagnosticando uma doença fatal. (E até que podia estar). – E é por isso que você está aqui.

– Absolutamente falso –, protestei mesmo que aquilo não pudesse ser mais verdadeiro.

– Você quer obter alguma mágica desta experiência e tê-lo de volta.

Não respondi. A ideia da mágica não era de todo desagradável.

– O que você sabe sobre a viagem? – ela perguntou.

– Apenas o pouco do que li.

– Por que você não coloca como intenção recuperar seu amante?

Senti que aquilo era uma armadilha. – Todo mundo tem algo em sua vida.

– No seu caso parece que cai na categoria de ilusão –. Ela deu sua adorável risada e tentei esconder minha fúria. Como eu poderia abrir mão de algo dado por Deus anos atrás, que ainda era verdade e o seria até a morte e além?

– Prefiro manter assuntos pessoais fora desta troca de ideias.

– Ele é casado.

Nunca, nem por um momento, acreditei naquele casamento. Liliane e eu tivemos uma verdadeira discussão sobre aquilo.

– Seu relacionamento com José é uma joia em seu passado –, ela disse repentinamente. – E no dele. Você pode deixar isso assim?

Fiz minha pesquisa. Liliane disse que nos daríamos duas semanas e que a viagem seguiria um padrão a me ser explicado. Como eu via a viagem? Como um exercício espiritual, decidi. Seu propósito? Expandir minha consciência, elevar meu nível de envolvimento, dar-me liberdade. Eu desejava renascer.

Mas quais eram os aspectos práticos da viagem? Onde ela me levaria? Por quanto tempo? Como viajaria? Eu gostava de caminhar tanto quanto os outros; mas, tendo lido o relato de Saunière, não me sentia à altura do primeiro trecho – entre a cabana e Romanya – pois subia a colina e fora exaustivo até mesmo para ele.

Liliane me deixou um pouco de água, algumas frutas, e relatos em francês do encontro de Saunière com o padre de São Feliu e o tratado deles sobre a viagem a Romanya. A partir das anotações eu podia dizer que Saunière recebeu, no todo, um tratamento melhor do que eu. Liliane disse-me que eu deveria praticar os exercícios de respiração, imobilidade, mantras. E observar as estrelas. Deitar-me de costas na grama e absorver o céu noturno. Quando foi a última vez que fiz isso?

Encontrei José ao lado do Arc Bar ao entardecer. Nos velhos tempos, eu teria me agarrado a ele. Agora, em nossa nova circunstância, permanecemos a uma distância educada um do outro. Ele não havia mudado. E eu?

– Você ficará essa noite na cabana comigo?

Ele hesitou.

–Sozinha não consigo – eu disse.

Ele recusou delicadamente. Sua esposa – os problemas que causaria com ela. Antigamente ele o faria sem pensar duas vezes.

– Então por que não voltamos aos velhos tempos? – perguntei; – afinal de contas, parece que essa viagem vai ao passado. Nada de relógios nessa rota.

Os olhos dele assumiram o aspecto de antigamente, como eu sempre guardaria nas minhas lembranças. Ele havia tomado uma decisão.

– Eu virei até você às nove –, prometeu, – mas tenho que pegar o último trem para Flaca –. A aldeia de Flaca era onde ele morava numa casa grande e velha que estava restaurando com seu filho.

Nove horas. Passos no caminho enquanto o sino da catedral soava as horas. Eu reconheceria aquele caminhar em qualquer lugar. Ele trouxe um pacote de comida, um pouco de vinho. Disse que me contaria sobre sua viagem, a primeira parte, mas nos sentamos sob as árvores e conversamos sobre nosso passado. Aquele tempo foi maravilhoso. Por volta da meia-noite ele se preparou para partir e riu do meu medo.

– Você ficará bem com meus pensamentos à sua volta como aquela cruz e corrente uma vez estiveram. Lembra?

Nos anos cinquenta, quando deixei Girona para ir a Paris pela primeira vez, ele tirou a corrente com a cruz que sempre usava e colocou-a em torno do meu pescoço. Caminhou comigo quando me preparava para pegar minha primeira carona.

– Ela vai protegê-la –. Disse, enquanto tocava a cruz. – Não a perca.

Como se eu pudesse perder a mínima coisa relacionada a ele.

Naquela noite na cabana, li à luz de vela algumas anotações de Saunière e o que ele esperava encontrar na viagem. Ele precisava atravessar o que em linguagem metafísica se conhece como a 34ª linha, passar através de *shin*, unir Norte e Sul dentro dele. Sua caligrafia era miúda e pessoal. Ele queria "A Lágrima de Ísis" (a inundação do Nilo) para completar o círculo de 360 graus. Pelo poder do Graal, a Fênix seria consumida pelo fogo e ressuscitada das cinzas em sua beleza anterior. Para essa experiência ele precisava que o "portal" em Girona servisse de "fogo". Para que o Graal transformasse a Fênix e ele passasse pelo fogo, ele devia cruzar o quadrado número 34 e continuar a viagem até o 44.

Nada daquilo fazia qualquer sentido para mim. Embora eu aceitasse a existência de tais ideias desconhecidas e construções debaixo da nossa realidade, questionava por que elas deveriam ser mostradas a mim. Eu já tinha bastante problemas com as coisas do cotidiano.

Saunière passou parte da primeira noite no jardim da cabana. Outra pessoa escreveu que ele passara a noite inteira em preparação, sem dormir, jejuando, bebendo apenas água. O padre de São Feliu chegou pouco depois do amanhecer e Maria veio com a comida.

Na viagem a *Los Angels,* Saunière perguntou a seu companheiro sobre o incrível cálice feito de ouro maciço. Ele fora usado na 'sexta cerimônia'. Havia números e diagramas em todo o curto relato.

O relatório de José sobre sua própria viagem era mais curto. Seu objetivo era afastar suas qualidades obstrutivas e conhecer a humildade de seu guia. Faria qualquer esforço para alcançar o caminho sublime. Ele, também, passou a noite sem dormir. Rezara entre as sessões de meditação.

Os dois relatos comentavam sobre a paz da cabana, o ar doce. Nenhum dos homens almoçou ou jantou, apenas beberam água da fonte. Usaram os exercícios de respiração oriundos do Oriente.

Na minha noite na cabana, a lua estava alta e o ar doce como descrito nos relatos que acabara de ler. Não mudou muita coisa com o passar dos anos. Um ruído me fez dar um salto para trás. Vi olhos cintilantes, um rabo comprido. Fugi correndo pelo caminho, mais rápido do que Carlos Magno. Cheguei ao hotel numa velocidade que há anos não atingia.

Na manhã seguinte, Liliane aceitou minha covardia e eu estava desapontada comigo mesma até que me lembrei do rato.

– Mas ele é do campo –, ela apontou para fora. – É mais seguro. Não é igual aos ratos da cidade que você conhece em Londres –. E encerrou o assunto.

Eu havia perguntado a José sobre ela. Ele contou que durante anos ela morou nas montanhas. Era sábia e eterna. Revendo o começo da minha experiência com ela, achei que eu não havia conquistado muita coisa. Apenas tomei conhecimento do que não sabia e não podia alcançar, especialmente em termos do preparo físico que aquilo tudo parecia exigir. Esperei tempo demais para fazer a viagem?

Figura 4.1 Parte da muralha original da cidade de Girona

CAPÍTULO 4

– O que é antigo? – perguntou Liliane.

– As muralhas da cidade, 400 anos de idade – respondi. Eu estava orgulhosa dessa informação.

– Tempo! Você não faz ideia do que é isso. Restos de artefatos que foram encontrados em Girona datam de 8 mil a.C.; quando esse lugar era habitado por tribos celtas. Além disso, um osso mandibular do período pré-Neandertal foi encontrado na cidade de Banyoles, supostamente de 200 anos de idade.

Eu não tinha ideia do que fosse uma mandíbula, mas não queria perguntar a ela. Mudei de assunto, mas poucas sentenças depois, Liliane voltou a falar na mandíbula. Não esbocei qualquer reação.

Ela riu: – Você é orgulhosa.

Não, não era isso. Não queria estar com ela; queria José. Por um momento, senti que essa viagem fora um erro absoluto.

Então, ela disse: – Você terá que aprender a perguntar.

Dei de ombros.

– Essa viagem certamente lhe ensinará isso.

Liliane me levou para fora da cabana, fechou a porta e colocou a chave em um lugar combinado para que José a encontrasse.

– Quanto tempo os outros ficaram? – perguntei.

– Uma semana, um mês.

– Mas são homens.

– Não todos.

E eu não durei nem uma noite ali.

Ela admirou o modo como o jardim se curvava e mergulhava, encontrando seu próprio ritmo. Iniciamos nas estações locais da viagem. Via-se a próxima construção a uma pequena distância adiante no caminho – a Torre Gironella, quebrada e desmoronada, com suas próprias lendas e milagres. Em seguida, Liliane me levou até o jardim da francesa. À esquerda, vimos o santuário na pequena encosta onde apareceu, em fevereiro de 1976, a imagem de Madalena, testemunhada por dezenas de moradores de Girona. Naturalmente, pensei que pararíamos ali. Aquele deveria ser um ponto crucial em qualquer viagem, não é?

Mas não, Liliane continuou sem parar até o 'Jardim da Francesa', como era conhecido e até comemorado por uma placa no muro. O jardim estava em um estado lastimável – muros quebrados, completamente abertos ao público. Quando o visitei nos anos 1950, estava recoberto de pedras, havia buracos e enormes ervas daninhas cresciam desordenadamente. Antes, na virada do século, aquele fora um local muito elegante. Liliane sentou-se onde a palmeira real fora derrubada por aqueles que estavam determinados a encontrar informações. Presumi que o Vaticano estivesse por trás disso.

– José cuidará do jardim – disse Liliane, apontando a fonte em processo de restauração e as luminárias a gás sendo reparadas. – Ele deixará isso como era para ser –. Pela primeira vez, concordei com ela.

– O que eles queriam aqui? – perguntei. – Esses que destruíram a casa?

– Aquilo que ficou escondido por séculos. Não se pode cavar em busca disso. Tem que deixar vir até você –. Sem pausar, explicou meu itinerário. Havia onze paradas na viagem. – Quando Saunière fez a viagem, estava em forma, José era jovem. Você está mais velha, então vamos modificar e percorrer alguns trechos de carro ou de trem. Você andará um pouco mais a cada dia. Você se manterá dentro dos limites do que consegue fazer. Conhece seus limites?

Duvidei disso. Perguntei por que o local da visão não constituía uma parada. Certamente, era o que de mais transcendental aconteceu em Girona nos últimos anos.

– O santuário da aparição homenageia algo que não aconteceu. Vá e dê uma olhada. Depois, discutiremos o que realmente aconteceu.

Cruzei sozinha a pequena encosta. Era um santuário elaborado, bem mantido com flores frescas e artificiais. Um relato gravado em uma placa branca descrevia que uma mulher local teve uma visão de Jesus: *'As marcas na terra* são as pegadas de Nosso Senhor'. A data e hora da aparição estavam gravadas.

Por todo o caminho, Liliane media parte da muralha da cidade e escrevia números em um caderninho de notas. – Desse jardim, Maria Tourdes conseguia ver o Monte Canigou.

– Isso é importante?

– Essencial.

Perguntei por que ela estava medindo a muralha.

– À procura de algo que nunca foi descoberto – respondeu. – Será que Saunière encontrou? Foi por isso que cessou suas visitas?

Eu não tinha ideia do que ela falava.

Ela perguntou o que achei do santuário. Eu o achei artificial, os materiais baratos, mas não quis ser desrespeitosa.

– O relato gravado na placa está errado. Não foi Jesus que apareceu. Não foi o pé dele que imprimiu aquela marca.

Ela descreveu o evento que mencionei sobre a aparição ocorrida em fevereiro de 1976: a visão de *La Donna con la Copa*, A Senhora com o Cálice, apareceu antes da meia-noite naquela encosta, e permaneceu por uma hora. Diziam que era Madalena, e que havia aparecido antes no Lago de Banolas em 1902, apenas a uma hora dali.

– A aparição só acontece em certos locais, dependendo do poder das linhas *Ley*, ou pulsações de energia naquela área precisa – Liliane explicou.

– Você a viu?

Figura 4.2 Santuário da Senhora com o Cálice

– De modo algum. Eu estava nos Pirineus. Havia dúzias de pessoas correndo para aquela pequena colina. Quando viram o espetáculo, ficaram quietas, reverentes. Disseram depois que a aparição era benevolente, sagrada, impossível de ser esquecida. Os espectadores que estavam mais distantes disseram que havia um halo de luz no céu, imóvel. Depois esmaeceu e sumiu.

Eu lhe disse que não conseguia entender por que aquele lugar, tão além do nosso mundo, não era usado na viagem.

– Ele nunca foi usado. E aquele lugar não tem nada de especial. A causa da aparição aconteceu em outro lugar. Depois que essa casa e a torre foram derrubadas, a sociedade não pode mais realizar cerimônias aqui; esse jardim agora é um espaço público. Então para onde foram os membros? Para a cabana. Eles usam o jardim da cabana que se localiza na mesma linha energética (você começará a entender "*linha energética*"). Na noite em questão, eles realizaram um ritual, algo que não acontecia há anos. Uma quantidade suficiente de iniciados estava presente e a atividade promoveu mudanças na atmosfera exatamente como aconteceu com Carlos Magno. Os iniciados invocaram a "Senhora com o Cálice", como faziam no passado sem muito sucesso, no entanto, dessa vez, a ressonância estava certa e a Senhora tomou forma.

– Então, ela apareceu naquela encosta, mas não foi chamada de lá?

– Exatamente. Ela, na verdade, surgiu detrás da colina. Mas porque estava a pelo menos três metros de altura, os espectadores pensaram que pairava sobre a encosta. Assim, multidões vão todo mês à colina prestar homenagem a um evento que não aconteceu lá e não diz respeito à reverenciada figura gravada naquela placa.

– Então, essa é uma confusão deliberada? Quem pôs aquela placa lá?

– Uma mulher que viu a aparição ficou profundamente afetada por ela e depois viu as marcas na encosta. Ela colocou uma cruz e algumas flores no local, e muitos vieram até ali rezar. Ela insistiu que vira a Madalena e havia sido curada por ela. Havia inegáveis vestígios no solo, difíceis de serem explicados pelos descrentes. Algo realmente havia acontecido ali, mas o quê? A cruz de madeira e a inscrição da mulher foram tiradas do altar improvisado e ela foi internada num hospício. Eles mudaram a história. Disseram-lhe que sem dúvida aquela figura que vira não era a Senhora com o Cálice e sim Jesus e se ela aceitasse aquela verdade, seria libertada. Foram eles que erigiram o santuário no lugar dela – o santuário para Jesus.

– Eles?

– A Igreja, supostamente.

– Onde está a mulher?

– Ah, bem, é impossível saber.

– Mas e todos os outros espectadores?

– Disseram que viram algo e deixaram por isso mesmo. Para que procurar problemas e ser silenciado? Os hospícios sempre têm leitos disponíveis.

Eu queria saber quem eram essas pessoas tão contrárias à visão, capazes de falsificar uma evidência e sumir com uma testemunha.

– Você não iria querer saber – disse Liliane.

– Mas eles não se importavam que fosse Jesus. Então, seja quem for, aceitaram que algo havia acontecido.

– Então, o que você conclui disso?

– Que o problema era o aparecimento da "Senhora com o Cálice".

– Sim, um deles. Ela já foi vista antes, em 1902, como já mencionei, mas em outro local. Perguntas foram feitas. E em 1890 houve outra aparição –. Liliane procurou dentro de uma pasta de couro e tirou de lá um recorte de jornal preservado em plástico. Tinha um bom controle sobre objetos, coisas, o mundo exterior. – Aqui está a reportagem. Está em catalão, vou traduzir para você. Em 1890, a testemunha foi o dono de um restaurante passando pelo caminho, tarde da noite em direção à sua casa em San Daniel. Ele ficou alarmado com o silêncio repentino, tão grande que era como se nada existisse; nem mesmo as árvores estalavam. Então, um cachorro rosnou e só. Ele disse que aquilo não era natural. Pensou que espíritos maléficos estivessem tentando se aproximar e rezou para os santos. Depois, ouviu vozes cantando e, apavorado, correu pelo caminho todo até San Daniel.

Em seguida, Liliane escolheu outro documento. – E aqui está o que uma testemunha disse em 1976: "Havia multidões reunidas ao redor da colina. Dava para ouvir a queda de um alfinete. E então, um cachorro latiu e eu rezei para São Miguel que simboliza o desconhecido do outro mundo. Ele protege contra o mal"–. Liliane fechou a pasta de documentos. – Então, em certos lugares, é sábio usar proteção espiritual, o que discutiremos quando sairmos de Girona.

– Assim o ritual que conjura a "Senhora com o Cálice" teve que ser interrompido? – conclui.

– É claro. A sociedade não podia assumir o risco de atrair toda essa atenção. Os moradores da região queixaram-se de que aquela francesa perturbara os espíritos e causara todos os tipos de aparições.

– Por que é sempre a "Senhora com o Cálice" que aparece? Por que não algum outro espírito?

– Porque ela é a Madalena, é claro. Por causa da torre, e depois de 1903 mais poderosamente, duas torres. As próprias torres eram chamadas "Magdala", ou "Madalena", e ela pode aparecer entre elas.

– O que ela traz?

– Ah, isso é outra coisa. Você ainda não está nesse ponto.

E então, tive uma boa ideia: – Por que a sociedade não transferiu o ritual para um lugar mais privado?

Isso provocou risadas. – Não se pode realizar uma prática deste nível em qualquer lugar. Esse acontecimento depende da energia e da vibração da região. E aqui, bem onde você está agora, é um ponto de pulsação principal –. Ela me encostou à marca dos restos da torre no muro decadente. – Há mais pontos de pulsação, mas são menos poderosos. Era o que interessava ao padre francês, bem o lugar onde você está agora. Em 1902, mudaram por um tempo a prática para uma floresta próxima ao lago Banolas; e a Madalena com o Cálice foi vista por alguns cidadãos respeitáveis, incluindo uma freira, o que justificou uma investigação. Por ser a aparição identificável, pararam toda atividade até 1955 e então, recomeçaram em 1976, quando a sociedade usava iniciados para realizar o ritual. Faz-se a ação e se prepara o ritual, o que pode levar quatro horas. E então, é verdade que uma transformação pode ocorrer, mas não há controle sobre o que vem a seguir, ou onde. Lembre-se disso. Melhor ainda, escreva.

Eu disse que ouvira uma ou duas vezes em Girona, que o ritual se originou em práticas catalãs da Idade Média.

– Sim, mas você tem que estar nos pontos de energia. Lembre-se das duas torres. Um grupo de altos iniciados pode estar poderosamente transformando os textos, mas se o lugar não tiver ressonância, nada acontece. Então reflita neste lugar: o que você aprendeu sobre essa história e do que se lembra. Como você nunca teve uma visão, reflita sobre o que a visão pode ser e, antes de tudo, por que aparece.

Por um momento, surgiu uma lembrança desagradável. Relembrei minha visita com José e Dr. Mascaro a Rennes-le-Château em meados dos anos 1960 e a presença de uma figura naquela igreja que realmente não podia estar lá. Mas estava espantosamente mais presente *lá* do que qualquer outra pessoa ou objeto. Naquele dia não falei nada aos dois homens que tentavam acalmar meu ataque histérico e, desde então nunca falara uma palavra a respeito. Nem disse nada sobre isso a Liliane.

Seguindo a orientação dela, primeiro fiz cinco exercícios de respiração, depois limpei minhas energias sutis entoando mantras e, por último, fiz uma breve meditação. A reflexão sobre o que uma visão poderia ser aconteceu rapidamente. Vi imediatamente em minha mente uma figura feita de fumaça. Ela poderia ser uma mulher com uma mantilha ou um longo cabelo preso com grampos decorativos. Era suave, transformando-se em uma nuvem colorida. A mulher carregava um objeto, possivelmente um globo ou, dependendo do ponto de vista, apenas uma nuvem. Esperei, mas aquilo não se dissolveu nem mudou de forma como aconteceria com uma nuvem. Também tive uma sensação de calma. Os grampos decorativos desapareceram, e achei ter visto olhos. Emanavam calor e doçura, e senti como se estivesse preenchida com açúcar. Senti como se fosse doce demais. Eu suspeitava que tudo aquilo acontecesse porque minha acompanhante mandava energia ou ondas de pensamento ou outra coisa que o tornava possível. Então, Liliane falou, e a nuvem começou a fragmentar-se suavemente e desapareceu.

O que eu vira? Podia recordar? Sim. Era produto da minha imaginação? Acho que não. Ela me mandou abrir os olhos e beber água. E depois descreveu como uma informação de outra fonte além da nossa poderia ser canalizada.

– Você se sintoniza com seu nível superior. Convida. Recebe. Isso pode ser descrito como uma marca. É mais vívido do que um pensamento, pode ser instantaneamente lembrado e é imutável. Se fosse meramente criado pela imaginação seria difícil de ser lembrado. Não pareceria ter vindo de fora de você. O teste real é que a marca não é criada pelos pensamentos usuais de uma pessoa, mas é "externa" a eles.

Senti que experimentara algo imediatamente recordável, como se tivesse vindo de outro lugar. Meus pensamentos pareciam estar suspensos, substituídos pela imagem. Em seguida, Liliane me pediu para fazer um teste: fechar os olhos e evocar mentalmente José. Evidentemente o conhecia muito bem. Consegui tê-lo por um segundo, e então outros pensamentos de todos os tipos apareceram para juntarem-se a esse e desviaram da imagem. Depois, vi os lábios dele. Em seguida não conseguia mais ver direito. O experimento todo exigiu esforço. Não era de forma alguma a mesma experiência da mulher feita de fumaça. Nesse caso, eu precisava apenas pensar nela que instantaneamente aparecia ali, intacta.

– E ela sempre estará – disse Liliane.

Pela primeira vez desde que a conheci pensei ter feito algo correto. Perguntei se ela projetara a imagem da mulher em minha mente.

– E como poderia fazer isso? Se eu tivesse esse poder, governaria o mundo.

Nesse momento, um turista com máquina fotográfica apareceu nos degraus do jardim e tirou umas fotos dos muros. A casa foi construída de modo que a muralha da cidade formava um lado da casa e do jardim. A torre estava no canto, seus restos ainda visíveis.

– Os moradores locais devem ter questionado essas visões – eu disse depois que o fotógrafo se foi.

– Eles pensavam que eram fantasmas e alguns contaram aos padres – respondeu Liliane. – Mas não com frequência e não no passado. No século XIX, ver espíritos era considerado blasfêmia.

Perguntei o que tinha acontecido.

– Nada. Os habitantes de Girona em geral não acreditavam em visões e fantasmas, então se você visse algo assim significava que havia algo errado com você. De fato, o mesmo acontece hoje. Também, depende de a Igreja validar a visão. Validada pela Igreja, será declarada milagre.

Liliane parou por um instante e, de repente, completou: – Então, o terreno faz algo. O que é?

– Permite que se manifestem aparições que normalmente não seriam vistas.

– E por que isso acontece?

– Por causa das linhas *Ley*, as pulsações de energia –. Eu estava satisfeita por saber a resposta. Claro, ela já mencionara essas coisas.

Por alguns instantes, Liliane não confirmou se eu estava certa. Deu-me um caderno e pediu que eu listasse tudo que lembrava sobre o jardim e a casa. Minha resposta não fora bem recebida.

– Mas isso levará eras.

– Por que você quis fazer esta viagem?

– Minha resposta é a mesma de quando você perguntou da última vez.

– Espero que não –, ela colocou o caderno no meu colo, – você está certa sobre as pulsações de energia permitirem que outra dimensão penetre. Mas esqueceu das torres –, falou devagar, – elas permitem que o espaço entre elas seja carregado, tornando-o mais leve, mais transparente, como uma cortina desgastada. O ar não fica tão espesso. Você está entendendo o que descrevo?

Eu disse que sim. Mas não entendia.

– Então, há uma grande carga de energia entre aqui e Rennes-le-Château.

Antes de sairmos do jardim, ela me deu um teste: – Feche os olhos e relembre a mulher de fumaça. Descreva tudo.

Eu fiz. Ela ainda estava lá.

– Que sentimento essa visão evoca em você?

Pensei que o sentimento era de ser amada e estar segura, como se eu fosse uma filha amada. Não! Era maior que isso. Eu tinha certeza de que Liliane de alguma forma projetou a figura e seus efeitos.

Essa foi apenas a segunda parada e já era o terceiro dia. Senti que ela já estava farta de ser minha guia. Eu não estava lidando bem com as situações. Ela estava acostumada com altos iniciados. A Ursa Maior e as Sete Estrelas? Eu nem ao menos conseguia sair do chão.

Figura 5.1 A catedral de Girona visível através de uma das muitas arcadas da cidade

CAPÍTULO 5

Liliane e eu nos sentamos do lado de fora do estabelecimento de Lluís, o Arc Bar na parte inferior da escadaria da catedral, e a mesa estava posta com comida e bebida. Pedi outra porção de linguiça e pão. Conhecia Lluís antes de ele abrir o bar nos anos cinquenta. Ali funcionava uma mercearia.

Liliane me perguntou o que eu sentia a respeito desse lugar. Respondi que, entre os anos de 1950 e 1960, o Arc Bar fora o núcleo, o coração da cidade depois do escurecer. Eu me lembrava do jazz escapando suavemente pela noite afora ao longo das ruas e passagens de calçadas quebradas e dos espessos muros de pedras que fechavam o *Barrio Chino*, uma área fervilhante de casas aglomeradas, prostitutas e bares que nunca fechavam. Os muros eram tão espessos que abafavam o estridente barulho de música que competia com os gritos da rua e brigas de bêbados dentro do *Barrio*; não se podia nem adivinhar o que havia ali.

– O *Barrio* era um reino de devassidão. Lotado de clientes, mas os muros continham todo o barulho. Não se ouvia nenhum som.

– Oh, os muros contêm um bocado –, disse Liliane.

Naqueles dias, Lluís ficava atrás do balcão de seu bar, de óculos escuros, fumando o cigarro de praxe e retransmitindo com ironia a fofoca, as politicagens e as intrigas da cidade. Ele era inteligente e eloquente em muitas línguas. Tinha uma postura segura como ninguém. José o chamava de "O Lobo". Não se sabia do que Lluís chamava José. Mais tarde, descobriu-se que era "Branca de Neve".

Figura 5.2 Lluís e José

O bar ficava imerso em fumaça negra de cigarro e de lenha, vinda de uma lareira aberta, o cheiro das linguiças sendo preparadas, competindo com o perfume das garotas. A multidão se reunia ao redor de Lluís, os artistas, personalidades locais, anarquistas e quase sempre alguma celebridade. Salvador Dali gostava daquele lugar. E também as estrelas americanas que filmavam na Costa Brava, incluindo James Mason e Ava Gardner, que previamente filmara *Pandora and the Flying Dutchman* (*Os Amores de Pandora)* próximo a Girona. Vinham dançarinos de flamenco – Antonio, Rosario. A música esquentava, o fogo rugia e nos sentíamos transportados para fora da cidade, partindo num barco rumo a aventuras fabulosas.

Os catalães queriam uma província ideal. Lluís era o empresário, o líder era José, o instigador da mudança. Era a época no final dos anos 1950, quando todo mundo ficava inebriado com pouco álcool e muito otimismo e se faziam planos para um futuro melhor.

– Então o que esse lugar representa? – perguntou Liliane.

– Liberdade. Um jeito de conseguir isso?

– Através da bebida? De substâncias?

Eu pensava no passado, o amado passado. A vida nos deixava inebriados. Era o bastante. Mas eu não lhe contei tudo nem queria contar.

– Nós costumávamos dançar *'The Madison'*. Em fila no bar. Acabara de ser lançado.

E essa foi, definitivamente, a melhor época. Eu olhava ao redor para o que era hoje. Os edifícios eram os mesmos, mas o resto muito mudado, como se todas as luzes do mundo tivessem se apagado. A cidade era rica demais e os habitantes perderam suas identidades, tornaram-se globalizados. Percebi que ao pensar sobre os tempos felizes, o presente parecia meio perdido.

– Tudo muda – disse Liliane, de novo em sintonia com meus pensamentos. Talvez ela soubesse ler mentes e fosse hipnotizadora.

– E isso é um inferno – observei.

– O que permanece o mesmo?

Apontei para os edifícios.

– Eles estão passando por uma decadência alarmante. A atmosfera que os permeia por dentro e por fora é completamente diferente daquela de quando você veio aqui pela primeira vez. Você é a mesma?

Figura 5.3 O letreiro do bar de Lluís

Pensei que, de algumas maneiras, era. Liliane parecia duvidar disso. Eu perguntei por que ela continuava me empurrando de volta ao passado.

– Porque é disto que trata esta viagem. A descoberta de que nada está perdido. Nós apenas nos perdemos no tempo.

Ela disse que eu deveria me sentar no jardim da francesa e fazer os exercícios da maneira como ela pedira. – Parece que você se abriu com a lembrança desse bar, por isso lhe será mais fácil escrever sobre Maria Tourdes e a casa com a torre. Use a reflexão, indague. E comece agora a absorver onde você está, onde for. Absorva-o.

Enquanto nos levantamos para sair, Lluís, ainda, depois de todos esses anos, o anfitrião da noite, veio até a porta e me contou as

Figura 5.4 Lluís ainda firme no século XXI

últimas notícias. Tratava-se de um escândalo sexual no qual um dos participantes disse que, *au contraire*, ele estava limpando a cidade. Não havia nada sobre Girona que Lluís não soubesse e não pudesse aguçar com sua maravilhosa sagacidade. De seu bar, ele espalhava malícia seca que era repetida pela cidade até alcançar sua presa. Nisso nunca faltava um ponto de sabedoria e instigava mais mudanças do que muitos editoriais da imprensa.

Ele parecia não conhecer Liliane, então os apresentei. Contei a Lluís que estava visitando o jardim da francesa.

– Eu nunca a conheci – respondeu – embora ela vivesse bem ali –. Ele apontou o caminho atrás da catedral.

Liliane estava alegre. – Mas é inacreditável pensar que essa mulher estrangeira viveu em uma casa durante anos e você não se lembre dela.

– Eu vinha para o bar à noite e ficava até o amanhecer. Nós obviamente tínhamos horários diferentes. Ela nunca veio aqui.

– Devem ter dado a ela o manto do invisível.

Lluís concordou e apontou para igreja de São Lucas mais abaixo. – Os invisíveis entravam e saíam por aquela porta. Era onde se conseguia as mensagens que eles deixaram. Nós precisávamos de credibilidade naquele tempo –. Ele estava obviamente falando de algo que presumi ser política.

– A francesa tinha um jardineiro chamado Jacinto – Liliane disse.

– Eu me lembro de Jacinto. Acho que a mulher que você menciona teve uma boa vida, mas antes do meu tempo. Talvez, o jardim francês dê certa invisibilidade. Dizem que dá muitas coisas. Até dinheiro.

E foi quando me lembrei de Lucia, aquela impressionante e magnífica garota vestida completamente de dourado, sapatos, vestido, brincos, bolsa, vigorosa e rica, como uma barra de ouro. Ouro de boa qualidade que você não poderia dar-se ao luxo e que apenas poderia cobiçar à distância. Lucia destoava de quase todas as pessoas. Mesmo a maquiagem dela era dourada, e seus sapatos com saltos tão altos como arranha-céus eram como lingotes de ouro. Ela me lembrava uma cidade mítica de ouro dos tempos antigos. Sua risada era cheia de moedas. Ela costumava entrar no bar, como o fez uma noite em 1959, e apenas pude observar como José se movia até ela, nem mesmo pensando em disfarçar seu prazer. Isso aconteceu durante minha segunda visita a Girona. Ela estava um pouco bêbada, o que fazia seus olhos brilharem, e Lluís falou-lhe ironicamente e provocou seu riso.

– Ela é frágil como uma borboleta dourada – disse Umberto. Que também não estava sóbrio. Ninguém estava sóbrio naquela noite.

Mas no meio disso tudo, Lucia encontrou um momento para me alertar. De repente ela disse muito claramente: – Lembre-se, Girona não é chamada de cidade da ilusão por nada.

Foi naquela noite que o padre e estudioso Quim Carreras me questionou sobre a cruz e a corrente que José me dera ao final da minha primeira visita. Ele presumiu que eu ainda estava com elas. Onde estavam?

– Talvez estejam com José. São dele –, respondi.

– Não – respondeu Quim Carreras, – ele não as usa mais.

– Você verifica o corpo dele em busca de joias perdidas?

Aquilo gerou uma risada, foi quando Lucia começou a gostar de mim.

– Foi você quem lhe deu a cruz? – perguntei a Carreras, agora imprudentemente. – Eu deveria lhe pagar alguma coisa por ela?

– Você não poderia – ele tentou esconder sua raiva – não tem preço.

Tentei me lembrar de como era a cruz.

– Onde está? – ele perguntou baixinho.

Paris fora difícil e eu dei a cruz e a corrente a um homem em Montparnasse em troca de uma refeição. Ele me dissera para lhe dar algo, e isso era tudo que eu tinha. José não me avisara de que tinham um valor especial.

– Eu nunca as tive – disse, e para distraí-lo comecei a falar da francesa. Perguntei a mim mesma se a cruz era valiosa porque pertencera a alguém.

– Ela teve um caso de amor verdadeiro – dizia Carreras – o que faz os contemporâneos parecerem triviais –. Ele perguntou como eu a conheci e eu respondi que a vira em Paris.

– Mas ela não está em Paris – disse José, dando um tapa em minha perna como aviso.

– Oh, mas ela está – disse Carreras, olhando para mim – a propósito, o que a francesa disse?

– Disse o quanto gostou de você. Disse que era uma pena você ser padre.

Lluís deu uma boa risada por conta disso. Todos riram. Carreras agora era um inimigo. Senti que sua avaliação sobre os romances contemporâneos serem "triviais" dizia respeito ao meu romance com José.

– Por que Maria teve que sair de Girona? – era minha vez de fazer perguntas.

– Pergunte à senhorita Midas – Quim Carreras apontou para Lucia, – ela sempre tem todas as respostas. Na verdade, Paris combina com Maria. Há pessoas da estirpe dela em Paris. Aqui é provinciano demais.

– Por que então ela veio morar aqui? Aqui certamente não é Paris.

Lluís respondeu a essa pergunta. – Porque não podia partir – e depois completou, – enquanto não lhe dessem essa ordem.

– Oh, não se fala sobre isso aqui – Lucia levantou seu copo, – Por que você pensa que me cubro de ouro? Aqui é o lugar para isso! – E foi então que ela me avisou de novo para ser prudente.

Agora, quarenta anos depois, eu ainda estava essencialmente no Arc Bar durante aquela noite em 1959. O passado era tudo que me preocupava. Eu estava certamente absorvendo *aquilo*, fosse boa ou não em absorver o momento presente, como Liliane instruíra.

O que havia naquela noite que eu não entendi?

Liliane foi à minha frente na volta para o jardim e escolheu onde deveríamos sentar. Ela se voltou para o antigo assunto de absorção:

– Absorva o lugar. Acalme sua mente e deixe a atmosfera entrar. Mantenha os olhos fechados. Sinta com as mãos e os dedos o chão ao seu redor. As folhas, as pedras, o cascalho. Absorva e sinta todas essas coisas. Não dê nome a elas. Ouça o vento, os sinos, e agora ouça os sons menos óbvios. Primeiro aqueles que estão próximos a você. Apenas observe, depois absorva. Depois, os sons mais distantes. O som do trem. Agora identifique cada cheiro. Absorva os mais diferentes odores que compõem este jardim. Ao longe, o óleo de oliva usado na cozinha do Arc Bar. Entre nos ritmos do jardim. O modo como o vento preenche as árvores e arranca suspiros delas. O som da água escorrendo. Agora, abra os olhos e absorva este lugar profundamente. Esqueça o tempo. Demore o tempo que tiver que demorar. Quando os pensamentos aparecerem, sempre tentarão desviar sua atenção. Deixe-os passar sem reagir e volte para a quietude no jardim.

A voz de Liliane era hipnótica o suficiente para que eu fizesse exatamente o que ela pedia e nem uma vez questionasse o que estava fazendo.

– Veja as sombras no muro. Elas criam uma linguagem, outra realidade. Aprofunde-se na sempre mutável existência delas. Absorva as sombras. O que você espera desta viagem?

–Nada –. Saiu sem pensar.

– Bom. O que preocupa você quanto à absorção?

Eu não pensei em nada que me preocupasse. Ela trabalhou nisso, esclarecendo a experiência. Eu estava amedrontada em absorver algo que me prejudicasse, ou do que eu não conseguisse me livrar. Ou que me mudasse.

– Então, você tem medo de perder o controle?

Não era assim em todos os casos.

Ao sair em seguida para tratar de assuntos pessoais, comentou: – Você tem muito pouca confiança.

Sozinha no jardim, peguei o documento da preparação de Saunière para a viagem. As anotaçõess foram feitas por um companheiro prático e preciso. Liliane fez anotações a lápis. Saunière sabia para onde estava indo e com qual propósito, e estava preparado para ter paciência. As anotações documentavam o seu progresso indicando que ele se mantinha calmo a respeito de seus assuntos paroquiais, tendo avisado que estaria ausente em um retiro. No começo, ele também se sentou em contemplação neste jardim, ciente de tudo que estava ao seu redor. Ele teve problemas com pensamentos intrusos e recorrentes, preocupado que alguém incógnito conseguisse o que ele mesmo queria.

O que era essa viagem e será que eu deveria estar nela? Senti que era o momento de procurar aquele que a havia sugerido. Não era agradável ficar nesse jardim semipúblico sozinha. Li os exercícios que Liliane me deu para a noite: contemplar, concentrar, meditar. Sentar em reflexão. Praticar a respiração. Sustentar o mantra em fá sustenido; ela me deixou uma fita gravada com o som. Finalmente, a Indagação. Esperava-se que eu me lembrasse de tudo que aconteceu no jardim da francesa e o escrevesse no caderno, mas o lugar estava tão diferente, tão tristemente mudado. Senti-me desolada.

Maria Tourdes manifestava muita ternura e delicadeza. Ela era brilhante e inteligente e parecia estar bem consigo mesma. Eu a vi pela primeira vez quando eu tinha quinze anos e estava caminhando sobre seu muro danificado. Ela saiu da casa, observando-me, e eu lhe disse que iria trabalhar no circo. Ainda estava viva na minha lembrança, com aqueles grandes olhos negros e brilhantes como amoras. Eu fixava o olhar numa marca na torre para manter o equilíbrio. Era a marca de água de uma enchente? Comentei que a torre deveria ser antiga.

– De modo algum. Foi construída em 1851.

Esta lembrança de Maria se desvaneceu quando turistas subiram os degraus e correram por todo o lugar, gritando alto, enquanto olhavam pelas fendas, na muralha defensiva da cidade através da qual, com flechas e depois balas, os defensores tinham dilacerado o inimigo que subia a colina íngreme.

Saí do jardim e desci correndo os degraus da catedral, repentinamente preocupada que Liliane de algum modo soubesse, talvez por sintonia, que eu não seguira as instruções: "Fique com as sombras." O sol, ainda bem, havia se posto.

Eu estava fazendo a viagem porque amava José. Passei pelo Arc Bar, mas ele não estava lá. O sebo de livros na *Calle Forsa* estava fechado. O Centro Judaico que José desenterrara e restaurara estava cheio, uma fila de turistas aguardava para entrar. Eu esperava que ele estivesse em um bar nas *Ramblas*. O garçom não o vira. Cruzei a ponte Eiffel em direção à *Calle Nou*.

O que me fez parar no Savoy Bar ao lado do Hotel Peninsular? Nostalgia? O fato de ele ter pertencido ao *Señor* Juli Lara, de quem eu gostava muito? Antigamente era um bar espaçoso, escuro, guardando a atmosfera de outra época. As banquetas eram de couro preto bem desgastado. Havia espelhos entalhados pendurados nas paredes, alguns com propagandas. As toalhas de mesa, cada uma com um centro em padrão idêntico de linho bordado, estavam cobertas com vidro. O chão era de pedra polida. Agora, quase toda essa elegância do passado desaparecera e o bar era como um lugar qualquer.

Ele estava sentado no fundo, lendo jornal. Antes de me aproximar, parei em honra ao meu amor. Por este homem, cruzei continentes, larguei casamentos. Meu amor por ele, grande demais para o meu pequeno coração, lançava-me para dentro das igrejas, onde eu pedia fervorosamente a Deus para tirar isso de mim. Ainda que por fim ele me culpasse pela nossa incapacidade de ficar juntos. Eu não podia ficar porque não confiava. Ele devia ter tido alguma responsabilidade nisso.

José me viu e sorriu, divertido. – Sua viagem parece ser um tanto incomum. Você perdeu sua guia e está em um bar.

– Venha comigo –, eu estava surpresa com o quanto de paixão ainda tinha, – vamos fazer isso juntos.

A resposta dele não foi uma surpresa, mas ele a disse delicadamente. Ele deveria seguir suas, acho que a palavra que usou foi *obrigações*.

– Eu devo fazer a viagem?

– Você fez o livro. Pesquisou e está envolvida. Acho que deve fazer a viagem enquanto tem a chance. E depois, nós nos encontraremos, claro. Eu irei até você onde quer que esteja.

Perguntei o que ele obteve da viagem.

– Ah, veja, cada pessoa é diferente. Por que encher sua cabeça com minha experiência quando você pode ter a sua?

Perguntei o que eu poderia esperar dela.

– Você verá tudo renovado. Nunca esquecerá. Mas não diga a Liliane que eu disse isso. Ela não quer que você tenha expectativas.

Perguntei por que Saunière viera a Girona.

– Para seguir as instruções deixadas em código pelo Abade Bigou, seu predecessor. Para encontrar o material do ritual da sociedade e usá-lo. A torre era a chave. Ele deu a Maria Tourdes dinheiro suficiente para comprar a casa e cobrir o preço dado pela Igreja. Um advogado, Saguer, estava à frente do negócio.

Perguntei sobre o farmacêutico *Señor* Massaguer que construíra a torre, e José se lembrou de que ele fazia parte da sociedade. – Saunière copiou aquela torre e também a chamou de "Magdala" segundo Maria Madalena, mas isso não podia ser perfeito, porque ele planejou ampliar mais tarde. Ele trouxe dinheiro para Girona e Maria tinha que investi-lo. No jardim dela ele encontrava pessoas que não podia mais ver em Rennes-le-Château. Ele atraiu muita atenção lá. Ele ou seu irmão, Alfred, trouxe documentos para Maria guardar. Depois da morte dele, nada foi encontrado em sua paróquia. Mas Saunière foi longe demais –. Perguntei o que ele queria dizer com aquilo, mas não respondeu.

– Por que você está nesse bar? – perguntei de repente, surpresa.

– Eu venho aqui de vez em quando.

– Mas não é o mesmo.

– Não na superfície, mas Maria costumava vir aqui. Ela tomava conta de alguns franceses livres na Segunda Guerra Mundial. Eles usavam esse bar. Penso bastante nela –. A voz dele ficou carinhosa.

– Nós poderíamos *fou le camp* (cair fora) – eu disse, repentinamente – vamos dar o fora daqui.

– Nós poderíamos. Mas ele não. *Monsieur*, o padre.

Voltando para a rua estreita, a *Calle* Forsa, a principal da parte velha da cidade, eu continuava ouvindo a última observação de José. Isso me colocou no grupo, o secreto. Era agora um deles? "Nós poderíamos partir, mas ele não. *Monsieur*, o padre. Porém havia muito para ele fazer e alcançar em Girona."

No sebo do Ruiz, encontrei Juan Puig da prefeitura, que ajudara na pesquisa no ano passado. Ele perguntou por que eu voltara, e respondi que era para descobrir mais sobre a visão de 1976. Não mencionei a viagem. Ele relembrou que aquela mulher que insistira no santuário e suas testemunhas sentiram uma aproximação divina, uma luz além de qualquer coisa conhecida. O sentimento durou algumas horas. – Depois, eles a confinaram e mudaram a sua história. Mas ela manteve sua versão. Havia visto a Madalena.

Eu perguntei sobre as marcas incomuns no chão.

Ele achava que um relâmpago havia atingido e deixado uma impressão na terra como um sinal. Perguntei onde a mulher estava agora. Ele não sabia.

– Ela disse que a experiência a curara, mudara sua vida.

– Quem a internou?

– Um médico.

– Para silenciá-la?

– Definitivamente – respondeu Juan, calmo e sério. – Por alguma razão, eles não queriam que a Senhora do Cálice fosse mencionada.

– Eles?

– Obviamente, isso coincidiu com algo mais que estava acontecendo. Talvez, algo que agitasse a aparição. Ouvi isso algumas vezes de pessoas surpreendentes.

Pensei que sua observação, por si só, já era surpreendente, vinda de um funcionário municipal. Senti-me estranhamente à beira de algo do que talvez tivesse feito parte e, com certeza, inconscientemente deixei passar. Ainda assim eu não sabia o suficiente para proteger a mim mesma.

Figura 6.1 O jardim da francesa como está atualmente

CAPÍTULO 6

Era um dia dos anos 1890, a casa da francesa se enchia de música. Debussy estava presente em algum lugar entre os convidados no jardim.

Um súbito vento do sul erguia os aromas das flores, enviando-os com verdadeira superioridade em meio aos conflitantes perfumes artificiais dos convidados. Ele fixava um esplendor virtual de exuberância inebriante quase competindo com a música. Mulheres mais velhas, um tanto exaustas, abanavam freneticamente seus rostos. – Que verão!

O padre francês estava em pé, parecendo admirar a acácia de Constantinopla que se agitava generosamente, aproveitando a brisa, e as mulheres o admiravam por trás de seus leques. Ele era bem constituído e atraía todos os olhares. As brilhantes cabeças amarelas das flores enormes resplandeciam perigosamente como se mais um minuto de sol fosse transformá-las em ouro. Estas plantas exóticas foram trazidas pessoalmente da França. As flores espanholas formavam uma fila contra a parede, à sombra, como se estivessem tímidas. Laranjeiras e limoeiros davam o melhor de si, e então, bem quando parecia que não poderia haver mais esplendor, todos os sinos tocaram, celebrando a hora. A água de colônia que os espanhóis colocavam em seus cabelos se intensificava no calor, e os insetos do verão zumbiam e esvoaçavam como se fosse seu último instante.

– Delicioso –, disse o padre francês.

– Um presente de Deus –, respondeu um músico italiano.

E nessa tarde o champanhe cintilou discretamente, permaneceu intocado, dando lugar a outros líquidos e águas normalmente não tão procurados. Garotas com aventais de renda serviam limonada gelada; e parecia que, neste jardim, nunca algo poderia dar errado. Mesmo a leve presença do lírio-madona prometia que tudo estava bem. Mas apesar das abundantes cores e aromas, do requinte deste dia, eu estava ciente de uma coisa: o cheiro de terra recém cavada.

A cena era absolutamente real e, ainda assim, num instante eu soube que estava adormecida e que era um sonho poderoso; precisava acordar. Um grupo de câmara instalou-se na sombra e apresentou um breve recital alemão. Uma cantora francesa deu um passo à frente debaixo da palmeira real, sua voz elevando-se sem esforço, maravilhosamente, até que os convidados estremeceram de pura emoção. O belo padre aplaudiu: - Bravo, Emma!

Satisfeita com a aprovação dele, Emma Calvé – pois era, de fato, a famosa cantora de ópera – repentinamente mudou para uma passagem

Figura 6.2 A cantora de ópera Emma Calvé.

que seria difícil para qualquer cantora. O orgulho a fez levantar a estrofe em graduações de staccato, cada uma com uma vogal alongada, seguida de uma pausa surda. Teria tido êxito se o impensável não tivesse acontecido: os pássaros na palmeira imitavam os sons, especialmente o leve tremor de sua nota mais alta, e o rosto dela corava à medida que os convidados se esforçavam para conter o riso inevitável e terrível. Os pássaros, agora confiantes, zombavam de sua voz e seus passos para a nota mais alta, de modo que a destruíram em sua tentativa fracassada de quase chegar lá. Seu final partiu-se em fragmentos com grasnidos e gritos enrouquecidos. Os pássaros eram os amadores ardentes na audição, só erraram muito a nota sol maior.

A princípio os convidados mal podiam acreditar. Esperavam que não tivessem que acreditar naquilo. Não seria pior se um bando de caipiras viesse ao portão do jardim e com insolência inimaginável escarnecesse e zombasse da cantora francesa.

– Os malditos pássaros! – O jovem Duque de Charente chamou Jacinto o jardineiro para dar um jeito neles. Jacinto bateu nos ramos baixos da palmeira com uma vassoura comprida, convencendo alguns intrusos de penas pretas lustrosas e voz rouca a esvoaçarem, a contragosto, para a próxima árvore. Os violinistas tentaram compensar o ruído; mas o público, que ansiava rir, gargalhar, virava-se escondendo os rostos. Alguns estremecendo e curvados para frente, em busca de privacidade, desciam as escadas rumo à entrada do jardim, indicada pela tabuleta "Casa dos Cônegos". A cantora encerrou rapidamente a canção e fez uma réplica inteligente para os pássaros, o que todos esperavam dela. Na verdade, ela queria atirar em todo o bando, pássaros e pessoas rindo, e evitou os olhos do padre, não querendo que ele visse sua raiva e entendesse sua desgraça.

Empregados carregavam bandejas adornadas de champanhe e iguarias francesas trazidas da fronteira pela carruagem naquela manhã. A cantora, respirando muito profundamente apesar de seu espartilho, não arriscava tomar bebida alcoólica. As coisas saíram bastante erradas. Enraivecida, pediu apenas água com suco de limão espremido na hora e gelo.

– Isso é melhor para você –, disse Jacinto despejando água de um jarro. – É da fonte.

Emma achou que ele queria dizer da fonte no jardim e pareceu descontente.

Jacinto riu. – Não, a fonte ao lado da cabana. Dizem que é visitada pela Madalena. Traz a cura.

O padre brindou a cantora. – Até os pássaros a invejam.

Um convidado falou alto demais. – Teria sido melhor se eles tivessem defecado em sua cabeça.

No andar de cima, Maria Tourdes deitou-se em sua cama chorando compulsivamente, segurando um rolo de papel que o padre escondera e tentando rasgá-lo com as unhas. – Você vem do demônio! – gritou. O papel de parede era do mais puro e inocente azul já criado. Vinha do primeiro despertar de cor. Maria via lá embaixo Emma Calvé parada perto do padre. – Meu amor, você não é santo.

– Este lugar é amaldiçoado –, disse Emma. Ela estava de partida a Paris.

– É amaldiçoado porque o Senhor Padre está agitando as coisas –. O Duque de Charente falou claramente, acostumado a ser considerado.

– É o cemitério negro –, disse o organista da catedral, tentando acalmar as coisas.

Ainda em meu sonho, eu ia de lá para cá na casa e no jardim, às vezes andando, às vezes suspensa no espaço e pulando para cima e para baixo como um balão. Sentia-me drogada. Claro, o padre e seus colegas haviam me dado alguma coisa. Não gostavam de intrusos. No entanto, parecia que eu não era visível para eles. Caíra em outra era totalmente. Conseguiria voltar ao lugar ao qual pertencia? Isso não era um sonho; eu não estava sonhando.

O frio forçou-me a voltar e, horrorizada, encontrei-me deitada no chão áspero fervilhando com insetos desagradáveis. Tinha certeza que a inexplicável experiência que acabara de ter era mais real do que qualquer sonho. Senti que nada estava seguro. Via as estrelas em espiral a profundas distâncias que Liliane iria apreciar. A exuberância daqueles mundos inimagináveis levou embora meu medo. Nunca vira tantas estrelas, e me encontrava pronta a reconhecer a realidade de muito mais assuntos do que apenas este planeta, o qual agora condenava aos subúrbios da galáxia. Sentia-me hipnotizada pelo céu noturno abrindo um espaço e uma magnificência infinita. Estivera sonhando? Lembrei-me que depois que pratiquei o mantra em Fá sustenido no dia anterior, fiz a mesma pergunta que Verdaguer fez: - O que eu devo ver? - Ele escreveu aquilo a lápis em meia página em seu relato da viagem por uma cordilheira perto da França. Então fui arrebatada desta vida e flutuei de volta para lá, para a festa à tarde no jardim, para um tempo que era o passado, mas ainda assim não deixava de ser familiar.

Sentei-me e com assombro descobri ter ficado deitada no agora abandonado jardim da francesa. Poderia estar vazio, ou não? As luzes da cidade estavam apagadas. Era tarde da noite. Nunca antes vira uma lua crescente azul. Liliane ficaria feliz por eu ter conseguido me abrir o suficiente para ver uma lua diferente.

Figura 7.1 O poço no jardim da francesa

CAPÍTULO 7

Liliane e eu deixamos a cabana pela manhã, em um horário maluco, mas qualquer senso de realidade que eu pudesse ter fora reduzido pela experiência na noite anterior. Emma Calvé se adiantara para cantar uma ária e os pássaros na palmeira fazendo a versão deles; o padre, robusto e bonito, aplaudia; e no andar de cima, em um quarto bem decorado, sua outra amante jazia desesperada e infeliz.

Toda a cena era mais real e convincente do que qualquer coisa ao meu redor agora, dentro ou fora.

Eu nunca estava no meu melhor nesse horário do dia e raramente acordava a não ser em alguma emergência. Pouco sono, sem café, lavando-me em um balde com água da fonte, e tentando me aliviar no meio dos arbustos, em vez de banheiro, fez com que eu reconsiderasse a coisa toda.

- Nunca fui escoteira –. Tentava novamente limpar meus dentes, – dormir mal não é para mim.

Minha guia parecia calma e obviamente bem descansada.

- Indagação. Qual é a sua?

De repente fiquei furiosa e não consegui responder.

- Reflexão? Bem, você diz que permaneceu aqui o suficiente.

Eu acho que bati o pé. Era tão ruim assim. - Não sei como você veio parar na minha vida. Sinceramente, espero que haja uma boa razão para termos que partir tão cedo. Vamos pegar o último avião rumo às pirâmides? É melhor que seja algo assim. São apenas seis horas da manhã. Eu não quero fazer isto.

– Isto? – ela não se comoveu.

– Viajar de forma dificultosa. Não há razão para isso. É porque eles fizeram assim? – apontei para a pasta de documentos que ela deixou comigo. – Ou eles não o fizeram? O padre francês tinha isso bem arranjado. Ele não se lavava em um balde –. Lembrava-me dele, imaculado e em sua melhor forma, na minha visão que desafiava a realidade, no jardim.

Onde eu terminei a noite? Rastejei do jardim da francesa para o santuário. Deveria ser seguro ali. Não era. Como tudo o mais, era aterrorizante. Terminei no jardim da cabana. Liliane me perguntou por que não pedi ajuda à mulher de fumaça. Isso não me ocorrera. Estava exausta demais até mesmo para invocar sua imagem. Talvez ela não estivesse do meu lado. Fora ela a causa do meu devaneio tão vívido?

Reclamei novamente sobre os viajantes, homens mimados. – Verdaguer. Parecia que era patrocinado por mecenas ricos. Baldes? Não para ele. E meu querido José. Eu o conheço bastante bem. Doce conforto o tempo todo para ele.

– Você não tem que fazer isso.

Estanquei, surpresa.

– Basta você dizer que não fará isso. Sugeri a você seguir o caminho como ele foi feito antes. Mas nem uma única vez eu disse que você tinha que fazer o que era inaceitável para você.

– Mas você não disse: fique no hotel e eu a encontrarei no café da manhã. Por que você não disse isso?

Eu estava furiosa demais com ela para continuar.

– Você deve começar a impor seus limites. Se isso é inaceitável, então diga. Bem, você se dispôs a seguir o caminho que aspirantes anteriores fizeram, incluindo eu mesma. Isso a chateia. Então, não o faça. E depois, perguntaremos por que isso a chateia. Não é questão de vida ou morte.

– Não é necessário.

– É um modo de soltar aquilo que você julga necessário.

– Definitivamente julgo minhas escolhas necessárias.

Minha escova de dente tinha uma sujeira cinza presa em suas cerdas. Joguei-a fora com raiva. – Quero ir para o hotel, tomar um banho, tomar café da manhã, ajeitar-me devidamente.

Achei que Liliane baixou o olhar para esconder uma possível risada, mas a voz dela estava firme. – Andar como os predecessores o fizeram não é necessário na sua idade e condição.

– Oh, desculpe-me. Eu estou bem e posso cuidar de mim mesma –. Não toleraria insulto além de tudo.

– São boas notícias –. Ela não acreditava naquilo. Seu tom de voz me dizia. – É novidade para você, então escreva um diário e expresse seus ressentimentos e surpresas.

Disse-lhe novamente que fiz a peregrinação a Santiago. Ela deu uma resposta qualquer e encheu minha mochila e pasta de documentos. Eu *fora* a Santiago, mas omiti fatos no que falei. Certamente, não a pé por todo o caminho, e isso eu fiz havia 30 anos. Trens e ônibus faziam parte do trajeto, segundo me lembrava.

Ela me pegou pela mão, e nós ficamos paradas na margem da lagoa da cabana. Sua mão era surpreendentemente reconfortante.

– Nós decidimos que, nesta viagem, você não faria nada que considerasse demais para você. Questione-se plenamente primeiro. Estou muito cansada? Quero um resultado melhor? Isto me assusta? É um começo –. Ela apertou minha mão e a soltou. Caminhamos em direção à cidade. – Reflexão?

– Oh, veja, não importa o que eu reflita ou decida. A sociedade secreta quer que eu faça essa viagem. Eles precisam que eu esteja envolvida por conta da pesquisa que fiz para o livro. Então, querendo ou não, estou nela. Eles não sabem o que sei ou o que descobri. Talvez isso seja perigoso para eles.

– Então, você chegou a um estado de suspeita e pouca confiança.

– É melhor do que paranoia.

– Você ainda quer ir para o hotel?

– Definitivamente.

Eu me senti melhor depois que tomei um banho quente na banheira e uma chuveirada fria, troquei de roupa e desfrutei sozinha de um prazeroso café da manhã. Quando Liliane voltou, eu lhe disse, imediatamente, que precisava de um hotel todas as noites e três refeições por dia. E peguei meu telefone celular.

Ela concordou com um movimento de cabeça: – Por hora.

Perguntei o que aquilo significava exatamente.

– Essa viagem trata em parte de desapego. Algumas pessoas a experimentam como perda. Você veio para este mundo sem nada. Não conserva nada. Sai também sem nada. O que você realmente tem?

– Eu mesma.

– Oh, sério? Mas esse eu muda a cada momento. Seu corpo e sua mente são realmente seus? Não consegue mantê-los como são agora, nem mesmo por cinco minutos. Você, minha amiga, terá de desapegar-se ou sentir a perda para alcançar o destino da viagem. Seria inteligente começar a pensar na mulher de fumaça. Estou surpresa de que tenha passado uma noite tão desconfortável sem se lembrar de invocá-la.

– O que ela poderia ter feito?

– Ela fez com que você se sentisse valiosa e amada. Ontem mesmo. Sua questão com amantes é algo a ser investigado.

Era a primeira vez que eu a via sarcástica. Aconteceu de estarmos paradas do lado de fora de uma loja de roupas, e eu corri e comprei dois xales, um vermelho e um rosa. Na farmácia, três portas depois, uma caixa de cuidados para pele, de viagem, e uma dúzia de artigos para toalete se juntaram às compras. Sapatos para caminhar foram os seguintes.

Liliane sentou-se na parte de fora do Café Grand Via, esperando. O sol estava alto nesta hora, o ar causticante por causa do calor. Agora precisava de um café, água, uma visita a um banheiro normal. Em seguida, seria necessário almoçar. Ela perguntou o que eu faria com todas aquelas compras.

- Usá-las.

- Quem as carrega?

Disse que eu as carregaria. Sabia que ela queria perguntar por que eu precisava delas, e tinha a minha resposta pronta: - Elas me mantém como devo ser. Até me tornam melhor.

- Então, elas são ferramentas para sua vida?

- Não iria tão longe assim.

- Como você se sente sem elas?

- Eu não me permito ficar sem elas. Qual é nosso primeiro passo? - Eu tinha que ter algum controle sobre isso.

- Você almoça.

No final da tarde, caminhamos para fora de Girona e tomamos um caminho cheio de curvas para los Angels. Fui dando paradas por conta do calor.

- Exatamente -, comentou Liliane, - é por isso que eu pretendia começar mais cedo.

Sou uma avó, em boa forma, em minha opinião, mesmo que não na realidade. Naquela caminhada para los Angels cada falha artrítica em meu corpo se fez sentir; depois começou a tontura. Sentei-me na beirada de uma fonte bem-vinda e lavei os pés. Liliane decidiu desviar à esquerda pelo terreno plano. Estávamos nos dirigindo à aldeia de Romanya de la Selva, numa região pouco modificada pelos séculos chamada Les Gavanes. Nosso destino era o alto de uma colina íngreme, com atmosfera pastoral e calma.

- Pararemos no caminho?

- Sim, em Caldes de Malavella -. Era a aldeia *spa* onde quem buscava cura banhava-se em águas sulfurosas. Ficava a vinte minutos de carro de Girona.

Conhecia Caldes e isso me agradou.

– Veremos se você a conhece um pouco diferente desta vez –. Sentamo-nos na grama seca à sombra, e Liliane levantou, novamente, o assunto das compras.

– Olhe, eu não sou viciada em compras – respondi. – Preciso destas coisas.

– Você pode passar sem elas?

Pensei em meus cremes, loções, vitaminas. – Por que eu deveria?

– Então, elas a fazem ser quem você é. Talvez sejam sua identidade.

– Você não escova seus dentes e não se cuida?

– Certamente –. Ela realmente parecia composta e limpa, com o cabelo trançado atrás. Tinha uma boa cor natural. Talvez a água da fonte fosse tudo o que se precisava. Expliquei que era uma garota da cidade e maquiagem era imprescindível.

Mas Liliane não desistia. Ela disse que isso fazia de mim quem eu pensava que queria ser.

Sugeriu que então começássemos um programa de preparação que poderíamos fazer diariamente. Juntas, fizemos os exercícios de alongamento; os cinco minutos de respiração; a meditação contemplativa; o mantra em fá sustenido. A experiência da noite anterior, de estar presente no jardim com o padre e Emma Calvé, continuava forçando entrada em meus pensamentos. Fora um sonho? Uma visita acidental de volta no tempo? De repente, contei a Liliane tudo que testemunhara e que com certeza eu não estava visível para as pessoas da cena.

– Talvez você estivesse presente naquele tempo, naquela ocasião – falou seriamente. – Isto é algo que você deve se perguntar: 'Onde eu estava depois da minha última morte e antes deste nascimento?' – Em seguida ela leu os documentos de Saunière sobre a viagem dele.

– Ele procurava vencer seu cansaço e, como sempre, gostava de usar seu corpo. Achou a paisagem agradável. Constantemente fazia perguntas sobre um objeto ao padre que o acompanhava.

– Que objeto?

– O cálice dourado –. Liliane virou mais páginas, e eu perguntei se esta era a única cópia dos documentos.

– Oh, há uma dúzia ou mais. Tudo era copiado à mão naquele tempo. A escrita é sempre elaborada –. Ela pediu que eu lesse um parágrafo.

– Mas está em catalão! – Li da melhor maneira que consegui.

Liliane disse que Saunière acreditava que o cálice dourado de grande peso, riqueza e poder se faria conhecer na viagem.

– Ele acreditava que fosse o Graal?

– Parece que sim. Ele soube de várias fontes que Madalena apareceu na vizinhança. Ele queria o objeto físico, que foi deixado nesta terra por não poder atravessar outros planos de existência assim como não pode qualquer matéria física.

– Era o cálice usado na Última Ceia?

– Existia bem antes disso.

Começamos a andar, e eu disse que queria parar no próximo bar ou café. Precisava de uma bebida, alguma comida. Estava cheia de necessidades.

Liliane perguntou: – Saunière procurava o cálice que era parte integral de sua viagem, e você, o que procura? O que é o seu cálice?

Eu não tinha uma resposta, então perguntei sobre o Graal.

– O Graal ou cálice sempre fez parte do mito catalão, então deve haver um sentido na pesquisa dele. Talvez acrescentasse ao seu próprio conceito.

– Então, ele temia que mais alguém o reclamasse –. Eu me lembrava de ter lido algo assim num dos breves relatos.

– Não. Pelo contrário, ele pensava que quem conhecia o mito do Graal tinha muito medo do seu poder. Ele não.

– Mas o que você procura? – Persistiu. – São as lojas, os cafés, os hotéis ao longo do caminho? Estes consolam você?

Eu não pensara sobre aquilo dessa forma.

– Você disse que queria ser livre.

Prometi a mim mesma que sim.

– Como seria essa sensação?

Concordamos que não seria a necessidade de ir a uma loja.

Eu sentia que o que procurava era correr cada vez mais rápido, braços levantados, até que pudesse saltar cada vez mais alto no ar e, uma vez lá em cima, abrir caminho contra a força da gravidade, e como se estivesse nadando, voar. Era empurrar meus braços para baixo, as pernas empurrando furiosamente contra o ar, até que eu subisse e pudesse planar. E então, poderia girar e dar cambalhotas como um ser livre, dourado, leve e sem peso, como na primeira manhã reluzente que existiu neste mundo.

– Você faz isso em seus sonhos? – perguntou Liliane.

Atravessando as zonas rurais em direção a Caldes, eu conversava com minha guia que me confundia, não porque eu quisesse ou porque ela fosse meu tipo usual de amiga, ou até mesmo uma amiga. Eu conversava porque ela estava ali. Liliane mantinha tudo no presente ou fazia referência apenas ao passado preciso que os outros iniciados experimentaram. Percebi que todos eram o que eu não era: além de serem homens, todos eram intelectuais.

Detendo-se num poste esquecido, desgastado, que indicava o vilarejo de Cassa de la Selva, Liliane vasculhou o chão e levantou uma pequena pedra. O estudante parisiense de direito havia encontrado algo excepcional exatamente naquele lugar. Espalhando a terra e a poeira com o pé, ela expôs outra pequena pedra e perguntou-me o que eu via. Apenas uma pedra. Ela limpou a superfície, mas isso não ajudou.

Então, ela se ajoelhou e apontou um vergão escuro ao longo da pedra, como se tivesse sido queimado. Eu vira aquilo antes? Não. E então me lembrei da marca negra no chão onde Madalena apareceu acima da colina. Liliane disse que esse era o mesmo. Eu poderia perceber um padrão. Ela disse que era um sinal cabalístico. Será que eu queria saber o significado?

Figura 7.2 A letra hebraica *Daleth*, sinal cabalístico de "portal"

Ao meu sinal de sim, ela respondeu: - *Daleth*. Portal.

Em um bar em Cassa, bebemos café e provamos os recém assados bolos locais – *ensyñadas*. Então, eu ouvi Liliane chamar um táxi.

Eu falhara tanto assim? Pior do que eu pensava. Nós não estávamos indo para Caldes e sim voltando para Girona.

- Por quê?

- Você ainda não conheceu Ísis.

Figura 8.1 *La Nuit*, por Vilalonga

CAPÍTULO 8

O final da tarde mostrava a cabana em seu melhor aspecto; as suas cores ficavam intensificadas, as árvores cheias de pássaros, a doçura no ar. Sentei na margem da lagoa e, conforme o pedido, li as anotações de cada um dos quatro homens sobre suas partidas desta cabana e as buscas que fizeram. Suspeitei que o texto fosse editado e Liliane não discordou.

O poeta Jacint Verdaguer perguntara quem preparou a viagem. Em suas reflexões, ele entendeu que a viagem foi formada antes de nosso conhecimento de tempo e história, quando o elemento humano ainda pertencia ao etérico – antes da descida do ser humano para dentro da matéria, quando a gravidade nos foi trazendo cada vez mais para baixo. Qual foi a resposta que seu guia lhe dera? O conde Comillas não se manifestou sobre este assunto. Verdaguer referiu-se a um estado a anos-luz de distância daquilo que desejava e ao que acreditava pertencer. Liliane perguntou o que eu sabia sobre Atlântida; respondi que devia ser um pedaço de terra que existiu em certa época, ligando os continentes da América com a Europa.

Ela respondeu: – A existência à qual Verdaguer se refere é anterior a Atlântida. O conceito das duas torres vem desta época. Era uma época magnífica, em que o planeta era habitado por um ser humano em estado de espírito puro. A crença nessa existência é documentada pela sociedade secreta e tem sido guardada pelos membros por séculos.

Perguntei se havia alguma evidência desse tempo pré-Atlântida.

– É claro, sábios, videntes e espíritos entraram nessa esfera e trouxeram de volta do passado o conhecimento de nossos predecessores.

E se eu não acreditasse nisso? Seria problema?

Liliane disse não e apontou o céu: – Olhe para lá agora. Se você só conseguisse ver ali este céu azul claro e pálido, e se depois eu o descrevesse como ele estava a noite passada – escuro e cheio de galáxias se formando indefinidamente – e você não acreditasse em mim, então, sim, nós teríamos um problema.

– Então o que eu vejo e sei não é tudo que há.

Minha resposta não fora uma afirmação ou uma pergunta, mas apenas uma aceitação do inocente, imaculado céu azul e do outro, escuro e mutante com infindável atividade espiralada. A ideia acionou um pensamento sobre realidade que eu quase consegui agarrar, mas se foi. Era raro eu ter esses pensamentos.

O relato de Verdaguer mencionavam Saturno e a presença de seres saturninos na Terra na época em que o ser humano, tal como Liliane descrevera, era espírito puro. A retirada do Antigo Saturno desse planeta foi causada pela aproximação de elementos das trevas – elementos que não incluíam Lúcifer, quem, ao contrário do senso comum, não era mau. Ousei supor que Verdaguer aceitara o conceito da "Queda" da doutrina católica e sua contínua vibração que tornava a humanidade cada vez mais densa em termos de massa e matéria. Afinal, ele era antes de tudo um padre. Ela me dissuadiu dessa ideia. Parecia que sua fonte não era o catolicismo. Se eu quisesse encontrar mais informações, deveria tentar não a Igreja, mas as religiões orientais, os Teósofos e, especialmente, Rudolf Steiner.[1]

No final de seu relato, Verdaguer afirmava ter recebido informações de um pastor que lhe aparecera em espírito e que cuidava da

[1] Ver suas obras em: www.antroposofica.com.br; sobre o movimento antroposófico em: www.sab.org.br.

cabana e de seu terreno. As duas torres, unificando norte e sul e significando o portal, seriam combinadas em um reino etéreo.

Dentre todos os relatos, o de Verdaguer era o mais instigante e misterioso. José escreveu sobre um tempo passado que foi substituído por elementos brutais e inferiores. Ele pediu novamente a escada pela qual poderia ascender à luz. Eu tinha esperanças – oh, como eu tinha esperança – de que seu relato incluísse alguma menção sobre a minha chegada em sua vida.

O estudante de direito se ocupou com a geometria sagrada; em seu relato, certos números tinham de ser retrabalhados e entendidos. Ele obteve um pergaminho e estava tentando decifrar uma mensagem que ligava a posição de Girona com Canigou e Rennes-le-Château.

Saunière perguntava pela taça.

Liliane retirou os documentos: – Voltemos ao desenho que fiz –. Ela puxou uma folha com o triângulo decepado e os números 49 e 1. – Esse desenho é relativo a Ísis, a deusa egípcia. A pirâmide egípcia de *Khufu*. Girona vem sob Ísis; ela é número sete...

– Mas antes, você disse que o norte é Ísis e o sul é *Nefthys*. Então, como Girona pode ser Ísis? – me senti bem por me lembrar desse detalhe.

– A *torre* em Rennes-le-Château é sempre Ísis e o sul e a *torre* em Girona é sempre *Nefthys*. Mas a *cidade* de Girona está sob a influência de Ísis. A contradição é apenas aparente; nos mistérios mais profundos, tudo se resolve.

– Então –, continuou Liliane, – Girona é número 34 no quadrado mágico de Vênus. Os números três mais quatro dão sete; que é o mesmo número quadrado de Canigou, ligando a montanha a Ísis. Há outra conexão ainda: Girona é governada pela letra hebraica *Daleth*, cujo valor é 4 e que simboliza a porta ou portal. *Daleth* se relaciona, por sua vez, com Vênus, trazendo-nos de volta ao quadrado mágico de Vênus.

Ela fez uma pausa antes de falar novamente.

– Estou usando geometria sagrada e Cabala, que os iniciados anteriores compreendiam –. Ela olhou para mim: – Você não entendeu nada.

Respondi que ela tinha razão.

– Bom. Por que deveria haver duas torres? Porque duas torres aumentam a energia necessária para promover um estado alterado de consciência. A técnica existe para atingir esta meta. A torre de Girona era Nefthys, o Sul. A torre em Rennes-le-Château era Ísis, o Norte. Elas precisam estar conectadas. Para essa conexão acontecer, você precisa do chacra cardíaco. Como eu disse anteriormente, o Sul sempre desaparece, o Norte permanece. Você sabe alguma coisa sobre isso por conta de sua pesquisa. O Norte é nosso passado, nossas origens. Nós estamos caminhando do Norte para o Sul. Tudo é impermanente.

Ela desenhou um círculo com uma cruz por baixo: – Este é o signo de Ísis. Girona também está relacionada com a Arca de Noé. Cada lugar tem suas influências, seus números, referências, energias –. Ela se voltou ao desenho original. – Os números nesses dois triângulos somam 50, que é igual a Sirius –. Desenhou outros sinais e números e então, adicionou a palavra *Teba* e uma linha curva. – Você, no entanto, não estuda geometria sagrada nem Cabala.

Senti como se tivesse sido livrada de uma ordem de prisão.

– Eu lhe mostro esses exemplos para que entenda que essa viagem não é simplesmente caminhar da aldeia para a costa, a cidade, até a montanha. É um quadrado mágico que culmina no pico de Canigou. Ele reflete o reino celestial. Converge num final poderoso, então você precisará trabalhar sua força e paciência para ajudá-la.

Quando perguntei se os números constituíam um código, Liliane ficou ultrajada. – São números sagrados e padrões que definem a conexão energética entre esse plano terreno e os outros reinos –. Ela se levantou num salto. – Então, agora você deve começar –. O tom dela estava diferente. Parecia agitada, ligada a uma corrente elétrica. Tinha grandes quantidades de energia dentro dela. Quanto a mim, estava indizivelmente fraca, mas decidi me superar e fazer um esforço, o que ela certamente aprovaria.

– A cada parada nesta viagem, você vai praticar cinco técnicas. Controlar a respiração, entoar mantras, contemplar, meditar e então absorver. Conforme avançarmos, outras práticas lhe serão dadas. Por exemplo: mais adiante, você renunciará, experimentará ceder, receber. Irá sintonizar-se com o lugar e procurar a mensagem.

– O que se espera que eu veja?

Ela bateu palmas e riu: – Essa é exatamente a pergunta que você deve se fazer: *O que devo ver?*

Fiz outras perguntas, mas não obtive respostas risonhas. Ela queria me mostrar somente uma parte de cada vez.

Fiz a prática no jardim da cabana. Contemplar não era fácil. Decidi ser sempre honesta com ela. Por que perder meu tempo tentando agradar? Ela me posicionou à frente do relógio de sol de Carlos Magno e me mandou olhar para ele e me concentrar, mas em um estado próximo à divagação. Ver as associações que surgiam em meus pensamentos. O exercício não teve êxito. Absorver a atmosfera do lugar pareceu mais fácil. Eu podia ouvir, olhar, cheirar e tocar, esperando receber dos sons uma mensagem. Não me empenhei realmente nisso, porque não tinha certeza se minha imaginação estava preenchendo as lacunas. Aquilo tudo era um conjunto de exercícios práticos e tentativas tais como eu esperaria num retiro de meditação.

– Agora, vamos ao segundo ponto –, decidiu Liliane.

Já escurecia, e a lembrei de nosso acordo de que quando eu achasse o trabalho inaceitável, deveria parar.

– Mas devemos começar. E antes que escureça.

– O que estivemos fazendo a maior parte do dia? Essa caminhada toda! Não foi um começo?

– Foi simplesmente preparação. Para testar sua resistência. Para que você entenda o que é exigido –. E ela começou a andar em direção ao jardim da francesa. Perguntei quantos anos tinha e esperei que diminuísse um tanto a idade em sua resposta. Eu faria isso. Respondeu que isso não importava. Disse-lhe que ela estava em boa forma. – Eu me dedico a isso.

Novamente, os exercícios e o sentar em silêncio, o espaço para contemplação preenchido com pensamentos sobre o passado. Lembrei-me de entrar na casa pela primeira vez quando tinha quinze anos, passando por uma porta quebrada. Disseram-me que o lugar estava desabitado. Havia um piso em mosaico e um lustre com metade de suas lâmpadas quebrada. Fui atraída pela pilha de jornais que estava no canto: franceses, amarelados e cheios de formigas. Datavam entre os anos 1890 e 1917. Havia um silencioso relógio de carrilhão, um espelho em *art nouveau* — e isto era apenas o corredor. As cadeiras eram dignas de um palácio. A sala principal estava coberta de poeira, embora a mesa comprida fosse polida com brilho tosco. As persianas estavam firmemente fechadas, mas havia bastante luz para ver que esta casa havia sido distinta. Um piano tipo armário, com o tampo aberto, com pilhas de partituras, tinha as teclas cobertas com contas, cartas, dinheiro.

Então, ouvi os gritos de meu amigo Beryl lá fora no muro, mandando que eu saísse de lá. Nós sempre poderíamos usar este lugar para acampar, no pior dos casos, como já aconteceu antes em algumas de nossas viagens despreocupadas e boêmias. Mesmo que nunca tivéssemos dinheiro, às vezes dançávamos na rua só por prazer. Os transeuntes não entendiam e jogavam dinheiro para nós, que era o melhor que conseguiam imaginar para combinar com a alegria da liberdade que tínhamos.

A cozinha era dos anos 1930. A casa não parecia vazia. Por que o ar dos cômodos não estava viciado e parado? No armário havia duas xícaras grandes, rachadas, de porcelana, lavadas recentemente, e ainda estavam molhadas. Virei-me rapidamente, esperando alguém, a pior figura que minha imaginação poderia conjurar.

Beryl bateu na janela...

Liliane disse: - Que data é esta?

Eu vi a pilha de jornais franceses no corredor. "Outubro de 1917."

Sentei-me em silêncio entre duas realidades e deixei que o presente voltasse aos meus sentidos. E me vi chorando por toda a felicidade que se fora. Eu estava unida a José. Ele era o pai, o amante, deus para mim e eu o queria tanto. Ele era capaz de tornar mágica qualquer coisa. Os melhores momentos com ele foram enriquecidos com algo do passado, um passado que eu não tinha certeza se pertencia a esse século. Sugeria outra época, mais sensual. Ele disse uma vez que já tínhamos nos conhecido antes. O sobrenatural era uma dimensão da vida que nem deveria ser questionada. - Mas como você sabe? –, perguntei. - Oh, eu tenho prova disso –, respondeu ele suavemente. - A vida dá para mim.

Embora a cama do hotel estivesse limpa, o colchão confortável para meu corpo, a janela estivesse aberta para ventilar e houvesse uma garrafa de água mineral confiável ao meu lado, ainda assim não conseguia dormir. Ouvi o carrilhão da catedral bater um quarto de hora. Já passava das três horas da manhã. Todos aqueles homens cumpriram este processo, contemplaram, caminharam, receberam visões. Mas eles eram jovens.

Então, voltei mentalmente à casa da francesa; até podia sentir o perfume dela - *Je Reviens* de Worth. A lareira estava cheia de papéis meio queimados. Em um aparador havia espalhadas fotos coloridas, retratos em sépia, bugigangas e canetas-tinteiro. A tinta do tinteiro estava seca. Havia um imenso anel que parecia antigo, enegrecido como se tivesse sido chamuscado. Eu ainda conseguia ver as iniciais: B.S. Bérenger Saunière?

Em outro cômodo, havia um buraco fundo, cavado no meio do piso. A terra e o barro estavam empilhados ao lado do buraco ainda não completamente seco. No ar pairava algo misterioso, dramático, algo que eu não deveria investigar. Lajotas foram esmagadas nessa escavação infame, exalando podridão. O que os escavadores enterravam aqui? Desejei não ter que descobrir.

Em meu estado de semi-sonho, percebi que estava dormindo, embora consciente. Por que, quando Liliane me perguntou a data, disse outubro quando, na verdade, o mês corrente era abril? O jornal francês que estava no topo da pilha no corredor, corroído por formigas, datava de outubro.

Não vou fazer esta viagem, resolvi. Era muito para mim. Então, cai em sono profundo.

A manhã estava ensolarada e fresca quando Liliane e eu caminhamos pela Calle Forsa em direção ao Arc Bar.

– Então, eu devo praticar a Investigação aqui? –, perguntei.

– Aqui você toma seu café da manhã.

Depois de acabarmos de comer, ela disse que deveríamos caminhar pelo bairro antigo, parando nas estações locais da viagem em Girona, e então partir para Romanya à tarde, quando estivesse mais fresco. Pediu que eu me sentasse em silêncio e absorvesse a atmosfera do bar. Nós iríamos entrar.

– Mas por quê? Está mais fresco aqui.

– Porque você sempre se sentou lá dentro. Era como uma caverna, você disse. Eles colocaram mesas aqui fora muito mais tarde.

– O bar é uma das estações?

– Não.

Ela me mandou fechar os olhos, e eu ouvi os sons do bar: barulhos desencontrados, excessivos. Foi aqui que Quim Carreras me desafiara sobre a cruz de ouro e a corrente, onde Lucia fizera suas admiráveis aparições douradas e onde ela me avisou sobre a enganosa aparência dos outros. Foi aqui que Lluís sempre me atualizou sobre fofocas. Eu só queria saber de José. Havia os tempos bons e os tempos ruins: quando ele estava comigo, e quando estava com sua esposa. Mas os tempos ruins eram generosos, mesmo então havia reflexos e ecos dos tempos bons, suficientes para trazermos à tona a antiga magia. É claro, havia a paixão, mas era realmente outro sentimento – nostalgia, pertencimento a tempos passados – que trilhava a outros lugares, não pertencentes a essa vida presente. José e eu fomos a Paris muitas vezes. Oh, Deus, não pense nisso.

– Sempre pensei que era feliz aqui –, comentei.

– Sente-se –, disse Liliane.

Eu estava em pé, provavelmente pronta para fugir.

– Não se trata de felicidade –, ela disse de forma mais suave do que a habitual. Perguntou-me se queria beber algo.

Saí de lá rapidamente e fui para o sol. Acima das cabeças dos muitos turistas, vi o vulto de Liliane que se afastava e tentei alcançá-la como se eu fosse um fantasma falando de outros tempos, mas ela continuou andando rapidamente, descendo a Calle Forsa, em um presente preciso tendo ao fundo as paredes do século XVIII. Horrorizada, vi que uma antiga cantina fora transformada em uma loja elegante, vendendo banheiras e torneiras douradas. Liliane parou em frente a um edifício fechado, que não reconheci imediatamente, e abriu a porta lateral, que rangia por conta da ferrugem, e dava para um quintal, com um jardim que crescera desordenadamente. Então, lembrei-me daquele cheiro e inalei profundamente. O prédio era o antigo Hotel Centro, originalmente um palácio medieval.

Era também uma das estações locais da viagem, informou-me minha guia enquanto limpava a poeira de um banco de ferro.

– Aspirantes permaneciam aqui por algumas horas ou dias.

– Mas tão próximo à cabana, qual o sentido?

– Próximo? O que proximidade tem a ver com isso? A energia é totalmente diferente.

Eu senti o cheiro – uma mistura de água-de-colônia, madeira, cigarro e bolor – o que trouxe de volta centenas de lembranças, enquanto ela me falava algo sobre a intenção da viagem.

– Esse é um lugar de renúncia, de desapego. A viagem inclui um segundo lugar de renúncia, que vem depois por uma boa razão. A viagem não é a sua viagem pessoal. Não se trata de você ganhar poder para reclamar a perda daquilo que seu coração diz que é seu. Ou compensar este terrível desapontamento, adquirindo poderes que a beneficiariam material ou amorosamente, ou para aumentar seu domínio sobre os outros e obter aquilo que não lhe pertence.

Eu disse que concordava com tudo aquilo. Mas de fato não concordava. Estava de mau humor.

– Por que tenho que renunciar a qualquer coisa?

– Para abrir espaço.

– Por quê?

– Para permitir a purificação. Trazer um novo estado de ser –, minha guia enfatizou o 'novo'. – É um rito de passagem. Você passa pelos estados de humor e os percebe, mas não permanece neles.

– O que eu ganho com isso? Quero saber. Não quero me transformar em nada menos do que sou.

– Liberdade.

O Hotel Centro era o último hotel antigo que restava, com imensos cômodos magníficos, pintura verde descascando, e antigos banheiros com pias em pedestal e cupidos em porcelana. Esse lugar abrigou meu amor por José, porque eu podia me sentar ali e esperar por ele na paz daquela época perdida no passado, época que Maria Tourdes havia conhecido. Era assim que ela se sentira, lembrando-se do tempo que compartilhara com o padre?

A maior parte dos quartos estava vazia, as persianas baixadas, as portas levemente encostadas. E no vazio, havia uma definitiva e duradoura sensação de um tempo que se foi, de um romance impetuoso, mas inegavelmente terminado. Isso me entristeceu, porque em qualquer lugar da cidade ou do país que eu fosse, ou qualquer lugar que eu visitasse, não encontraria esse romance. E mesmo que eu o encontrasse, conseguiria mantê-lo? Poderia ser mais do que uma doce, tentadora fragrância esquecida em um hotel fora de época? Havia longos, sinuosos corredores verde-claros e uma suntuosa e silenciosa sala de jantar, com tetos frisados, luminárias da virada do século e relógios pendulares. Permanecia desta forma, porque não havia dinheiro para modernização e eu me sentia grata por isso. O vento uivava no final do corredor, batendo as venezianas, e a placa do hotel estalava e oscilava. A sala do café da manhã onde José e eu sentamos uma vez, ainda estava cheia de pinturas a óleo verde-escuro. As toalhas de mesa estavam desbotadas pela luz do sol. As imensas xícaras de porcelana brilhavam emitindo uma luz pálida e leitosa na sala à meia luz. Não havia nenhum outro lugar no mundo onde eu preferisse estar.

Os quartos eram todos verde-claros, e as cortinas de renda suavizavam a luz. Por um momento, lá estava a atmosfera fria, eletrizante, úmida, da qual eu me lembrava de tempos antigos, quando eu abria a janela que dava para o lindo e desconhecido jardim do Hotel Centro. Como poucas pessoas ficavam lá, poucas sabiam da existência do jardim.

– Olhe para as sombras –, disse Liliane, apontando para o muro, – apenas as observe e deixe seus pensamentos vagarem. Conte-me sobre esse lugar.

– Fazia parte de um palácio. A água era sempre fria. O teto da sala de jantar era arqueado como de uma igreja. Era uma obra de arte, decorado com uma cena do bairro antigo, incluindo a casa com uma torre.

As chaves dos quartos eram grandes e faziam um barulho imenso como se abrissem a última cela em uma prisão abandonada. Eu não estava olhando para as sombras.

– Absorva o que está ao seu redor. Deixe a atmosfera entrar em você.

– Mas acabou, tudo está completamente mudado –, eu estava quase chorando de novo. Odiava a perda de algo que não deveria ter sido perdido, que era belo demais.

– O lugar pode ter mudado, mas não a energia, a essência, o espírito. Ele permanece o mesmo e contém toda a memória do que aconteceu aqui. Nada está realmente perdido.

– Esta não é certamente a minha experiência.

– Oh, você encontrará evidências suficientes –, disse ela despreocupada, – Maria Tourdes sentia-se como você.

Aquilo me pegou de surpresa.

– Ela foi feliz demais com o padre, e nada mais lhe proporcionava o mesmo. Foi o que ela dizia.

Percebi que Liliane ainda carregava a pasta de documentos, porque, repentinamente, ela estava em seu colo. Tirou uma folha dobrada com as anotações de Maria em um papel colorido e caro e escolheu o que deveria ler: – "Algumas vezes, no final da tarde, eu me sento sobre o muro e observo Canigou e relembro tudo que havia neste jardim. Parece ser de outro mundo, e a pessoa que eu era então, dificilmente consigo alcançar agora. Isso só me faz infeliz. Pensar que tive tanto, e agora só restam memórias, tão incertas. Ele estava certo ou errado?"

Liliane dobrou o documento e o devolveu à pasta, e tirou uma folha frágil de um papel espanhol dos anos 1950. Disse que era uma carta de um homem chamado Narcis para um amigo em Girona, dizendo estar preocupado com Maria por não vê-la mais sair de casa.

– "Recentemente, ela me disse que ainda pensa no padre francês" –, leu Liliane na carta de Narcis. – "Ela disse que nunca mais haveria alguém como ele, mas o padre não queria desistir de sua vocação. Maria havia perguntado se Narcis considerava Saunière bom ou mau"

–, continuou Liliane, – "E numa carta anterior, ela havia escrito a um amigo na França..."

Liliane procurou na pasta, mas não encontrou a carta em questão, então citou Maria de memória: – "Eu amo Girona. Sinto-me tão viva. Tão afortunada" –, Liliane fez uma pausa e depois disse: – Isto aconteceu em 1896. Maria prosseguiu dizendo que Saunière chegara na quarta-feira, e eles ficaram no jardim até depois de anoitecer. E que ele sempre se deliciava com o badalar dos sinos, nesta cidade de sinos que ele achava gloriosa. "Quando ele esta aqui me sinto transformada, como eu deveria estar. Não sei o que acontecerá e, pela primeira vez, não me importo" –, continuou Liliane, citando o texto de memória, sem hesitação, – "Rimos muito, o que sempre parece inapropriado – sim, insano até – mas é como as coisas são quando estamos juntos. E então, ele sempre tem que partir e eu me sinto terrivelmente sozinha."

Lembrei-me de Quim Carreras, no Arc Bar, dizendo que Maria Tourdes tivera um caso de amor *verdadeiro*. Quim tinha um charme irritante e sempre dizia o que queria dizer. Ele era bastante direto.

Depois de Maria finalmente ter partido para Paris, José me disse: – A perda desta casa partiu o coração dela, mas ela não conseguia continuar vivendo aqui –. Perguntei por quê. – Muitas memórias. O que fora tão maravilhoso, agora causava essa enorme dor.

No quarto do hotel, as sombras se foram. Liliane sugeriu que eu fizesse as cinco práticas de preparação. Para a contemplação, ela colocou uma garrafa de vidro vazia na minha frente. A garrafa capturou uma nova irrupção de luz solar e refletiu um brilho maravilhoso, como se estivesse cheia de pedras preciosas.

– Nós começamos com a intenção de renúncia: Primeiro, eu libero meu apego às necessidade materiais –, disse Liliane, muito naturalmente. – Segundo: Eu libero meu apego às pessoas que amo.

Repeti as afirmações.

– O que é renúncia para você? –, ela me perguntou.

– Desapegar-me de...

– Do quê?

– Coisas que quero ou tenho. Ou faço.

– Como o quê?

– Este velho hotel.

– Três dos homens, sobre os quais lemos, intencionavam desistir da necessidade de poder sobre os outros. O quarto, desistir de uma vida cheia de facilidades.

Ela não me quis contar qual foi a intenção escolhida por José e, curiosamente, eu mesma não saberia dizer.

– Agora, vamos almoçar bem –, decidiu Liliane.

Figura 9.1 Café Antigua, início do século XX.

CAPÍTULO 9

À tarde, paramos primeiro no Centro Judaico e depois no local onde havia sido o hotel da família de José e, em terceiro, no Café Antigua. Mais tarde, fomos para a Ponte Eiffel e o Savoy Bar. Posteriormente, quando o calor diminuísse, partiríamos para Romanya.

Apenas o Café Antigua permanecera inalterado desde a década de 1950, ou mesmo desde antes. Sob os arcos de pedra da Plaça del Vi, em frente à prefeitura, o café continuava animado e popular. Liliane disse que, na época das visitas de Saunière, o café era um local favorito para apreciar um bom café e trocar fofocas. Os clientes costumavam assistir, a partir da visão bastante privativa que tinham dali, o que acontecia na prefeitura em frente. Os visitantes de cidades e aldeias dos arredores, querendo autorização para suas controvérsias ou compras de terras, cansados e famintos, costumavam atravessar a praça até o café e desfrutar de um bom pão recém assado, tortilha, presunto, azeitonas e anchovas de Palamos. E as mulheres podiam acompanhá-los a este estabelecimento e apreciar sorvetes simples com biscoito e chocolate. A atmosfera tranquila do Café Antigua era rara na Girona formal, burocrática da década de 1890. Raramente mulheres, mesmo acompanhadas, eram vistas num café ou bar. Certamente elas não frequentariam o Café Vila nas cercanias, que era exclusivamente para homens.

No final da década de 1890, o Antigua era o café mais próximo da *Calle Forsa*. Lá, Maria Tourdes costumava participar do recém-estabelecido grupo catalão de artistas e escritores, sem atrair muita atenção

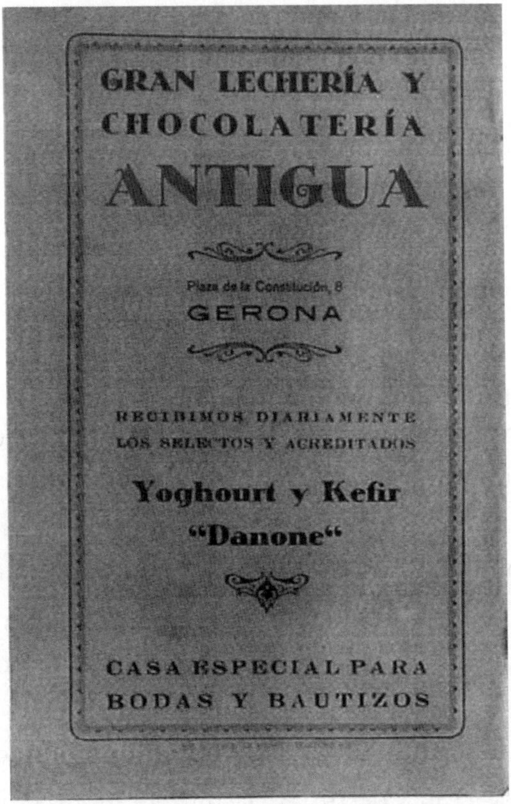

Figura 9.2 O Antígua era o local favorito para fofoca, café e – sempre – chocolate.

e assim aliviar as horas de solidão, na casa com a palmeira. Seus documentos mostravam que ela tinha dezoito anos. Na verdade era mais nova, e era improvável que saísse sozinha para o café. Foi lá, por acaso, que conheceu seu amigo Narcis, um fotógrafo e talvez a única pessoa não colocada deliberadamente em sua vida pela sociedade secreta. Do caderno de Maria que Liliane fotografou, entendia-se que Narcis executava pequenas incumbências e ocasionalmente acompanhava Maria a divertimentos, fora da vista de seus guardiões. Liliane acreditava que era o mesmo Narcis quem, quarenta anos mais tarde, escreveu ao seu amigo dizendo que não vira Maria e estava preocupado com a saúde dela.

Membros da sociedade, eventualmente, se encontravam e bebiam café no Café Antigua, sentindo-se confortáveis na companhia daquele lugar. O proprietário em 1905 era favorável à sociedade secreta e achava que seus membros estavam tentando restaurar a cultura da província. Mais tarde dizia-se que o grupo fazia parte de uma seita na França, possivelmente, Rosacruzes de Narbonne. O proprietário achava que nada havia de errado com aquilo e, ocasionalmente, pegava mensagens para repassar a outros membros. Era um lugar alegre de encontros casuais e ainda permanecia quase o mesmo cem anos mais tarde.

– O que este lugar oferece? – Liliane perguntou. Respondendo a si mesma ela continuou: – Uma oportunidade de se estar despreocupado, de encontrar novas pessoas, trocar ideias, sentir-se seguro, apreciar café, estar num ambiente acolhedor. O que os viajantes absorveram deste ambiente? Calor humano e espontaneidade. Uma oportunidade para baixar a guarda, conviver com outros, e desfrutar de alimento básico –, concluiu.

Ela não perguntou o que eu lembrava do Antigua ou se absorvera algo lá. Como Liliane não me pediu para fazer os exercícios de preparação, presumi que o café não era uma das estações locais da viagem. Lembrava-me do último proprietário na década de 1970 – homem robusto, corado, com um admirável bigode enrolado para os lados. Como apreciei sua amabilidade! Ele havia pintado as paredes, mas, fora isso, nada mudara desde 1955. Eu não tinha sentimentos tristes sobre o Café Antigua. Lá só se obtém boa comida e boas coisas.

O Residência Internacional, hotel da família de José, estava fechado há anos. Em 1991, o prefeito, Joachim Nadal, mandou reabri-lo como albergue da juventude. Certamente eu, uma boêmia total, teria me adaptado a esse local quando cheguei ali com Beryl há tantos anos. Agora eu estava parada na frente de suas portas novas – irreconhecíveis – e não conseguia nem pensar, quanto mais falar. Mais adiante havia uma passagem, arco de Carrer, e na metade da descida, ainda havia uma janela antiga acima de um arco neste edifício já modernizado, onde me hospedei da primeira vez. O quarto era simples e limpo, e por aquela janela entravam todos os sons da cidade. Eu costumava ouvir os passos de José indo de uma a outra porta de entrada. Ele cantava ou assobiava e dizia boa noite ao zelador, mas era dos passos que eu lembrava. Ninguém caminhava igual.

Antigamente havia a viela com o pôster de chocolate rasgado da década de 1940 ou mais, que levava para o pequeno restaurante comandado por Beatrice e sua irmã. Eu não conseguia, nem queria reviver aquele tempo. Estava mais do que pronta para a caminhada a Romanya.

– Mas esta é uma estação local, esse ponto aqui em Girona –. A voz de Liliane era melodiosa, as vogais longas e emotivas. – Você tem que fazer a respiração, os mantras, a contemplação, a meditação.

Fiquei parada cobrindo os ouvidos com as mãos, um incontestável olhar de horror em meu rosto como o do quadro de Edvard Munch *O Grito*. Liliane contou-me como os viajantes lidaram com o inaceitável.

– Então o que aconteceu?

– Eles aprenderam a aceitar.

– Mas eles não se sentiram assim. Eles não passaram exatamente pela minha experiência.

– Mas justamente. Esta cidade, condutora de poder, magnetismo e linhas *ley*, afeta a todos, alegremente ou não. Nós todos temos lembranças, e mesmo casos de amor. Os outros viajantes não escaparam ilesos.

A luz na viela era extraordinária, melancólica e evocou um sentimento desaparecido do passado, mas ainda muito forte para ser extinto.

– Mas claro –, minha guia continuou, falando rapidamente. – Eventos poderosos aconteceram aqui. Girona é o quadrado de número 34; portanto, *Daleth* 4; por isso Portal. Girona está sob Escorpião – o símbolo de Girona – significando conhecimento direto do Divino".

Entendi que compreender estes números e símbolos seria impossível nesta curta jornada, mas que eu deveria pelo menos conhecer, ainda que de forma simplista, o que outros viajantes conheceram em profundidade. Minhas lembranças do passado naquele dia me deixaram devastada, e Liliane queria que eu me tornasse mais segura. – Por que você não pede à mulher de fumaça vir até você? Basta sintonizar--se. Pense nela; deixe presente a marca.

Tentei fazer como ela disse, mas tudo colidiu ao mesmo tempo: a lembrança da viela nos anos cinquenta e o pôster de chocolate e José, tão belo; nada mais a ser dito. E os desejos simultaneamente de fugir e ficar, na remota possibilidade de vê-lo novamente. Ele certamente estava em sua viagem para a velhice, irreconhecível ainda que inegavelmente ele mesmo. A senhora de fumaça não tinha a menor chance.

Eu disse a Liliane que aquilo era um curso intensivo em alteração psíquica que deveria levar anos, que era cirurgia plástica da alma, que eu não conseguia fazê-lo.

– Mas nós não dispomos de anos –. Sua risadinha de aprovação me surpreendeu, com todos seus sons dançando em nota alta, nota baixa. – Você nem poderia estar no local mais exato agora –. Ela pegou minha mão e me empurrou delicadamente para trás até que eu me posicionasse sob o arco sujo, debaixo do quarto abandonado, no qual eu conhecera tanto encantamento.

Com certeza, ela tentava me afastar da saudade lancinante, mas somente a presença de José durante esses terríveis instantes teria me aliviado. Naturalmente ele agora não era a mesma pessoa cujo passo me soava tão inequívoco pela viela para o Chez Beatrice; ele era apenas a continuação da mesma alma. Ele não poderia, assim como eu também não, repetir uma de nossas ações com o mesmo efeito. Estar de mãos dadas naquele começo me trazia mais êxtase do que posteriormente realizar o ato completo de amor com outro homem. No entanto, José ainda podia compartilhar esses momentos iniciais comigo à medida que eu os recordava em voz alta; ele podia me consolar, me abraçar. Como eu desejava sua vinda pelo corredor naquele instante!

Como foi que Maria lidou com a morte de Saunière? O que ela fez com as constantes lembranças daquilo que fora tão feliz? Eu li algumas cartas dela; em uma, descrevia-se sentada no muro do jardim dele, olhando para Canigou e lembrando tudo o que acontecera naquele local: a exuberância, a alegria. Tudo parecia pertencer a outro mundo e mal conseguia alcançar a pessoa que ela fora naquele tempo. Quando o fazia, apenas se entristecia. – Pensar que eu tinha tanto e agora só posso alcançar pela memória incerta. Ele estava certo ou errado?

Achei que ela falava de Saunière. José disse que há outra maneira de alcançar o que foi, onde o tempo não é linear. – Mas, você se atreve a fazer isso? – ele perguntou. – E com certeza não depende da memória –. Mais tarde vim a saber do que ele falava.

– Este deve ser o ponto mais energizado de Girona –, comentei com Liliane.

– Não.

Então perguntei qual era.

– A cabana. E outro local.

– Qual é?

– Ainda não estamos lá.

Eu lhe disse que achava que a torre na casa da francesa era o ponto mais forte.

Ela respondeu: – Este é a torre sul, *Nephtys*. A torre norte, aquela que Saunière construiu, é *Isis*. O que eu lhe contei sobre elas?

– Norte sempre sobrevive e Sul desaparece. Então a destruição da torre de Girona foi inevitável.

Liliane me conduziu em direção ao Centro Judaico – obviamente uma estação local. Renúncia? Embora o pátio de José conservasse sua Estrela de Davi, quase nada do passado se conservara. O ambiente estava tão mudado, que não restava recordação alguma. Não havia nada para lamentar aqui. Estava cheio de turistas tirando fotografias. Fiz os exercícios ao lado do poço dos desejos. A assimilação era estranha, e uma lembrança ainda mais estranha: na década de 1970, um pássaro interrompera um concerto de canções judaicas organizado por José. Ele havia zombado da soprano, levando-me de volta ao jardim da francesa, na década de 1890, a vivência que tive em meu sonho, na noite anterior. A semelhança foi apenas coincidência?

Liliane e eu prosseguimos para a Ponte Eiffel, aquela construção de ferro barulhenta do francês que projetou a Torre Eiffel. Nós a atravessamos lentamente, admirando a linha do horizonte, majestosamente iluminada em todas as cores. Finalmente paramos no Savoy Bar, na rua estreita Calle Nou ao lado do Hotel Peninsular, que outrora foi o centro social da cidade. Aquela parada foi uma surpresa. Esses eram os dois locais que forneceram percepção poderosa para os iniciados masculinos anteriores a mim.

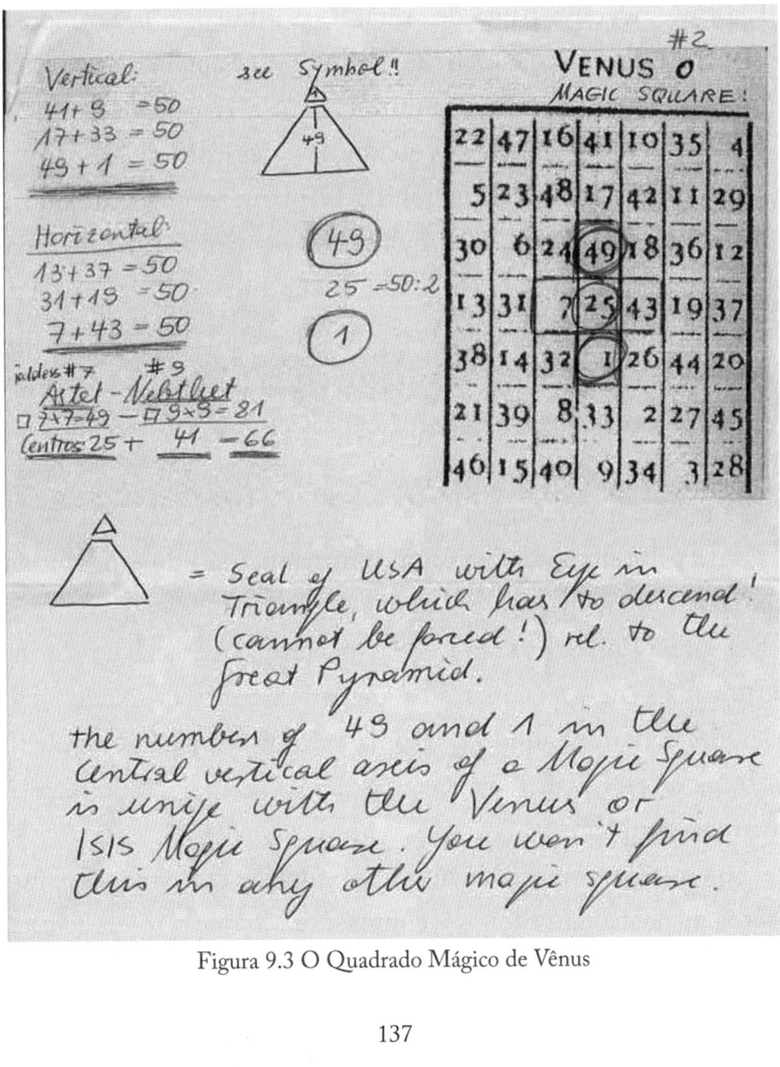

Figura 9.3 O Quadrado Mágico de Vênus

– Maria Tourdes costumava trazer aqui pessoas de Paris –, Liliane me informou. – O bar era concorrido. Dizia-se que era o local de reunião da sociedade secreta e onde Saunière escondera o cálice dourado. Ela tirou uma folha de papel, dessa vez não da pasta de documentos, mas de seu bolso. – Este diagrama é um quadrado mágico. Vênus: 7x7.

Como ela descreveu, havia 49 números: 7 horizontais, 7 verticais, 7 diagonais. O quadrado estava preenchido tranquilamente com números que não pareciam ter relação entre si. Era como um tipo de loteria.

– Tenho que parar em cada um deles?

Ela riu e pegou o papel de volta. – Aí está você! Já fazendo uma suposição. Parar em cada um deles. Por que você apenas não diz 'Ainda não sei o que isso significa para mim'?

– Eles são todos iguais? Os quadrados mágicos?

Mais folhas saíram da mochila. O primeiro era Saturno: 3x3. Júpiter: 4x4; Marte: 5x5. O quadrado do Sol é 6x6; Mercúrio: 8x8. Eu esperava que estivéssemos fazendo o Quadrado da Lua, 9x9. Ele parecia sereno e seguro. Ela disse que eu poderia usar o Quadrado da Lua para ir a Santiago de Compostela. E então exibiu um grande, Jerusalém Celestial: 12x12. Por que estamos fazendo o de Vênus e não outro?

– Porque esse é a viagem –. E minha guia colocou as folhas numa pasta e de volta na mochila como num truque rápido e habilidoso. – Então o que preocupa você sobre um quadrado mágico?

Eu parecia preocupada? Depois da tarde que acabara de passar seria um luxo me preocupar. Foi angustiante visitar aqueles lugares e desnudar a perda daquilo que uma vez foi tão perfeito e cheio de vida. Impassível, Liliane explicava calmamente o quadrado mágico da forma mais simples.

– Um quadrado mágico é uma configuração extremamente rara de números dispostos em fileiras e colunas, sendo que a soma de cada linha vertical, horizontal e diagonal dá o mesmo número. No Quadrado

Mágico de Vênus, por exemplo, a soma de cada fileira, coluna, e diagonal é 175. Um quadrado mágico também tem qualidades astrológicas e divindades. É um talismã. Filósofos e sábios passaram anos de suas vidas em cálculos matemáticos tentando criar novos quadrados. Os quadrados mágicos eram conhecidos no antigo Egito, Índia, Pérsia.

Ela perguntou se eu podia nomear um aspecto do Quadrado Mágico de Vênus. Respondi: Ursa Maior, porque era o desenho que estávamos seguindo. Errado!

– Um quadrado mágico é definitivamente dado a partir de outra dimensão. Matemáticos na China o conheciam já em 650 a.C. Mas existem diversas datas de origem anteriores. Eu disse que no Quadrado de Vênus você terá o que é chamado de *sigil* ou "assinatura" da constelação da Grande Ursa na qual podem ser identificados onze locais, o número que constrói a viagem.

– Todos eles são portais?

– Não, mas todos são pontos de energia e contêm grande poder.

Pensei que era minha vez de mostrar que podia pensar também, então disse que presumivelmente um matemático podia criar um quadrado mágico que não teria que ser divino. Mas ela estava pronta para essa, claro. Será que já ouvi falar de Josép Subirachs? Não.

– Em Barcelona na Igreja da Sagrada Família.

– Sim, conheço esta igreja. Foi projetada por Gaudi.

– Josép Subirachs criou um quadrado mágico no qual todas as colunas e fileiras somavam 33. Cristo, claro, tinha 33 anos quando morreu, e Subirachs realmente criou este quadrado na Páscoa – a Paixão de Cristo!

Isso trouxe a divindade de volta à discussão. Eu disse que cruzar o quadrado seria como o jogo de "amarelinha" celestial e que eu o faria.

Figura 10.1 Romanya de La Selva

CAPÍTULO 10

Nós estávamos nos dirigindo para o sul em direção a Romanya. Duas horas de caminhada pela estrada sinuosa e depois pela floresta deixavam pouca energia para perguntas. Liliane cuidava para que eu repousasse antes de me exaurir e fizesse alongamentos para aliviar câimbras e rigidez. Ela concordara em seguir esse procedimento todos os dias. Eu estava contente por deixar Girona e toda aquela dor inesperada.

À medida que caminhava, comecei a processar a informação que recebi nos últimos dias. Perguntei como é que a senhora que aparecia nas visões, provavelmente a Madalena, podia carregar o cálice e este estar, ao mesmo tempo, no Savoy Bar (se de fato Saunière o escondeu lá). Ela me explicou que o cálice se encontrava tanto aqui quanto no sétimo reino. Durante sua jornada por este planeta desde os primórdios dos tempos, o cálice foi coletando cada vez mais poder e energia. Tornou-se mais pesado, o ouro foi adquirindo maior qualidade possível, e então se transformou parcialmente num pó branco que alguns pensavam ser poeira. Um veículo da divindade – porque essa era sua verdadeira natureza – possuía um corpo sutil que se transferiu para o próximo reino, o reino do espírito, e outro reino superior, além da nossa compreensão. E se tornava presente aos iniciados que conseguiam ressoar nesse tom elevado, que se dizia ser Fá sustenido, para trazer cura e mudança divina. Mas ressonância nesse nível era rara.

Liliane decidiu que eu precisava descansar de novo e eu me deitei na grama fria debaixo de um telhado. Era improvável que fossemos chegar ao menos perto de Romanya naquela noite.

– Saunière naturalmente queria o cálice. Ele o conseguiu? – ela perguntou. – Naquele tempo, o objeto terreno estava coberto de ferrugem como uma velha lata de estanho. Ele não o percebeu, atraído pelo cálice do seu guia em São Feliu. Aquele era rico, requintado e muito pesado.

– Por quê? Por que o verdadeiro era uma lata de estanho?

– Para escondê-lo dele. A sociedade certificou-se disso.

– Eles não confiavam nele.

– Sabiam que ele viria. Fora previsto anos antes. Mas ele tinha trabalho a fazer. Deram-lhe uma enorme tarefa.

Não ouvi o restante. Mais tarde acordei um tanto surpresa; mais uma vez eu estava olhando as estrelas. Era tarde da noite.

Liliane me cobrira com seu casaco e meus dois xales e colocara a pasta de documentos sob minha cabeça. Eu sabia que ela não havia dormido e sim ficado sentada tomando conta de mim. Era por eu ser uma viajante que ela se importava comigo? Ela me deu um pouco de água. Outra noite sem o indispensável hotel.

Na manhã seguinte, depois de nos lavarmos num córrego, saímos da floresta e subimos o morro até um bar para tomar café e comer pão recém assado. Eram 7 horas de manhã e estava fresco. Daqui Liliane pegou o carro de um amigo, já tendo tomado providências para qualquer debilidade de minha parte, e atravessamos os campos até a localidade íngreme de Romanya. Sentamo-nos no alto da colina, do lado de fora da igreja, e ela me convidou a escolher um dos pontos da viagem que havíamos percorrido até então para o elucidarmos. Esse era o lugar apropriado. Ela explicou que estávamos fora da força de tração da viagem; saímos do Quadrado Mágico de Vênus e estávamos num lugar de repouso com energia neutra, onde se podia sair do tempo e do ritmo do desenvolvimento. Pessoalmente eu não achava que tivesse me desenvolvido muito.

Havia dois restaurantes ao lado da igreja e ela escolheu um sabiamente: – Os moradores comem aqui.

Primeiro fizemos os exercícios e ela aumentou o tempo. Ela me deu três exercícios de respiração diferentes e o mantra era mais complicado. Para a contemplação, ela voltou à observação das sombras, tais como as folhas de uma árvore contra a parede de pedra descorada. A meditação era precedida por relaxamento profundo. Ficava difícil absorver a atmosfera e pensamentos constantes interrompiam.

– Você está agitada –. Ela não deixava escapar muita coisa.

O vento era sedoso e aprazível. A vista valia a subida. As poucas construções eram velhas e agradáveis. – Não há nada demais aqui. Portanto, grande coisa não pode acontecer aqui –. Concluí. Resposta terrível! Percebi imediatamente.

– Então procure o que importa e faça uma avaliação.

– Dramaticamente. Não materialmente. Se houvesse uma árvore esquisita ou um portão estranho, ou vestígios de fogueira, ou... mas isso é só natureza.

O quanto eu podia estar enganada? Eu iria descobrir. Liliane me fez levantar e permanecer no lado norte da igreja por alguns minutos, e depois no lado sul. Eu devia me concentrar na energia de cada espaço. No que eram diferentes? Eu não sabia. Eu só conseguia comentar sobre a temperatura, o vento, o cheiro.

– Eu me senti mais segura no lado norte –. Pelo menos eu achava que sim.

Ela me conduziu para uma área no lado norte. – Não tenha pressa. Sintonize-se com a energia.

Achei que aqui senti um mero momento de mudança. Talvez um estado de espírito? Medo? Algo aconteceu naquele local? Eu não precisava de tempo para isso. – Onde eu sentirei essa energia?

– Você terá uma ressonância com ela e ela com você.

– Já tive alguma nesses três dias?

– Não.

Nós nos sentamos em silêncio olhando a paisagem e era suficientemente agradável, incessante, intocada, inalterada por séculos. Perguntei o que os viajantes encontraram aqui.

- Paz.

Liliane foi buscar as chaves da igreja numa casa ali perto. Eu não aderi a essa viagem como uma pessoa mística. Não buscava me tornar uma iniciada. Eu queria uma experiência intensa. Sim, era isso. Quando ela voltou, contei-lhe um pouco disso e ela respondeu: – O que você não entendeu sobre a casa da francesa em sua experiência de sono?

– Algo faltava na casa. Algo que deveria estar lá, mas não estava.

Ela me deu mais alguns exercícios. No futuro, minha meditação focalizaria aquela casa e aquele jardim como eles eram no século anterior. – Apenas esteja lá e perceba o que você sente. O que está acontecendo? Há algo que você se sente impelida a fazer? Você fará estas perguntas –. Parecia muito simples.

Com uma enorme chave tilintante ela abriu a porta da igreja e colocou um euro na caixa para ligar as luzes. Sentamo-nos na parte de trás – eu deveria rezar? – e ela começou a falar da maneira de sempre.

– Passamos através do Questionamento, Reflexão, e o primeiro degrau da Renúncia. Agora estamos num ponto de descanso que oferece paz, a paz que alimenta. Então permita que ela lhe de suas bênçãos. Eu aproveitaria ao máximo porque em seguida vem a Purificação.

Eu sabia que não iria gostar da Purificação. Eu via os hotéis desaparecerem numa triste distância necessária. Mais noites com uma centena de insetos, debaixo de mil estrelas. Deveria dispensar a comida e eu previa jejuar e beber apenas água. Minha guia deixou de me dar más notícias diretamente. Sua nova técnica era falar sobre o que os outros fizeram. – Todos começam no "escondido", que é também um bom lugar para se esconder coisas. Eles fazem seu questionamento em segurança. Verdaguer usou a cabana para se preparar para o jejum, para estar sozinho, para testar-se. Para ele, a cabana foi um retiro. Indagaram ao companheiro de Saunière, o padre de St. Feliu, se seu pupilo estava apto para ser membro da sociedade. Então eles deram ao padre francês aquela pergunta sobre a qual refletir: "Estou apto para ser um membro da sociedade?"

– O que ele decidiu?

– Ir em frente. Se ele fez a pergunta é outro assunto.

– Eles não gostavam dele?

– Ele era rico demais. E muitos padres sucumbiram ao fascínio do dinheiro, aceitaram, e com isso sua aversão aumentou mais ainda. O aluno de...

Eu a interrompi: – Todos os outros tinham um guia, mas Saunière tinha um companheiro. Por quê? Então ele chegou a este lugar e encontrou seu guia. Quem era o guia dele?

Ela não respondeu.

– Você me contou. Ele caminhou com o companheiro até que encontrou seu guia em Romanya e então continuou a cavalo e de carruagem.

– Estou contente que você tenha uma boa memória. Não posso lhe contar quem era o guia dele.

Perguntei por que não, e ela disse que era assunto particular.

Lembrei que Lucia não gostava de segredos. Ela disse que eles prejudicavam o detentor, prejudicavam o verdadeiro eu. Eu disse o mesmo à minha acompanhante.

– Algumas coisas lhe serão contadas não agora, mais tarde, e outras que não lhe serão contadas.

Liliane continuou no assunto do Questionamento e Reflexão e que o estudante de Paris em 1820 questionou se ele era suficientemente forte para ser membro. Saunière decidiu imediatamente que a cabana servia para evitar traição e escapar de trapaças. Ele havia tido bastante dessas coisas na casa com a torre. Naturalmente perguntei por quê. – Por causa de quem a seguia – Maria – dentro da casa. A cabana era um local seguro para Saunière porque Mathieu não sabia dela –, concluiu.

Perguntei se Liliane sabia quem era o estudante de direito de Paris.

– Antepassado de Quim Carreras.

Fiquei quieta. Percebi que não confiava em Quinn Carreras e jamais confiei. Contei a ela sobre a perda da cruz e da corrente. A quem elas pertenceram?

– Ao guardião da sociedade –, ela respondeu. – Carreras ficou furioso que José simplesmente as tenha dado de presente.

– Tinha poderes especiais? A cruz?

Ela deu uma resposta estranha: – Bem, sim, se ele a deu a você.

Nossa conversa voltou-se para a igreja na qual estávamos: pré-romana, dedicada a São Martinho, o santo patrono de soldados, cavaleiros e alfaiates. Em 1016 chamavam-na *Romanicino*. A região na qual estávamos ainda era conhecida como *Las Gavarres*; fora o *Domaine* de proprietário de terras e frequentada por pessoas que compravam e vendiam as terras. Em 1076 o local passou a pertencer à Igreja de St. Feliu.

– Este local é tranquilo –, eu disse.

– É seguro –, ela corrigiu. – Um local para descansar fora do quadrado mágico. O que os iniciados faziam na viagem naqueles dias era considerado heresia. Aqui havia um refúgio que se tornou um restaurante, *San Roque,* em 1898. Havia uma igreja, algumas casas, uma fonte, mas não havia um padre residente porque o padre cuidava também de outras paróquias pequenas. Costumava-se levar seis horas de caminhada até aqui; numa carroça puxada a cavalo, talvez duas. Assim, ninguém podia pegar os iniciados de surpresa.

– Então eles tinham um vigia?

– Ou cães.

A igreja era simples e cuidada. Após um tempo, Liliane parou de colocar euros na caixa e ficamos sentadas num feixe de luz do sol vindo da porta aberta. Perguntei se houve aparecimentos espirituais aqui, mas ela não ouvira falar de nenhum. Novamente, era uma questão de energia.

O que este lugar realmente me dava? Parecia que era minha vez de fazer perguntas a mim mesma. O lugar era bem agradável. Era místico? Onde estava a prova? Recorri à Liliane.

– Oh, então você quer prova? Eu posso lhe dar –. Ela riu. – Mas primeiro tomamos um bom chá, em seguida você faz as afirmações da Renúncia e nós discutimos um pouco sobre pensamento.

Eu me sentia confortável em Romanya e o restaurante servia boas tortas caseiras com frutas. Havia quartos vagos com banheiro. Tudo o que eu tinha que fazer era convencer Liliane a desistir da perspectiva de mais uma noite sob as estrelas com água da fonte, abençoada ou não. Naturalmente, eu pagaria o hotel e todas as despesas.

– Eu solto meu apego às coisas materiais.

– Eu solto meu apego àqueles que amo.

À medida que eu repetia estas renúncias, ela perguntava se eu conseguia me ver numa luz branca brilhante. Não. O que ela queria na verdade me perguntar era se eu mesma conseguia criá-la em minha mente. Consegui, talvez por alguns instantes. Ela me pediu para aumentar a lista de renúncias e por um instante terrível eu ia adicionar o hotel e a boa comida. Liliane disse que eu podia libertar meu apego a alguma qualidade interna. Escolhi o pensamento negativo. Para que ele servia? Era uma coisa fácil de soltar.

– Pensamentos são hábitos. Você os muda. Quando ocorre algo que você escolheu renunciar, você simplesmente o substitui por outro pensamento. Por exemplo: uma afirmação. Vamos pegar uma que José escolheu em 1954: "Estou ganhando força ao respirar nessa exaustão. Estou preenchido da luz de Deus, portanto, nenhum mal pode vir de mim." Ela fez uma pausa: – Perceba que ele disse "de", não "para".

Eu disse que havia percebido. Também percebia que eu teria que soltar José e os pensamentos sobre ele.

– Mas é claro que você pensa nele. Ele é um homem delicadamente sintonizado, em alto nível de espiritualização. Seria loucura não pensar nele.

Afastamo-nos da aldeia e começamos a descer a colina. Ela ia me mostrar a prova mística que mencionara anteriormente. Primeiro me perguntou o que significava *místico*. Eu disse que era algo ainda desconhecido. Ela concordou, mas acrescentou que isso não teria energia nem ressonância diferente e mais forte do que as coisas do cotidiano e acontecimentos que poderiam ter sido "desconhecidos" mas nem por isso místicos, como o antibiótico penicilina. O místico não estava delimitado pela gravidade.

Eu vislumbrava uma cruz no meio das árvores. Ao nos aproximarmos, esta se revelou um grande monumento de pedra e bronze. Havia uma inscrição: 'AMOR, GLÓRIA, E REPARAÇÃO AO REI de *SIGLES*, 1904. O SEU REINO VEM A NÓS,' Que aquilo estivesse ali no meio do campo, oculto, era um mistério. – É essa a prova mística? – perguntei. Enquanto eu a examinava, ela me observava. Perguntei o que era aquilo e porque estava ali.

– É um monumento ao Rei Sigles –, respondeu, afirmando o óbvio. Seguiu em frente e tive que correr para acompanhá-la.

A prova estava a meia hora de distância em outra parte da floresta. Liliane apontou para as árvores com alguns centímetros de sua casca removida, seus troncos esguios parecendo pernas raspadas.

– *Alzina*, ou árvores de cortiça. É daqui que eles obtêm cortiça para as garrafas. É a indústria local.

Estávamos na hora do crepúsculo, a hora azul. Atrás das árvores via-se uma disposição de pedras enormes rodeada por uma cerca de arame. Eu me lembrava delas de anos atrás – essas inexplicáveis pedras de Romanya, que visitei com um grupo. Naqueles dias, elas apenas estavam ali sem cerca nem placa com comentários em vários idiomas. Desta vez elas pareciam um pouco mais

Figura 10.2 As pedras megalíticas de Romanya.

arrumadas e limpas. Consideravam-se estas pedras do mesmo nível de Stonehenge.

– O *Dolmen de la Cova* –, Liliane disse. – Um dólmen é um recinto megalítico de enterro coletivo composto de várias câmaras funerárias –. Conduziu-me para a primeira pedra para que visse o que ela ia explicar. Havia uma entrada pela qual uma passagem descoberta feita de pedra levava a um recinto coberto. Na frente da entrada havia pedras grandes dispostas em círculo. Ela apontou para a passagem. – O corredor de acesso à câmara funerária é coberto por esse monte de terra e pedra. Foi construído por um grupo humano, talvez pelos druidas. Mas como?

– Como Stonehenge?

– Pelo menos igualmente misterioso. As lajes são de granito, mas de onde provêm? Como as trouxeram para cá? São enormes e pesadas. A construção é feita com técnica. O círculo de pedras destina-se à cerimônia ritual. A entrada está voltada ao sul de modo que a luz solar atinge a câmara funerária nos exatos momentos dos solstícios de verão e de inverno, evidência de que essas pessoas seguiam uma prática religiosa.

Perguntei quando o dólmen foi construído.

- 2.200 a.C.

- Então eles eram seres inteligentes?

- Eram inteligentes com certeza. Eram *iniciados*. O grupo de escavação, conduzido por um historiador local catalão, encontrou na câmara funerária um colar, pontas de flecha de sílex, contas, ossos humanos, dentes, uma faca, fragmentos de cerâmica e uma tigela feita de pele de animal esticada e osso. A tigela era interessante porque ao golpe emitia a nota Fá sustenido, que já conhecemos.

Liliane disse que a escavação da área começou nos anos 1950, mas aconteceu de fato nos anos 1970. Perguntei se ela conhecia o arqueólogo. Sim, o primeiro. Vários pensamentos exigiam atenção. Ele pertencia à sociedade? Chegou aqui primeiro e escolheu a tigela como objeto "interessante"? Será que a tigela foi usada depois nos rituais da sociedade? Por que uma lacuna de vinte e um anos entre o início e o período mais intenso da escavação?

- O monte de cobertura servia como um contraforte -, Liliane continuou. - O dólmen ainda está visível.

Eu não tinha certeza o que era aquilo que via. A disposição de pedras me parecia tocante, doce, triste. Eram puras.

Nós realmente passamos a noite num hotel, mas não da forma que eu escolhera. Ela foi dirigindo até o balneário em Caldes de Malavella, e nos hospedamos no *Balneari Prats*. Perguntei se o *Dolmen de la Cova* fazia parte da viagem e ela disse que nunca fizera. Por quê? Ele não tinha o pulsar energético, a ressonância. Por que não? Quem escolhia esses pontos? Eu pessoalmente preferia o dólmen a muitas outras coisas que vira. Ela disse que eu estava de novo buscando o dramático. Perguntei qual seria o oposto preferido, e pelo menos dessa vez ela me respondeu, sem eu precisar encontrar a experiência e elaborá-la:
- Por exemplo, o espaço ao norte da igreja em Romanya. Parece que

Figura 10.3 Entrada do *Balneari Prats*, Caldes.

é nada mais do que um espaço, mas há energia lá. As pessoas de hoje não escolheram tais pontos, que foram descobertos séculos atrás. Mas nós podemos tentar entrar em ressonância com eles. Podem estar nos locais mais simplórios e insignificantes.

Eu conhecia o *Balneari Prats* há trinta anos ou mais; parecia o lar que eu deveria ter tido. Nem mesmo essa viagem conseguiria perturbar minha relação com este local, com os proprietários e meu sentimento de bem-estar aqui. Havia passado natais, anos novos, *fiestas,* celebrações e desgostos num quarto com um terraço dando para os magníficos jardins e nascentes de água quente. Meu comprometimento e amor por este *balneário* me fazia sentir invencível. Eu gostaria de tentar compartilhar meu entusiasmo com ela. Esperava que ela visse minha relação com o local; ela conseguia ver tudo o mais. Magnanimamente ansiava por discutir o assunto com ela. Cheguei à sala de jantar antes dela e me sentei na expectativa do delicioso jantar de quatro pratos.

Figura 10.4 Sala de Jantar no *Balneari Prats.*

Na verdade, minha estadia em Caldes ia ser diferente de tudo o que já havia conhecido. A realidade foi virada de cabeça para baixo. Para começar Liliane não veio à sala de jantar na hora certa. A primeira coisa que percebi de sua chegada foram duas mãos em torno da minha tigela de sopa afastando-a rapidamente. A velocidade foi assustadora. A sopa estava envenenada? Ela pediu ao cozinheiro para adicionar drogas alucinógenas para acelerar minha ressonância e depois mudou de ideia? Pensei o pior e o melhor e então ela disse: – Água quente com limão –. Deu minha tigela de sopa para o garçom e sentou-se à minha frente. Perguntei o que estava errado com a sopa.

– O fato de você tomá-la. Seu jejum começa agora e consiste em...

– Digo não para o jejum.

– Você bebe água quente com limão do começo ao fim.

– Não é possível.

– Torrada seca às...

– Quero minha sopa de volta. Vou jantar.

Ela ficou quieta por uns instantes e então pediu o cardápio: – A purificação inclui o que você coloca em seu corpo. Existe a forma rápida e a forma lenta.

Eu escolhi a lenta. Por um instante, ela fez a mesma expressão irônica que eu havia visto uma vez em Girona, quando exagerei no meu impulso de compras. Ela pediu uma refeição sem carne para dois.

– Você comerá uma dieta saudável sem carne nem doces, e sem café nem álcool nem açúcar branco. E você tomará água quente com limão. Vejo que você pediu uma série de tratamentos e massagem.

– Naturalmente irei pagar por isto.

– Você parece estar bem à vontade aqui.

– Dizem que é minha segunda casa. Talvez seja a primeira.

– Bem à vontade, a ponto de esquecer que você está trilhando as sete estrelas, caminhando com a Ursa Maior, numa privilegiada viagem de iniciação? Cancelei os tratamentos. Você terá uma massagem por dia.

Antes que eu pudesse protestar ela anunciou minha rotina: levantar às 6 da manhã tomando água quente com limão; uma chuveirada fria, uma hora de caminhada, começando com paradas curtas e depois sem interrupção – a maior parte da caminhada seria subida; prática matinal no jardim; escrever o que me foi pedido.

– Você fará seus reconhecimentos e suas confissões a Deus por meio de outra pessoa –. Ela me ofereceu uma maçã assada.

– Você?

– Não necessariamente. Você vai fazer o batismo psíquico, que lhe será explicado. Ficará sentada em silêncio por duas sessões antes do anoitecer. Também organizei aulas de ioga para você.

– Não haverá tempo para refeições.

– Na noite de lua cheia iremos para S´agaro.

Eu conhecia S´agaro. Era um resort lindo, quase intocado, na costa ali perto.

– Quando surgem pensamentos que concordamos não serem benéficos, escreva-os e nós os discutiremos durante nossa conversa final que será a última coisa que faremos à noite.

De fato eu dei uma risada. Achei que era uma piada ou um teste, pelo qual ela descobriria se eu me afinava com o humor.

– Você toma só água.

Fazendo referência ao nosso acordo de rejeitar o inaceitável, disse que eu não poderia tomar só água, deitada em um quarto.

– Oh, não vai deitar em lugar algum. Você tem trabalho a fazer.

– Então tudo isso é verdade. Você não está brincando comigo Liliane?

– O que você tem contra água?

– Ela virá de alguma fonte que tem um mito ligado a ela, mas ainda será água.

– Quando um espírito de alto nível se aproxima desta terra, ocorrem mudanças factuais. Aparecem no solo marcas queimadas da corrente elétrica que manifesta a passagem do espírito. Algumas pessoas as atribuem à queda de um raio. Mas por que têm sempre o mesmo padrão com um significado cabalístico? Portal. Porta de entrada. Com frequência, quando o espírito está presente, aparece água ou como nascente ou como fonte. A água é abençoada. De cura. Pense em Lourdes e a visão que Bernadette Soubirous teve, e a súbita fonte de água que atualmente ainda cura. No século XVIII, a Madalena apareceu ao lado da cabana, e a fonte jorrou naquele lugar seco. Assim, visões trazem mudança ao ambiente, e a água que as acompanha é viva, não morta, e de cura, não poluída. Você mudará seu modo de pensar. Alguns pensamentos são simplesmente hábitos. Todos os iniciados tiveram que renunciar a pensamentos recorrentes que se sobrepunham aos pensamentos inteligentes e essenciais. O iniciado se defronta com esta mudança durante a prática da Purificação.

O garçom me trouxe café como sempre, um *expresso* pequeno, preto, com um pouco de leite quente, e Liliane esperou que eu o recusasse. Realmente hesitei antes de levantar a xícara. Sua presença ali, sua censura, arruinou a experiência do café.

Eu me defendi: – Veja, conheço esse lugar e gosto dele. É por isso que teria sido melhor ir ao outro balneário –. Eu me referia ao Hotel Vichy, que tinha uma atmosfera fria, formal.

– Acho que dá para nos arranjarmos aqui –, minha guia respondeu secamente.

Olhei para o relógio porque o jogo de cartas começaria às dez.

– Eu não me preocuparia com o tempo –. Ela já havia determinado que eu não deveria usar um relógio. – E é preciso dispensar o telefone celular. Sem contato com o mundo exterior por enquanto.

Para continuar a viagem, eu tinha que fazê-lo do jeito dela. Este lugar não podia ser mais o *meu jeito*, e foi por isso que ela me trouxera aqui. Este era o meu território; era onde eu era forte. Mas uma decisão devia ser tomada, e ela sabia disso assim como eu; não havia necessidade de continuar a discussão.

A proprietária, Rosa Quintana, esperava que me sentasse e conversasse com sua família e mais tarde fosse para a sala de carteado, mas fui levada para o jardim fresco como uma criança rebelde.

– Os outros jejuaram quando vieram para cá? – Tentei parecer amigável.

– Os outros não vieram para cá. Os primeiros foram para Besalú. Este balneário só foi aberto depois da década 1860.

Isso foi surpresa.

– Mas a água está aqui.

– A água sempre esteve aqui e foi usada desde a antiguidade. Girona tem mais de quatro mil anos de idade. Os romanos construíram balneários, mas, depois que partiram, os banhos ficaram abandonados –. Ela apontou para as ruínas romanas no alto da colina que as pessoas nem percebiam. Apenas estava ali, o velho local de banho. Eu também não tomava por certo muita coisa?

Perguntei onde Saunière e José fizeram a prática da Purificação.

– Numa casa na floresta perto daqui. Eles usaram estas águas. Quando o corpo começa a doer, entra-se na piscina quente. Sempre foi bom para dores nas juntas. E se usa compressas de ervas –. E ela disse que Maria Tourdes costumava vir a Caldes, e lembrei que ela teve problemas na perna.

– Um problema de coração –. Liliane corrigiu.

– Um coração doente?

– Um coração partido.

E essa verdade reverberou fundo dentro de mim até alcançar a imagem da jovem garota de cabelos escuros chorando convulsivamente na cama, na casa da torre, apertando um rolo ou pergaminho na mão. Era porque Saunière tinha amado a cantora? Será que ele proibira Maria de aparecer no recital? Sem demonstração de respeito, ela foi trancada. Era óbvio que ele preferia Emma Calvé.

– Não – Liliane disse, – Ele se opôs ao bem; era o que estava escrito no pergaminho.

Perguntei sobre as influências místicas em Girona e ela disse que para compreendê-las era necessário entender a pirâmide decapitada. A peça do topo com o número 1 era a Lágrima de Ísis. José falou da Passagem da Luz? O número 1 também era Aleph. A pirâmide decapitada incluía Seth, Ísis, Osíris, e Neftis; esses eram os quatro elementos para atravessar a luz. Juntos, eles formavam a unidade.

Ela olhou para mim e entendeu de uma vez por todas que eu não estava em ressonância com o pensamento esotérico. – É tudo sobre unidade, unificar as energias. Girona, 34 ao quadrado, é regida pela Lua. É água, o cálice, a Arca de Noé, Ísis. Existem as influências. Apenas escute. Você não entenderá.

Quanto a isso ela estava certa.

– Grande parte da viagem não é verbal –, Liliane continuou. – Os diferentes locais e seus números não são transferíveis. Você tem que experimentá-los. As indicações subjacentes atribuídas a cada local nunca foram ditas. Elas permanecem abaixo da superfície de nossa comunicação.

– Então é um código?

– É um processo de evolução.

– O que são os números?

– A ressonância, a chave, os degraus para a evolução. A linguagem mística que nunca poderia ser dita.

Tudo o que eu entendi era que o quadrado mágico era composto de números e que a rubrica da viagem era feita de alguns destes números que eram relevantes. Os onze locais constituíam a rubrica da Ursa Maior. Os números nunca eram ditos em voz alta, mas recebidos por meio de um estado de entendimento que era divino.

Liliane havia me pedido para escrever no caderno novo o que eu me lembrava da viagem até então. Eu estava cansada e dolorida, os tornozelos inchados por causa do calor. Ela disse que Girona fervilhava de mistérios desconectados. Para saber mais eu teria que conhecer o Princípio Ativo de Ísis. Ela achava que neste momento geometria sagrada não era minha prioridade. À medida que chegássemos a cada local, ela iria me listar as influências e os signos dominantes. Ela estava muito tranquila quanto à minha falta de conhecimento esotérico e lidava com isso de forma bem simples. – Você teve outras coisas a fazer –. Novamente Liliane disse que a viagem seguia a constelação da Ursa Maior.

– O que é *shin*? – perguntei. Saunière mencionou a palavra em seu relato.

Ela explicou que a descrição a seguir vinha de seu trabalho no esotérico, Teosófico, e no material conservado pela sociedade, os quais eu deveria simplesmente conhecer de passagem.

– *Shin* é o símbolo da letra mãe. Compõe o número 360, conhecido como o ano perfeito. O ano tinha 360 dias até que uma catástrofe perturbou a órbita da Terra e assim foram adicionados cinco dias.

Ela explicou que esta ocorrência aconteceu antes do tempo, conforme o meu entendimento de tempo, e tanto Pitágoras quanto Platão falaram disso. Saunière estava interessado em *shin* e na sua relação com o Raio de Relâmpago, Trovão, Fogo, e Pedras de Pirâmide. O padre francês estava ansioso para dominar todas as referências místicas a fogo, poder, força. – Isso diz algo sobre ele –, Liliane concluiu com uma risada, mas não com humor.

Meu sono foi leve e eu não me sentia no meu amado Caldes. Como sempre, os sinos pararam depois da meia-noite; eles sempre marcavam a hora com duas badaladas, o que sempre me evocava pensamentos sobre José, que estava a curta distância dali, ao final da estrada estreita, prateada pelo luar.

Os caminhões de lixo vinham às 7 da manhã. Eu costumava colocar os protetores auriculares, mas dessa vez Liliane os precedera, mandando-me levantar e trazendo a água quente com limão. Ela esperou enquanto eu tomava a chuveirada fria que ela sugeriu que eu alternasse com quente. Essa rotina, tão diferente da minha vida habitual, iria obviamente acabar comigo. Talvez ela não fosse mesmo amiga de José, e sim de sua esposa. Alguma vez ele *dissera* que ela era uma amiga? Somente me revelou que ela vivia nas montanhas.

Depois de um breve exercício de alongamento e respiração no jardim deserto, nós partimos, nesta manhã discordante, pela estrada onde a farmácia costumava estar e para o campo onde Canigou em todos seus diversos humores estava sempre visível. Nesse dia havia neve em seu cume, e eu a sentia poderosa demais. A imagem muito nítida da montanha crestava minha mente. Pouco sono, sem café, sem banho quente ou café da manhã – tudo isso era definitivamente um erro.

– Você precisa de alimento e bebidas estimulantes para se movimentar? – perguntou Liliane.

– Não, eu não preciso –. Agora na defensiva, furiosa, sentei-me na mureta mais próxima. – Eu mereço. Tive uma vida dura e essas coisas fazem com que eu me sinta melhor, então que seja. Vou encomendar as coisas que me fazem sentir bem.

– É o sabor, a aparência da comida ou a expectativa? Ou a posterior sensação de plenitude?

Não dei a resposta azeda que me veio à mente. Eu deveria, mas me acalmei e recomecei a caminhar.

Ela não se mexeu, esperando pela resposta.

– Tudo –. Respondi. Pelo menos era uma resposta honesta.

Eu estava sem folego muito antes de passados trinta minutos. Ela sentou-se num campo enquanto eu fazia os alongamentos de perna. Pediu-me para sacudir meus pés, braços, mãos, e ficar sobre um pé, mãos unidas acima da cabeça, e que me concentrasse num objeto imóvel, olhos fechados. Era uma prática de ioga conhecida por mim. Mas não nesta manhã, e caí de lado. Tentei novamente, com o mesmo resultado. Odiava falhar. Dobrei-me sobre os joelhos. Essa viagem, ou o que fosse, certamente se tornara impossível. Eu não suportava ter alguém por perto todo o tempo me observando.

– Você tem alguma pergunta? – Inesperadamente perguntou.

– O que você tem a ver com o que eu penso sobre comida?

– Porque você vai começar a ficar sem –. Liliane disse com firmeza.

Esperei em vão por uma explicação e tive que perguntar o que ela queria dizer com aquilo.

– Você vai jejuar.

Nós tivemos uma bela discussão sobre o assunto. Deitei-me sobre a grama, mas não conseguia relaxar. Disse a ela que, se visse José, eu o esganaria.

Ela tirou duas coisas de sua mochila: uma garrafa fechada de água com gás de Caldes que abriu e me deu, e um objeto embrulhado em seda. Sentei-me, tomei a água, e então ouvi o mais incrível som que reverberava além do tempo devido. Esperei com alguma apreensão que ele parasse porque eu não suportaria que parasse. Em uma mão ela segurava uma pequena tigela; na outra, um bastão de metal. Antes que o toque esvanecesse, ela bateu na lateral da tigela e novamente o som encheu o ar, a floresta, minha mente. Imediatamente minha agitação cansativa desapareceu. Deitei-me na grama e percebi que o som tornava impossível pensar. Ele ocupava tudo.

Quando o som terminou, não senti perda nem vontade de ouvi-lo novamente. Era como devia ser. Ela correu o bastão de metal pela parte interior da tigela e provocou um som bastante diferente, quase hipnótico; em seguida colocou a tigela em cima do meu plexo solar até que a modulação cessasse. Eu me senti suavemente curada e sem necessidades. Ela deixou de ser antagonista.

O retorno a Caldes demorou duas vezes mais que a ida, e no trajeto eu me sentei em dois bancos e três muretas. Quando nós finalmente chegamos, o garçom do café da manhã, ao me ver, fez graça: – Você chegou cedo. Ou esteve fora a noite inteira?

Quem me dera! Pedi o café da manhã completo, planejando o tempo todo como conseguir o café proibido sem Liliane saber, mesmo percebendo que era loucura. Mas logo ela também estava lá, intrometendo-se e cortando meu pedido pela metade. Em vez de suco de laranja, abacaxi fresco. As outras mudanças foram bem piores. Durante todo o desprezível café da manhã com várias folhas verdes e ervas eu não disse palavra.

Assim que a vi indo em direção à aldeia, eu estava no bar pedindo uma caneca de café com leite quente. Depois de bebê-la realmente me perguntei por que era tão importante. Decidi que iria tomar o próximo café relaxada num bar da aldeia. Precisamente às onze horas da manhã, eu realmente escapei às pressas por detrás da igreja, sem obstáculos por todo o caminho até o bar. Minha carcereira me pegou quando eu afastava as cortinas de contas da porta de entrada pela qual eu iria desaparecer.

– Você consegue correr! Isso é uma surpresa. Então algo bom resulta de tantos obstáculos.

Eu disse que precisávamos conversar. Até peguei-a pelo braço para conduzi-la ao banco da igreja. Estar perto deste edifício poderia dar força extra às minhas palavras.

– Por que uma xícara de café seria tão necessária, tão premente? – Ela parecia interessada na resposta.

Não querendo justificar nada, retruquei: – É necessário que você estabeleça essas regrinhas? O que isso tem a ver com a jornada à Ursa Maior e às Sete Estrelas?

– Tudo. Se você não segue minhas instruções nem acredita no propósito delas, certamente se importará mais tarde.

Então ficamos no bate e volta com o assunto do café. Ela explicou que não era aceitável na abstenção que viria em seguida e, como eu estava presa ao consumo de café, tinha que lidar com isso.

– O que o café provoca em você? Que experiência de privação no seu passado intensificou tanto sua reação? Negação de sabor, expectativa, estímulos?

Eu não disse nada.

Ela deu de ombros: – Bem, o que for, você superou, deixe para trás. Eu não acho que passar sem café seja grande coisa.

Passar sem. Isso poderia ser um imenso problema, mas não era da conta dela.

– Você já esteve numa situação em que não havia escolha quanto a conseguir o que queria?

– Nunca.

– Em que as pessoas a impediram de conseguir aquilo de que você tanto precisava?

Olhei fundo nos seus olhos e disse que por enquanto eu iria continuar tomando café, então que nós devíamos parar de conversar sobre isto. Na verdade, esta confrontação fez surgir uma dor que eu não esperava, que não tinha lugar aqui, e eu me senti humilhada. Era dor de ver negado aquilo que eu queria.

– Espero que sua prática de Purificação seja honesta –, ela disse. – Do contrário, a consequência virá, mas mais tarde, e nessa jornada, "mais tarde" é tarde demais.

Entrei no bar e tomei um café grande com leite e examinei a experiência, tomei nota do sabor. O primeiro gole e o último. Então percebi que o problema não era de modo algum o café, mas ser controlada e negada e assim me tornar impotente.

Durante o almoço de salada quis saber o que mais estava reservado nesses onze locais. Ela respondeu que saber disso antes não me ajudaria.

À tarde Liliane leu para mim algumas experiências de Purificação dos companheiros de viagem, e então comecei a ter uma ligação com eles. Saunière ficou apavorado não tanto pelo fato de não ter nada para comer, mas por não ter vinho. Isso era inaceitável, e como eu, ele foi buscar no bar mais próximo. Na floresta não havia bares. Ele sofreu. Ele detestava ser dominado sem uma boa razão e disse que renunciaria a toda a viagem se não tivesse bebida. Deram a ele ervas e mel com água quente e isso interrompeu o desejo, mas não sua arrogância. Os livros que eu havia lido sobre Rennes-le-Château diziam que Saunière vivia de forma grandiosa e que suas contas de comida e álcool eram extravagantes. Relatava-se que ele gostava de beber e que seu irmão Alfred morreu de alcoolismo. Também entendi que o padre francês não aceitava muito bem críticas ou ordens do bispo local. Parecia que ele não gostava de ordens exceto as ordens dadas por ele mesmo. Adoeceu durante a viagem, mas Liliane não entrou em detalhes.

Verdaguer aceitou o processo inteiro. Ele havia se sentido muito livre, e então a necessidade de dançar, de voar o dominou. Ele desmoronou de exaustão e foi colocado na cama por algumas horas.

O estudante de direito teve dores de cabeça terríveis e depois se sentiu superaquecido. Envolveram-no em lençóis molhados e frios e depois o cobriram com cobertores pesados e bolsas de água quente feitas de pedra. Este procedimento fez com que ele eliminasse pelo suor todas as toxinas.

José recebeu o mesmo tratamento, com emplastros de óleo de rícino colocado sobre seu fígado. Sua mente disparara e ele não dormia, mas entendeu o processo.

– Então todos ficaram imobilizados por alguns dias? – Eu senti... seria presunção?

– Três.

– Semanas?

Não, Liliane quis dizer dias. – Eles tomaram o caminho rápido –. Ela leu para mim como eles se sentiram leves e vivos depois de soltarem seus ressentimentos. – Vamos começar a trabalhar com os seus.

Como não localizei ressentimento algum, ela mencionou o negócio do café. Eu considerei que o café não era grande coisa. Quando não pude obtê-lo é que se tornou importante, e não conseguia parar de pensar nele.

– Exatamente –, ela disse. – Você vai observar apegos e liberdade.

Quando perguntei quando tempo eu iria viver a água quente com limão e pequenas refeições ela não me deu resposta.

– Agora você começa a escrever: ressentimentos. Anote-os.

Eu disse que não tinha nenhum.

– Então comece comigo. Com certeza, você tem alguns contra mim –, e ela saiu rindo do quarto.

Imediatamente liguei para José do telefone do quarto. Ele estava encantador como sempre, mas também sério: – Peça a ela as ervas –.

Pausa. – Meus braços estão em volta de você. Lembre-se disso –. Isso era melhor do que mil viagens.

Minha lista de ressentimentos foi se compondo de ocasiões e atos nos quais eu deveria ter me saído bem, mas perdi. Envergonhada, escrevi primeiro esses. Conflitos não resolvidos, ódio ocasional; todos tiveram uma chance, pelo menos no papel. Liliane me pedira para incluir a minha participação neles. Defendi enfaticamente meu direito de ficar com raiva do tratamento injusto.

Fui ao terraço para ficar em silêncio. Ela não me dera qualquer instrução sobre o que eu deveria pensar ou qual posição eu tinha que adotar. Para aquietar minha mente, tentei evocar o som da tigela. Tentei encontrar ajuda da mulher de fumaça. Consegui evocá-la instantaneamente; ela estava indelevelmente lá, mas o sentimento caloroso, amoroso não acompanhou sua chegada.

Obedientemente fiz a série de exercícios que desenvolvemos desde o início da viagem. O problema era que eu não conseguia lembrar quando foi que a viagem começou. De repente tive problemas com tempo. Fiquei feliz por voltar ao som da tigela.

Após jantar cedo sopa rala e folhas frescas, nos sentamos ao lado da pequena fonte e ela perguntou como foram minhas experiências. Eu ainda não havia progredido o suficiente. Perguntei sobre a mulher de fumaça. Ela era um espírito? Meu espírito guia? Ou uma aparição que pairava em torno dos escombros do jardim da francesa? Eu acreditava que Liliane ativara a sensação calorosa, abençoada e perguntei se me ajudaria novamente. Ela não o faria. Não permitiria ser testada. Foi clara quanto a isso.

– O efeito de seus guias e espíritos à sua volta varia, assim como tudo mais. A sua receptividade, a facilidade da conexão, e a força da presença deles até certo ponto faz com que a ligação seja ou não bem sucedida. Você não está sendo treinada ou desenvolvida para ser uma médium ou vidente, mas para obter o máximo de sua viagem.

Ela disse que eu deveria escrever uma carta para cada uma das pessoas em relação a quem tive sentimentos negativos, colocando apenas as coisas ruins, as acusações: você fez isso ou aquilo; você me magoou. – Seja breve, assine e não releia. Faça isso hoje à noite.

Eu respondi que não conseguia fazer tudo isso. Era demais. Que sentido fazia?

Então ela tirou o relato da revolta de José. Liliane leu suas anotações. Ele se sentia muito cansado, olhos avermelhados e desfocados, envenenado pelas próprias toxinas liberadas que queria vomitar. Ele considerava a Purificação como um ato cruel e desnecessário e queria voltar a Girona assim que tivesse forças.

– Ele mencionou Quim Carreras em sua lista de pessoas odiadas?

Ela riu. – Não tenho autorização para revelar os pensamentos particulares dele tampouco para revelar os seus. E estamos falando de meados dos anos cinquenta. Eu não estava lá.

Perguntei se ele voltou a Girona. Ela disse que ele confiava em seu mestre de Ripoll e manteve a fé.

Escrevi as cartas em meu quarto, coloquei-as em envelopes e lacrei. Se tivesse fita adesiva também teria colocado. Ela não ia ler uma linha sequer. Meu amado José pode ter confiado em seu mestre. Minha situação era diferente. Pensei em minhas filhas, meus netos. Eles pareciam muito distantes. Sentia saudades de minha neta, sentia saudades de minha vida. Peguei o telefone celular e comecei a ligar a um amigo em Londres.

Nesse momento Liliane entrou no quarto com uma bandeja de chá, um pouco de mel e limão e uma flor num vaso fino de vidro. Desliguei o celular dizendo-lhe que eu tinha que fazer uma ligação, mas a faria mais tarde.

– Não durante esses dias. Haverá um bom momento para ligações quando voltarmos para o quadrado mágico e reingressarmos no caminho dos onze locais.

Eu quis saber quando seria e dessa vez ela lidou com o futuro: – Em três ou quatro dias.

Eu podia telefonar para meu amigo em três ou quatro minutos mas não lhe contei sobre isso. Ela me deu algumas afirmações e fechou as venezianas.

– Você dormirá bem.

Então, finalmente ela foi embora. Deitei-me na cama e pensei "Lá fora está a montanha", e ela me apavorava. Parecia próxima demais. Eu não havia pensado sobre a montanha desta forma antes. Era como se ela tivesse uma personalidade.

Figura 11.1 Canigou, a montanha sagrada.

CAPÍTULO 11

Uma linda manhã; tudo estava bem e sempre estaria. Verdaguer dissera algo semelhante. Os pássaros, as árvores, a grama; todos manifestando o seu melhor. Era como o primeiro dia do mundo.

- Você se sente feliz por estar fora de Girona –, Liliane disse.

- Mais feliz, talvez.

- Por afastar-se daquilo que havia sido tão glorioso. Assim como ela, Maria Turdes, também se sentiu.

E este momento glorioso acabou.

Eu fazia perguntas durante a caminhada, mas minha guia não respondia. Ela conheceu Maria? O quanto? E Lucia?

- Esta viagem é sua. Não é sobre mim.

- Mas você fez esta viagem? - Só para ter certeza.

- Muitas vezes.

- Por que tantas?

- Uma vez por mim. As outras pelos iniciados.

- Neste Quadrado Mágico de Vênus, qual é o número de Caldes?

- Caldes não é um número. Não é um local. Igual a Romanya, é um ponto de descanso, fora da atração magnética da viagem.

- Por que então trabalhar aqui na purificação?

- Será mais fácil para você aqui do que em Besalú, que é Purificação, quadrado número 33. Este é mais Renúncia.

Perguntei de que forma Besalú 33 era mais difícil, e ela respondeu que Besalú, diferentemente de Caldes, estava dentro da dinâmica e do empuxo da viagem, portanto, cada experiência ali seria mais intensa.

Atravessamos os campos nesta manhã exótica de Caldes, e eu realmente senti momentos de liberdade. Sentamo-nos na beira da lagoa com a melhor vista de Canigou, e lembrei-me da fagulha de medo da noite anterior; não foi nada mais do que isso. A beleza do dia queimou aquela imagem. A memória não tinha que me fazer de refém.

Ela perguntou: – O que você lembra do jardim da francesa?

– O som do órgão, a marca da torre na muralha.

– O que mais?

– Mais? O cascalho e tufos cansados de grama –. Eu havia passado muitas horas dormindo sobre a grama.

– Qual era a cor?

– Puxa vida! Verde.

Era amarela. Verde estava mais distante, onde havia sombra no jardim. Eu me lembrava da atmosfera e dos acontecimentos, como quando de repente o homem chegou para tirar fotografias do local outrora ocupado pela torre e interrompeu o fluxo de nossa conversa. Ela disse que eu sempre escolhia o dramático, e eu perguntei o que havia de errado nisso.

– Nada em termos da vida, mas, tudo quando você se aproxima da montanha. Você tem que absorver e preencher-se de energia. Sua avidez por informações sobre o local não é útil. Você tem que *ser* o local. A sintonia é seu melhor aliado. Por que você come tanto? – ela perguntou bruscamente.

Tal pergunta rápida e intrusiva não me convinha.

– Sinto-me leve demais para isso.

– Leve. Isso é exatamente o que você tem que ser. A comida a consola?

Pressenti, corretamente, um jejum devastador, em algum ponto ao longo da verdadeira rota, da qual ainda estávamos na periferia. – Eu me alimento para me manter viva e saudável, eu *preciso* comer.

– Isso consola você?

Eu disse que não sabia. Fazia me sentir melhor. Isso era consolo?

– Interrompe a sutilização dos estados do ser? Evita uma aceleração de ideias?

– O alimento faz tudo parecer cor de rosa. Há um sentimento de bem estar, que é como deveria ser.

– Não fique na defensiva. Você interrompe a aventura de elevar-se a outros domínios e dimensões pela ingestão de comida e bebida. Estes a mantém presa à terra. Aqueles domínios são desconfortáveis, então mantenha seus pés no chão. Sinta-o. Use seus pés. Não comida. A comida é seu escudo.

Tirei meus sapatos e fiz o que ela pediu.

– Os iniciados passam sem alimento, tomando só água durante muitos dias. Isso acelera sua ligação com o que eles precisam saber. Seria impossível experimentar o que eles experimentam com três refeições ao dia. Você come para bloquear seu progresso. Você deverá encarar a certeza de que afinal a comida não fará isso por você.

Ela me deu uma barra feita de ervas e suco de maçã fresco, num recipiente. Eu tentei não comer como um porco. Com a falta do café da manhã eu me sentia fraca.

– Volte para o jardim francês. O que você vê lá? Esteja lá.

Comecei novamente com a grama amarelo mostarda – não verde.

– Não, não. Volte ao jardim nos anos de 1890.

Eu simplesmente vi a mulher de fumaça. Ela serpenteava em torno de arbustos empoeirados, o cascalho em desordem, seus olhos cheios de amor por este terreno miserável.

– Passe por ela. Volte. Como foi no seu sonho.

Isso foi mais fácil. Eu me lembrava de mais ainda. Sentia o perfume e sabia que se chamava *Chantilly*, de Houbigant. Eu via o frasco de perfume achatado e curvado. Minha mente corria como um ladrão aprisionado dentro de uma casa. – Pare! – Gritei, e bati os pés no chão.

As mãos de Liliane eram quentes e pulsando eletricamente quando ela as colocou sobre meu peito. As imagens enfraqueceram e eu consegui respirar adequadamente. Enquanto ela continuava me curando, lembrei-me de algo sobre José e o Centro Judaico, quando ele organizou um concerto de canções sefarditas, na década de 1970. Ele colocou um piano de armário no pátio, que eu reconheci como sendo da casa de Maria. A cantora era espanhola, de Barcelona e o pátio estava cheio. Como sempre, havia um grande número de pássaros nas árvores. A cantora começou em direção a uma nota alta, mas as teclas do piano não acompanharam.

O piano estava desafinado. Não houve dinheiro nem tempo para conseguir um afinador de piano. Uma nota foi tocada secamente, e um pássaro produziu um som de riso estridente e começou a zombar da cantora. O público no pátio começou a se agitar, lacrimejar com o riso inaceitável. A cantora de Barcelona cantava, o pássaro ria, a tecla do piano soava desafinada, e o público segurava a boca. Mais tarde um homem disse, – Teria sido melhor se o pássaro tivesse defecado nela –, ecoando exatamente o que havia acontecido quando Emma Calvé cantou no jardim da francesa na década de 1890. Mas por quê?

Liliane disse: – Isso você deve decidir. É tarefa sua.

No caminho de volta ao balneário eu comentei: – Nem todos eles conseguiram, não é verdade? O estudante de direito, Saunière, Verdaguer, José e seus guias.

– Por que você diz isso? – Liliane estava em guarda.

– Apenas me ocorreu. Foi... – eu quase disse José, mas, sabia que não seria ele. – Um deles não o fez.

– Não importa. Nesta fase todos iam para Cabo de Creus e a caverna do diabo. Você gostará disso, já que aprecia o dramático –. O Cabo é o ponto leste mais extremo na Espanha.

– Você não gosta do dramático?

– Prefiro unidade.

Não sabia ao certo o que significava aquilo, no caso dela.

Na última caminhada, naquele dia, fomos em direção a um lugarejo com uma igreja e um cemitério guarnecidos de ciprestes. Tivemos que esperar passar um pastor com suas ovelhas balindo. Confessei a Liliane que na semana anterior, eu saíra do jardim da francesa para ir ao Savoy Bar. Disse que não seguia suas instruções porque eu nunca seguia instruções, exceto, possivelmente, para salvar minha vida.

Por que eu contei a ela? Isso foi há uma semana ou mais talvez. Seria por que o dia estava tão bom e, portanto, eu me sentia melhor do que nos últimos meses? Era por causa da alimentação de limpeza ou das cartas de acerto de contas, da caminhada, do cansaço natural?

– Não há razão para você não ter ido ao Savoy Bar –, declarou Liliane. – Eu listei oito coisas que você deveria fazer, mas sentar-se no jardim dia e noite não era uma delas. Acho bom que você tenha usado iniciativa, sem se prender à indecisão.

Iniciativa? Eu deveria contar a ela que minha saída intempestiva do jardim fora uma necessidade urgente, impulsiva, ousada de ver meu amante. Sim, era isso o que ele era. Eu não podia dizer 'ex'. Ele nunca fora um 'ex'.

À medida que caminhávamos em direção à ladeira e a igreja de Llagostera, que parecia nunca se aproximar, percebi que Liliane tornara-se uma pessoa, uma protagonista em minha vida. Ela não era apenas alguém que José escolhera, que eu deveria seguir alguns dias por experiências que podiam se parecer com a *Disneylândia* ou o *Inferno* de Dante.

E então, a montanha estava lá, pairando na beirada dos meus pensamentos, importante demais. Monte Canigou. Subitamente, entendi porque havia confessado minha duplicidade. Eu podia precisar de Liliane. A presença da montanha tornava essencial que ela me conhecesse.

O terceiro dia e eu não consegui enfrentá-lo – o dia. Eram seis horas da manhã, a água quente com limão esfriando ao meu lado. Não conseguia me mexer. Tudo doía; eu era um saco de exaustão. Durante a manhã Liliane foi trazendo essências quentes de ervas para eu tomar e compressas de ervas para minhas pernas inchadas. Eu havia exagerado. Tinha confiado nela e estava quase desmoronando. Falar era demais. Eu precisava de açúcar, tranquilizantes. Melhor ainda, uma visita de José poderia me consertar.

Liliane disse que meu estado era normal e sentou-se lendo extratos das anotações do estudante de direito. Ele escrevera sobre como um jejum escrupuloso combinado com um olhar de pesquisa sobre sua vida o levara a encarar eventos de seu passado que, supunha, estivessem bem enterrados. Ele culpava as ervas de purificação, que o derrubaram ao ponto de somente sua vontade o salvar. E então, a vontade dele também se rompeu, e ele foi deixado como um náufrago em sua própria vida. A partir daquele momento de rendição, ele construiu um novo modo de ser.

– Por que esclarecer o passado? – consegui perguntar.

– Dizem que, ao se aproximar do fim da viagem, que na verdade é um começo, e sobrar um vestígio de falhas espirituais ou más ações ocultas, coitada de você. Na presença deste poder final, você estará em grande perigo. Ore por misericórdia, porque muitas vezes é pior que o fogo do inferno.

– Quem disse isso?

– Alguém que não se purificou.

Eu, deliberadamente, não olhei para as minhas cartas lacradas, mas senti que precisava reconsiderá-las. Sentindo-me muito fraca perguntei: – O que ganho se persistir?

– Uma experiência que você jamais esquecerá e que a mudará para todo o sempre.

Señor Mons tinha dito: "Aqueles que voltaram." O que aconteceu com os outros?

Ela massageou e curou meus joelhos e tornozelos, meu coração irrequieto, meus olhos ardentes. Em seguida, sentou-se tangendo a tigela e o som novamente afastou todo pensamento. Ele fazia meu peito tremer e o corpo vibrar como seu eu estivesse envolvida em um ato sexual espiritual, sem drogas. Agarrei-me firmemente àquele som como se fosse a última coisa inteligível no meu mundo. Perguntei sobre o som.

– Fá sustenido contínuo, é claro. Ele transforma a matéria.

E me lembrei de que o fá sustenido fora a nota emitida pela "tigela interessante" encontrada no megalítico *Dólmen de la Cova.* Estava ouvindo sons anteriores ao tempo conhecido, atualmente esquecido.

O som me chamou à atenção outras questões que eu vislumbrara e depois reprimira. Claro, os membros da sociedade se me opunham por eu ter escrito o livro; por não saber o bastante, mas ainda assim demais; por estar muito em contato com, e talvez distraindo, José. Havia mais para eu descobrir, mas eles me descobriram primeiro: eu seria eliminada. E então vinha a montanha – presença cada vez maior nesta viagem. Ela era pior do que a sociedade. Ela conjurava uma imagem enorme da minha infância que causava medo instantâneo e era difícil de descrever. Era outro assunto intransferível nesta viagem.

Naquela noite, Liliane levou-me a S'agaro e nos sentamos na praia ouvindo as ondas suaves e observando a comovente e enorme lua refletida na água. Ela começou um mantra meditativo, cantando para o mar se juntar à glória da lua. Foi uma experiência magnífica.

De repente, outros se juntaram a nós, e ficamos sentados balançando para frente e para trás em várias posições de pernas cruzadas: olhos fechados, mantendo a imagem da lua sobre a água; olhos abertos, absorvendo a luz prateada. Quem eram estes outros? Quando perguntei, ela simplesmente respondeu: – Meditadores da lua como você.

Foi então que admiti a mim mesma o fato de raramente receber respostas, não apenas de Liliane, mas da própria Girona. Embora minhas perguntas fossem simples e algumas vezes diretas, normalmente eram redirecionadas a outra consideração. Repentinamente me perguntei por que a cidade, possuidora de recursos e de uma história rica, ainda atual, não questionava nem tirava mais proveito das aparições da Senhora do Cálice. Por que tão poucos sabiam das visitas de Saunière, e por que estas pessoas nem estavam interessadas? A maioria dos habitantes que eu conhecia de todas as classes e profissões não tinha tempo para o assunto. Lembrei-me de algo que o escritor inglês do século XIX, George Borrow, tinha escrito sobre Córdoba, cidade ao sul da Espanha. Quando voltei a Caldes encontrei uma anotação que havia feito sobre o livro de Borrow *The Bible in Spain (A Bíblia na Espanha)* escrito em 1836; "Córdoba não tem edifícios marcantes salvo sua catedral, um edifício magnifico e glorioso e bem calculado para levar a efeito os sentimentos de admiração e veneração no peito de quem entra nela."

A população local que Borrow encontrou "pouco ligava para as façanhas de seus ancestrais". A mente deles estava centrada nas questões dos dias atuais, e eles apenas notavam o esplendor dos arredores deixados pelos mouros quando sentiam alguma ligação entre aqueles arredores e eles mesmos individualmente.

Borrow continua, "entusiasmo desinteressado – isso verdadeiramente distingue a marca de uma mente nobre e a admiração do que é vasto, bom e imponente – eles [as pessoas em Córdoba] parecem ser totalmente incapazes de sentimento. É surpreendente com que indiferença eles vagueiam entre as relíquias da antiga grandeza moura na Espanha". Para eles, eu adicionava, interessavam mais as pequenas preocupações do momento.

Pensei no quanto os catalães em Girona se pareciam com o povo de Córdoba: eles também viviam em seu presente, muitos totalmente inconscientes do esplendor da rua, da história, ou dos segredos da cidade. Muitos mal se lembravam da casa com a torre, incongruente em seu ambiente medieval ou romano. Ou do fato de que uma jovem estrangeira tivesse vivido sozinha lá durante anos, convidando de fora pessoas cultas para serões musicais e eventos sociais. Nem mesmo os historiadores questionaram isso. Diziam que esse fato não era habitual, não se ouvia falar. A única lembrança de Maria Tourdes que restava na cidade se alojava na placa da entrada do jardim.

Não surpreende que o jardim da francesa fosse um bom lugar para esconder o que não deveria ser conhecido. Rodeada pela atitude dos cidadãos interessados em si mesmos, a sociedade secreta deve ter tido poucos problemas.

Figura 12.1 Logotipo do Balneário Prats.

CAPÍTULO 12

Minha recuperação foi lenta. Permaneci três dias a mais em Caldes, e me perguntava se eu realmente estivera doente.

Liliane disse: – Mas você tem que se lembrar de que você escolheu isso. Quando perguntei se você queria que a Purificação fosse rápida ou lenta, você escolheu a lenta –. Eu me recordava da sua expressão sarcástica na ocasião, que eu poderia ter dispensado. Eu teria preferido mais explicações. Posso ter escolhida a lenta, mas ainda era rápida demais para mim. Quando tentei discutir isso, ela disse: – Não discuta comigo –. Tentei novamente após curta caminhada pelo jardim. Por que eu me sentia tão mal? Eu sabia que as toxinas poderiam ser expelidas de forma desagradável, mas esse mal-estar valeria uma discussão. Minha vitalidade estava apodrecendo dentro de mim?

– Bom. Você está começando a encarar o que está acontecendo com você. Forçar a saída, em vez de se esconder em sonhos... – E ela saiu do quarto.

O que significava *aquilo*? Eu não gostava disso. Sentia que em sua curta afirmação havia uma crítica a meu caso com José. Fui atrás dela.

– Melhor ainda! – gritou ela. – Agora você está saindo da ilusão e a encarando.

– Quê?

– Sua vida.

Um jovem se juntou a nós no corredor naquele momento, salvando-a – ou talvez a mim. Eu estava hostil, ela, segura demais.

Percebi que eu odiava ser criticada. Talvez eu devesse escrever outra carta rápida.

O jovem era Juan Serrat. Ele falava um bom inglês, estudara física, e obtivera um diploma adicional numa universidade inglesa. Isso era tudo o que eu iria saber sobre ele. Liliane me disse que eu deveria levar minhas cartas comigo na próxima caminhada e que Juan conduziria meu batismo psíquico. – E então nós estaremos livres e começaremos a caminhada para Palera –, ela concluiu.

Entendi que Palera ficava na floresta perto de Besalú, uma pequena cidade conhecida por sua história judaica e sua ponte quebrada, a trinta minutos de carro a oeste de Girona. Eu não sabia quantos minutos a mais seriam nessa loucura que ela chamou de "a caminhada".

No jardim do hotel, fiz sozinha os exercícios e as afirmações. Meditei sobre a casa com a torre, mas demasiadas imagens se intrometeram. Consegui me equilibrar sobre uma perna, braços acima da cabeça, olhos fechados. Achei que percebi uma energia na atmosfera, simplesmente ao dar dois passos num local específico ao lado da piscina. Quando me deslocava numa direção, experimentava um sentimento de peso na minha frente; e então quando me deslocava levemente para trás, o oposto. Era uma corrente de ar? Algum efeito da água? Com certeza a sensação vinha de fora. Permaneci no local onde sentia o peso e este não mudou. A energia era muito sutil e, mesmo para experimentá-la, era preciso total concentração e sintonização, como eu supunha.

Liliane tinha saído; o carro não estava lá. Juan Serrat veio até a piscina quente e convidou-me a andar até Caldes. Quando ele mencionou café, eu sabia que ela havia armado uma cilada. Agora, autorizada a comer sopa e salada, eu podia aumentar minha caminhada e nós fomos à estação de trem num pôr de sol maravilhoso. Juan era calmo e de fácil companhia e disse que queria que eu entendesse quem ele era. Se eu topasse, ele faria o batismo psíquico.

– Eu achei inadequado juntar-me a você de repente, ouvir seus segredos mais íntimos...

Ninguém jamais ouviu meus segredos mais íntimos, pensei comigo mesma.

– ... e realizar o pequeno ritual de batismo psíquico sem que você tenha alguma ideia de quem eu sou –, ele disse delicadamente.

– Você tem que ouvir meus segredos, íntimos ou não? Não podemos apenas pular essa parte?

Ele sugeriu tomarmos café no terraço do segundo hotel balneário, o Vichy Catalão com sua construção e torres neo-góticas. Escolhi chá de menta e decidi tentar telefonar para minha família novamente. Para mim, isso era parte de qualquer quadrado, mágico ou não. Era necessário. Mas o que eu podia lhes dizer que estava fazendo? Juan riu disso. – Você está brincando com números. Diga-lhes isso. Seu próximo será 33 Besalú.

Será que ele trabalhava com Liliane? Ele era aluno dela. Sua matéria era física quântica e biologia, e ele ocupava um alto cargo numa empresa em Barcelona. Trabalhava com Liliane em assuntos específicos relacionados a tempo e à geometria sagrada quando podia. Perguntei quanto tempo levou para trilhar as Sete Estrelas e caminhar com a Ursa Maior. Ele não fora convidado a fazer a viagem.

– Então, é necessário convite?

– Definitivamente.

Ele disse que o balneário combinava comigo.

– Sempre foi assim. Desta vez não sei onde estou. Sinto que me fizeram adoecer –. Descrevi os dias difíceis no quarto e ele escutou atentamente. Eu gostei dele e preferia que ele fosse meu guia em vez de Liliane.

– A doença pode ser um processo útil, pois o esforço para se recuperar aumenta suas energias sutis. Combata e supere a doença e você se tornará mais desenvolvida neste processo. A doença eleva você mais rápido espiritualmente.

Eu respondi que esperava que sim e perguntei se ele conhecia José. Sim, ele ouvira falar dele. Tentei perguntar mais, especialmente sobre a sociedade, mas ele disse que isso pertencia ao domínio de Liliane, então tentei questioná-lo sobre os números da viagem. Em seu ponto de vista era melhor estar na que eu percorria então; já havia bastante a ser feito. Para que olhar para uma viagem futura que eu não entenderia mesmo? Interroguei-o sobre o que o 33 significava. Novamente ele evitou responder. Estava claro que ele não queria responder minhas perguntas. Não era alguém para partilhar meus pensamentos mais íntimos, muito menos qualquer outra coisa.

Juan descreveu o processo de batismo psíquico: eu leria para ele cada carta que havia escrito descrevendo minha dor como resultado do comportamento do destinatário, injustiça, traição – tudo. Em seguida ele iria queimar as cartas numa pia, deixar correr água sobre as cinzas, e jogar sal no ralo. Ao final, nós diríamos uma oração e sairíamos para caminhar. Eu poderia me emocionar executando esse ritual, mas passado um dia aproximadamente eu me sentiria livre. Todas as coisas que eu estava carregando, embora reprimidas e não reconhecidas, teriam ido embora.

Juan tinha belas mãos, e eu confiei em seus gestos definidos, elegantes. Gostei de seus olhos, sua cordialidade, seu sorrisinho seco e irônico. Não me incomodava seu cabelo cacheado e nariz adunco. Seu caminhar era livre e desinibido. Mas eu não confiava nele, ou melhor, naqueles que o guiavam. Ele se disporia a ouvir meus segredos, mas não aqueles das cartas.

Ele continuava a descrição do nosso ritual: – É como uma operação. Você se lembra de como se sentiu antes, a carga emocional se vai, mas não a lembrança. Não é uma lobotomia –. Também fez uma oração pedindo para ser simplesmente um canal para este processo. Ele havia realizado o batismo muitas vezes, e as pessoas que o receberam achavam que funcionou.

– Por que você não se tornou um padre? – perguntei.

– Isso em nada melhoraria este processo.

Ele quis saber se eu tinha alguma pergunta. Contei-lhe sobre o café, que Liliane tinha me controlado e eu não gostei.

– Talvez, ela tenha precisado encontrar um caminho até você, passar por suas defesas, assim o relacionamento entre vocês se tornaria mais dinâmico. Você parece uma pessoa original, e tem trabalhado nas qualidades que mantêm a originalidade. Não quer ser mudada, não acolhe intrusão. Você teve que cuidar de si mesma.

Isso ele acertou.

– Tenha orgulho de estar nesse caminho ritual. Depois de tê-lo feito, Jacint Verdaguer escreveu sua obra prima, o poema épico, "Canigou". Quando você quer fazer o batismo psíquico?

– Vamos fazê-lo agora, acabar logo com isso.

Escrevi cada carta rapidamente, enfatizando os ressentimentos mais potentes, e assinei meu nome na parte inferior da página. Surpreendi-me que havia tão poucas – apenas cinco. Para Juan li pedaços da primeira e da segunda e alterei e reinventei o resto. Ele as queimou como combinado e, quando derramou sal no ralo, me perguntou como me sentia. Eu estava trêmula. Lágrimas, lágrimas inadvertidas viriam em seguida. Quando disse que queria ficar sozinha ele me abraçou e partiu.

Naquela noite na mesa do jantar houve surpresas. Os quatro pratos estava de volta e eu podia escolher o que comer. Liliane até pediu café. Ela perguntou o que eu sabia sobre Caldes, e contei algumas histórias, na esperança de serem divertidas, sobre o balneário e fofocas do passado.

– Você vê –, ela disse, – Não sou sua analista, nem sua crítica, sua amiga, nem seu público. Estou aqui para transmitir a preparação para a viagem. Se o seu modo de ver o ambiente é diferente do meu, eu não pensaria em mudá-lo. Mas porque estamos nessa viagem, o tema tem que ser menos dramático e mais básico. Quando pergunto o que você sabe sobre Caldes, não quero dizer as fofocas, mas seu propósito, sua energia, sua ressonância.

Expliquei que quando estive em Caldes, fiquei no balneário. Sabia pouco sobre o povoado.

– Quantas cartas você leu? – A questão foi repentina, e eu não consegui olhá-la nos olhos. Claro, aquilo me entregou.

– Se você não transmite o texto completo, a perda é sua –, ela disse.

– Não se preocupe; está tudo no papel –. Eu ainda não conseguia enfrentar seus olhos. – Não vejo por que é necessário ler tudo –. Não me incomodei em acrescentar que tinha certeza de que Juan leu tudo que conseguiu enquanto as queimava.

– Elas devem passar por um iniciado para serem purificadas. E para você ser curada. Como Caldes obteve seu nome?

Eu não sabia, mas sempre achei encantador o nome *Caldes de Malavella*.

– Não é encantador. Você nem mesmo sabe sua origem.

Eu não sabia.

– Traduzido, significa 'águas quentes da velha má'. A três quilômetros daqui fica um castelo no qual morava uma velha, talvez dois séculos atrás. Ela enviou sua criada à aldeia para raptar uma criança. A criada levou esta criança para o cozinheiro, que arrancou sua pele e a jogou num poço. Ele tirou o coração da criança e o cozinhou, e a velha o comeu. A criada então foi mandada várias vezes, e visivelmente as crianças da aldeia começaram a desaparecer.

– Esta história é verdadeira?

– Antes da época desta história, o nome do balneário era Caldes de Joncar, então algo deve ter acontecido para alterá-lo.

O café chegou e seu sabor era melhor do que minha lembrança dele. Percebi que fazer uma pausa de algo que você gostava o tornava mais apreciado.

Liliane perguntou se eu sabia como Caldes começou. Não sabia. Ela me contou que a água sempre fora conhecida por seus poderes curativos e que a população local a utilizava para tratar suas doenças. O surgimento do trem na década de 1850 expandiu a popularidade de

Caldes. A classe média de Barcelona, viajando nos fins de semana para aproveitar o campo e ar fresco, descobriu essas águas. Eles começaram a notar os benefícios e as instalações do balneário foram rapidamente erigidas. Naquele tempo, os visitantes tomavam água de diferentes fontes e se banhavam em piscinas. Mais pessoas vieram de Barcelona e, como não havia hotéis, ficavam nas casas da população local. Muito rapidamente foram construídos estes dois hotéis – os hotéis Prats e Vichy. A água começou a ser engarrafada. Havia várias pousadas administradas por famílias a um preço mais barato. Médicos vieram para estabelecer consultório. Os moradores locais pararam de trabalhar na terra e serviam nos hotéis. As garotas eram arrumadeiras e garçonetes, e então se introduziu a massagem. Os moradores voltaram sua atenção para fazer massagem, compressas e banhos de assento. Tudo isso aconteceu antes da Primeira Guerra Mundial. Os ricaços de Barcelona, copiando o hábito da aristocracia europeia de visitar balneários, iam a Caldes, fazendo dela sua Baden Baden. Traziam suas famílias, criados, chefs, e permaneciam vários meses por vez. Havia uma notável distinção entre os guardiões e os moradores locais, e surgiu considerável rivalidade. Havia entretenimentos, danças, carteados, uma verdadeira vida de balneário. E a essa cena, Maria Tourdes costumava vir depois da morte do padre em 1917.

– É apenas um mito, a velha comer os corações das crianças –, eu disse. – Não há razão. A menos que seja o primeiro caso de transplante na história. Ela pegou esses novos corações para revigorar o seu, velho e arrítmico –. Eu sempre achei que o nome *Caldes de Malavella* se referia a algo maravilhoso – adorava dizê-lo. Outro momento de realidade que eu não pedi.

Na manhã seguinte, tomei o café da manhã no térreo na maravilhosa hora das 8 da manhã, e Rosa Quintana, a proprietária, disse: – Então, você vai embora hoje –, nem eu sabia disso. – Nós quase não conversamos.

Eu não queria partir. Disse a Liliane que queria ficar mais tempo porque tinha uma sensação de bem-estar em Caldes, pouco desfrutada por mim ultimamente. Ela deve ter avaliado seriamente essa informação, porque saiu do carro e disse que nós iriamos fazer uma caminhada.

Caminhar nos arredores de Caldes mais uma vez me deu uma sensação de bem-estar. Novamente admiti que não havia me sentido realmente viva durante algum tempo.

– Então você precisa de um estimulante –, ela disse.

Não de substâncias, mas de amor elevado que pulsa de um para o outro, abençoado. Ela não iria gostar daquela ideia, mas eu lhe disse assim mesmo.

– É possível conseguir isso das pessoas? – A pergunta dela era inocente demais.

– Sim.

– Tem certeza?

– Oh, sim.

– Você gosta dos altos, mas não aceita os baixos. O amor não é sempre como você descreve. Há uma porção de baixos. Como é para você?

Para mim a resposta era óbvia.

– Então você tenta conservar os altos?

– Quem não o faz?

Ela ergueu as sobrancelhas num toque sarcástico, lembrando Lluis do Arc Bar.

– Sugiro que você comece a procurar no domínio do espírito aquilo que você ocasionalmente alcança com um amante. É de lá. Contato extático.

– Então nessa jornada trata-se de superar o amor?

– Hoje, sim. Mas se trata de superar o estado de "estar apaixonada". Não de superar o amor em si. Oito dias atrás era de superar medos de roedores. Antes disso, de escapar de estupradores, intrusos, germes, do desconhecido. Aqui tem sido de sobreviver apesar de lhe ser negado aquilo que quer. Amanhã, veremos.

Portanto ela ainda estaria presente amanhã. Por que duvidei disso? Precisava da aprovação dela? Aquilo me irritava. Eu era quem era e tinha o direito de ser essa pessoa.

Ela nem foi sutil na pergunta seguinte: – Como era a relação com sua mãe?

Oh, Deus. Eu não ia entrar nessa.

– Indo direto ao ponto, saí cedo de casa.

Chegamos ao lago com a melhor vista de Canigou cinco minutos antes que no dia anterior. Ela se colocou na minha frente, bloqueando qualquer visão que eu pudesse desfrutar. Seu olhar era destemido. Eu sabia que iria ouvir algo inevitável.

– Aqueles que possuem um buraco em sua alma têm algo em comum. Eles procuram os altos e não toleram os baixos e farão qualquer coisa para evitar isso e subir novamente. No entanto, os baixos fazem parte de nossas circunstâncias. A maioria das pessoas experimenta os baixos e os aceita.

– Bom para elas, Liliane. Experimentei muitas ocasiões de desânimo, não duvide.

– O que vem depois de Renúncia e Purificação? – ela perguntou.

– Gostaria de saber.

– Perdão e Aceitação. Temos agora que dar início ao perdão. Então, quando chegarmos a Palera, que fica a quarenta minutos daqui, podemos realizar a cerimônia do Perdão. Aqueles que lhe causaram dor – você pode efetivamente perdoá-los?

– Claro que não.

– Nem mesmo aqueles que têm o direito de se opor a você? Ou desconfiar de você?

Eu não estava pensando direito. Disse que sim, eu não poderia perdoar nem a eles. Pensei que ela estava falando da esposa de José – por quem sentira desconfiança à primeira vista. Quem mais em Girona precisava de meu perdão? E por que estava restringindo meu ressentimento à Península Ibérica? Eu estava louca? E o resto do mundo? E a abundância global de conflitos não resolvidos?

– E a sua família? – ela perguntou, suavemente.

Claro, pensei no meu primeiro genro. Não havia palavras para descrever meu ódio por ele. Até a morte eu não mudaria de ideia. E não tinha intenção alguma de discutir, mudar, ou perdoar. Nenhum ser humano vivo tinha o poder de me obrigar a isso.

– Você consegue orar por ele?

Liliane também estava louca? Depois do que ele havia feito a minha filha e meus netos? – Vamos deixar esse de lado. Prefiro perdoar minha mãe. Sim, farei isso.

Minha mãe estava no mundo espiritual e provavelmente mudada.

– Você participou das ações do seu genro?

– Nunca –. Fechei os olhos. Será que Juan Serrat rapidamente, com a mente de cientista, examinara a carta quando o fósforo tocou um canto dela? Ele era dotado de boa memória. Infelizmente eu também.

– Eu tive que ouvir e ver o que aquele degenerado ganancioso e vingativo fez para minha filha e as crianças –, vociferei. – Passei por isso de golpe em golpe e não ligava se ao final eu acabasse...

– Morta? – ela perguntou.

– Claro que não. Eu tinha que catar os destroços.

Ela ainda não entendeu. Perguntei se tinha filhos.

– Não é meu problema, nem seu, se eu tenho ou não. Trata-se de você. Depois do perdão vem um estado de aceitação. Prometo a você que vale a pena.

Ela não tinha filhos. Ela não conhecia aquela ligação terrível que é ativada como um coração em agonia, quando um filho seu está sofrendo injustamente, magoado injustamente. Você faria qualquer coisa para parar aquele sofrimento, até assumi-lo para si mesma.

– Tanto da vida dela lhe foi roubado, distorcido, deformado. Nunca poderei perdoar. Será a última coisa que pensarei em meu leito de morte. Não se trata de amar a filha. Trata-se de uma filha sendo brutalizada e ferida repetidamente. É disso que estou falando. É 'não' para Palera.

– Chegamos a esta vida com um plano de nossa viagem que tem que ser seguido, não importa a dor.

– Você está tentando dizer que é destino?

– Por pior que seja, você aprende.

– Não quero percorrer essa parte, que afinal é assunto meu, deste quadrado mágico. Perdoá-lo? O inferno congelaria primeiro.

– Então, o que você vai fazer com isso?

– Viver com isso. Não é o que eu tenho feito?

– Está em sua vida. Mas é 'viver'? Questiono isso.

– Não quero discutir o assunto de novo.

Ela concordou com um aceno de cabeça, e voltamos para Caldes sem falar.

Eu estava me ocupando com o que Liliane dissera a respeito do mal e de abrigar maus pensamentos e falhas espirituais quando chegar ao destino – ela o havia chamado de um destino 'pior que o fogo do inferno.' Deveria simplesmente voltar para Londres? Se a sociedade me colocou aqui, provavelmente tinham uma intenção quanto ao meu resultado. Percebi que partir para o aeroporto de repente talvez não fosse o que eles tinham em mente. Eu ficaria até o próximo número de quadrado – 33, a cidade de Besalú – e então escaparia. Não confiava mais em Liliane.

Ela abriu a boca e palavras estavam a caminho.

– Por favor, não fale –, interrompi. – Como você disse, não é a minha analista. Minha vida real não lhe diz respeito. Seu único interesse é no meu relacionamento prático com o espaço à minha volta.

Ela concordou com a cabeça. – Então você entendeu.

– Posso sair disso, não posso? Dessa viagem?

Ela abriu a pasta de documentos que parecia mais fina agora, as páginas provavelmente trocadas a cada dia. Ela virou as páginas até 1954. – Depois da prática de purificação, José começou a voltar a Girona e estava bravo por ter sido impedido. Ele, também, sentiu que estava sendo induzido a realizar ações que se tornariam mais desagradáveis e não escolhidas por ele.

Notei o 'também'.

– O abade Saunière se recusou a concluir a prática de Purificação. Ele experimentou apenas os assuntos mais leves. Depois ele a fez novamente. Inteira.

Entendi o significado de 'inteira'. Desagradável.

– Por que você insiste em que eu continue?

– Porque percebo que você também será privada de uma experiência imortal, assim como aconteceu com os viajantes anteriores a você e seus guias –. Ela fechou a pasta de documento. – Renda-se perante o perdão.

Quando tive um momento longe dela, telefonei para meus filhos e desejei não tê-lo feito. A viagem não tinha lugar nesta conversa e me senti distanciada, de repente muito diferente. Meu filho mais novo perguntou: – Onde você está exatamente, mamãe?

Figura 13.1 Árvore da Crucificação na Igreja do Santo Sepulcro, Palera.

CAPÍTULO 13

A igreja do Santo Sepulcro no meio da mata espessa de Palera estava erma. No topo da escada havia uma jovem árvore nua com uma coroa de arame farpado. Eu nunca vi uma imagem de crucificação tão punitiva – o tronco fino despojado, seus dois ramos para cima como braços, a coroa cravada no alto. Eu esperava ver uma cabeça, um rosto. Queria correr. Disse - Quem fez isso?

- Ninguém vem aqui.

Liliane obteve a chave da igreja. Não havia eletricidade mas através de uma fresta da janela conseguimos ver um pouco deste lugar austero.

- Esta igreja é uma das mais antigas da Catalunha. Do século X –. Até a voz dela estava subjugada.

Apontei para uma forma branca em frente ao altar. - Aquilo é uma pedra de ritual?

- O conde Bernat Talleferro trouxe-a de Jerusalém –. No século XII, ele fora um dos muitos descendentes Talleferro, famoso pela coragem.

Eu tinha certeza de que alguém iria entrar: uma presença disfarçada num corpo humano normal, provavelmente sorrindo, com nada – absolutamente nada – de bom nisso. No canto ficava uma cruz de madeira, grosseira e quase pagã, cortada de uma árvore da floresta. Nela se iria sofrer.

- O conde Talleferro trouxe um pedaço da Cruz de Jesus. Os pedaços da Cruz, as relíquias vendidas só na Europa encheriam uma floresta inteira.

- Falsa?

- Mas é claro. Escondiam os padres da França aqui durante e depois da Revolução Francesa.

Eu mal podia esperar para sair. Nós olhamos pela janela da casa anexa à igreja, que parecia agradável, até mesmo habitada. - O padre francês Antoine Bigou de Rennes-le-Château escondeu-se aqui -, Liliane disse. E então vimos um fogo ainda fumegando. - Provavelmente um pastor mora aqui agora.

- Então este é um dos locais da viagem? - Eu não ansiava por uma resposta. O que eu teria que fazer aqui?

- Claro. Costumava-se chamar de Redenção.

Ela me conduziu de volta para a igreja escura e eu disse que não queria fazê-lo, o que quer que fosse.

- Entregue-se.

- Como?

- Confie sua vida e seu poder.

Não gostei daquilo. - Mas estou numa igreja.

- Ela nunca é usada. Há séculos. Ajoelhe-se e se entregue.

- Ao quê?

- À mais sublime presença que você possa imaginar. Eu sugeriria que você se entregasse a isso.

Dobrei meus joelhos doloridos na pedra fria e áspera e disse palavras de entrega a Deus. Acrescentei que eu faria o que quer que me fosse pedido. Eu tive que ficar em silêncio por um período bastante longo. Comecei a sentir um calor, uma energia na cabeça e nas costas e percebi que Liliane estava enviando uma força curativa para eu conseguir suportar esse processo. O silêncio era tão absoluto que enchia a igreja com som.

- Apenas entregue -, ela disse.

- O quê?

- Tudo.

Tentei parecer como se estivesse, pelo menos, submissa e pronta para me entregar, mas tudo o que eu sentia era o crescente desconforto e o medo.

Chegamos a Besalú de carro. Os judeus viveram lá nos tempos medievais, e recentemente descobertas encontradas, incluindo um *mikvá*, uma sinagoga, e uma morgue, despertaram um forte interesse turístico. Pensei que Liliane não fosse parar lá, e do carro só vi o rio e as arcadas da área antiga. Então de repente ela virou perto de uma ponte quebrada e parou ao lado da margem do rio, mas não saiu do carro. Embora eu achasse que estávamos excedendo o tempo de viagem planejado, ela não parecia ter pressa.

– Besalú, local 2, quadrado 33, é simbolizado pela onda, a fonte, e purificação, razão pela qual os iniciados originalmente vinham aqui para praticar a renúncia e o jejum. É a vara de pesca e o peixe

Figura 13.2 Besalú

pescado, o primeiro símbolo cristão. O que você descobriu no lago em Caldes?

A pergunta dela me pegou de surpresa, o que era sua intenção. Percebi que eu não tinha mencionado a leve alteração de sensação ocorrida quando dei um passo para lá e para cá às margens do lago em Caldes. Ao andar para frente senti um peso à minha frente; ao andar para trás, um sentimento de leveza. Acreditei que era uma corrente de ar.

– É um portal fechado.

Tive a intenção de levá-la ao local, mas outras coisas interferiram. Ela se ofendeu com isso?

– Eu queria ter certeza –, expliquei.

– Você experimentará isso novamente, então é bom que você já tenha uma leve sensação do "portal", Daleth 4.

Talvez ela não tenha se ofendido. Ela tencionava me manter na viagem. Quem estava por trás desta intenção?

– Outro elemento importante aqui é a esperança – ter esperança, confiar. Isso você acabou de fazer em Caldes. Para o iniciado mais intrépido, Besalú é um local para o batismo psíquico e para se livrar dos seus segredos. Mas cuidadosamente, porque outro significado do 33 é 'Olho de Fechadura'.

Concordei que a imagem era extraordinária e supus que se referia a ser observado, não de forma benéfica.

– Sim, achei que você gostaria. Então o que lhe sugere 'Olho de Fechadura'?

– Bisbilhoteiros, espiões, prisão. Nada de bom –. Perguntei de onde essas imagens vinham, mas ela não quis se aprofundar nisso.

No início nós tínhamos concordado que ela me diria as influências e os símbolos de cada lugar. Comecei a entender que eram sinais de uma realidade fundamental, uma formação em código que para os iniciados pode dar sentido ao cotidiano e fazer uma ligação com outras esferas.

Ela pegou a estrada principal para Ripoll e acelerou, dirigindo de modo leve, habilidoso objetivando seus reflexos e suas decisões para preservar a vida. Perguntei por que estávamos indo tão depressa. Ela respondeu que tínhamos muito a fazer.

Apontando para a floresta que por quilômetros margeava cada lado da estrada, ela disse: – Essa é a Garrotxa. Nós caminharemos lá na volta. Que efeito está se desenvolvendo até agora nesta viagem?

Eu não tinha uma resposta. Pensei nos iniciados que a haviam percorrido antes de mim. Eles estavam a quilômetros, anos-luz à minha frente. Senti-me deixada para trás, presa no conforto moderno. Será que aconteceu durante a Purificação, quando eu me agarrei ao café, ao telefone celular, aos meus direitos, à minha identidade? Era por isso que agora eu me sentia tão vazia? Os outros, depois de uma tigela de sopa e pão untado com azeite e tomate, levantaram-se e partiram. Mas onde eles comeram a refeição principal? Em abrigos pequenos, numa taberna à beira de um lago?

– Na floresta –, Liliane disse.

– O que eles comiam?

– Frutas, cogumelos da estação. O que eles mesmos caçassem. Peixe, aves, assados numa fogueira.

À direita, depois à esquerda, a estrada mudava rapidamente de direção como uma montanha russa, e nós estávamos no centro de uma pequena e esquecida aldeia com uma estrada e uma igreja. Ela parou num bar e foi saudada por uma dúzia de habitantes sentados em semicírculo em volta de um fogão. O balcão era de madeira velha, manchada, a parede por trás decorada com lindos azulejos. Ela me disse que não foram trocados havia cem anos. Na parede estava uma pequena versão do pôster de chocolate que fora pintado no beco de Girona na década de cinquenta. Tomamos copos de café com leite quente e comemos *lenguas des gatos*, biscoitos 'línguas de gatos'. O fogão tinha um cano que subia para o telhado e ressoava e fumegava, pertencendo a outra época.

Os homens trabalhavam nas montanhas e conheciam bem Liliane. Um deles falava em dialeto sobre um monastério. Ele era muito atraente, um dos mais calmos que eu já havia conhecido, o que foi uma grande surpresa naquele lugar pequeno, esquecido. Ele disse que uma mudança de clima se aproximava e que eu deveria me agasalhar mais. Recitou Verdaguer, alguns versos que ele conhecia há anos. Fiquei pesarosa porque Liliane insistiu em partir rapidamente.

De volta ao carro, finalmente respondi sua pergunta. Sim, algo estava se desenvolvendo durante esta viagem. Eu havia começado a pensar mais sobre 'a montanha'.

Ela perguntou de que forma.

- É ameaçadora.

- Mas você costumava viver ao pé dela...

Isso era verdade, mas agora Canigou não parecia a mesma montanha. Eu sempre dizia que a achava gloriosa. Será? Quando morei em Ceret na década de 1990, uma cidade frequentada por artistas e intelectuais no sopé dos Pirineus, os moradores repetiam o que ouviram de vários turistas, que o tesouro de Rennes-le-Château era uma equação do arquiprojeto da vida humana no futuro. Foi colocado neste planeta por extraterrestres e faria do descobridor o senhor deste mundo. Mais de um estudioso francês, padre, jornalista, e cientista afirmavam que esse arquiprojeto mostrava como transcender à morte antes de sua morte, tornar-se invisível, conectar-se com o passado e o futuro, e ver o plano do propósito de sua vida. O conhecimento deste material estava escondido porque em mãos erradas seria letal. Dizia-se que o Vaticano sempre soubera da sua existência. Mesmo o presidente francês François Mitterand durante sua visita a Ceret na década de noventa, interessou-se no influxo de viajantes a caminho do norte em direção à paróquia atualmente infame.

– Considerando o que eu ouvi ao longo dos anos, isso parece bastante sensato –, Liliane disse.

– As pessoas vinham à montanha para receber energia. Ela recarrega tudo. É uma montanha selvagem, como dizia minha vizinha. Ela também dizia que a montanha vai exigir sacrifício –. Pensei em Lúcia e estremeci. Então perguntei por que nós não havíamos feito assimilação ou exercício em Besalú.

– Alguns lugares na viagem são neutros. Nós paramos nos locais que captam ressonância. É onde acontece a assimilação.

Passamos por *St Joan de les Abadesses*, depois Ripoll, próximo dos Pirineus perto da fronteira francesa, com sua estação de trem velha e inalterada. Havia o seminário e o monastério beneditino. Certamente ela pararia ali, mas, sem explicar, saiu de Ripoll e de repente vi as montanhas acima de nós.

Logo chegamos a Gombren, uma aldeia minúscula, agradável, suave e limpa, com seus sinos leves e otimistas. O hotel onde Liliane parou era um *auberge* – pousada – e provavelmente caro. Ela saiu do carro e tirou uma maleta do porta-malas. A bela montanha parecia começar logo ali, ao lado da estrada.

O hotel era simples, escrupulosamente arrumado, com comida excelente. Era conhecido por sua cozinha até em Barcelona. Nunca tinha quartos vagos. Liliane reservou dois e percebi que a aguardavam. Ela me deu o quarto com a vista da montanha. As venezianas, a madeira, a pedra, as texturas, o piso – tudo autêntico – davam uma sensação de riqueza àquele lugar simples. Eu ouvia o tilintar de sino de uma loja colorida e encantadora do outro lado da rua e o som de vozes agradáveis e risos. A cama era suficientemente grande, o colchão firme e um edredom branco impressionantemente limpo. A única decoração era um buquê de flores da montanha. Deitei-me e pensei nos outros antes de mim, pescando peixe no rio, o eventual coelho, uma ave. Eles conseguiram. O edredom era delicioso ao toque.

Quando acordei, Liliane estava no meu quarto, com banho tomado e cabelos lavados. Ela trazia uma bandeja de chá e disse que havia reservado uma mesa para o jantar. Perguntei a mim mesma como poderíamos ser admitidas no restaurante, do jeito que estávamos. Ela disse que nossa aparência não importava, pois era uma região de montanha e o estilo era prático.

– Amanhã vamos escalar até o local –, ela disse. – O poeta Verdaguer conhecia bem essa região e caminhou aqui, mais adiante em direção a Garrotxa, as florestas. Ele ficou num quarto no santuário *La Mare de Deu del Mont* "Senhora do Monte", sua janela dava diretamente para a montanha. Foi lá que ele escreveu seu poema épico "Canigou", em 1896.

Perguntei se esse era um dos onze locais, e ela apontou para a montanha. – Lá em cima, em direção a Ribes.

Pelo menos não era Canigou.

A comida era tão extraordinária que não dava para conversar. Cada prato era uma obra de arte culinária, leve e projetado para combinar com o resto da refeição. Depois de cinco pratos, estávamos satisfeitas, mas não pesadas. Caminhamos até a aldeia, no ar gelado.

– Então, o que fizemos até aqui? Liste seus testes.

– Refletir, indagar, renunciar, purificar, manter silêncio, entregar-se. Absorver a atmosfera. Testar a energia de um local específico, como fiz em Romanya. Meditar sobre o sonho de Saunière e o jardim francês –. Ela perguntou o que eu achava da viagem. Tudo parecia ser sobre mim, pessoal demais.

– Oh, você largará isso. Eu disse no início que você terá que perder algumas coisas para tornar-se ensinável. Essa aldeia de Gombren e o caminho acima é o número 39 no Quadrado de Vênus. Significa 'aceitar'.

Voltamos ao hotel e sentamos diante da lareira. Perguntei-lhe se estivera aqui outras vezes, e ela disse que não tínhamos tempo para conversas triviais. Havia trabalho a fazer.

– Nós temos que fazer a folha de balanço.

Pensei, lá vem o preço. Estava bom para mim. De repente, a viagem valia mais do que dinheiro.

– Em suas cartas àqueles por quem você sente ressentimento – até mesmo ódio às vezes – e o desejo de se vingar, qual era o tema comum?

– Ódio *justificado* –, eu a corrigi. – E não quero discutir minha família.

Ela não queria que eu respondesse imediatamente, mas que revisse o que havia escrito. Depois de um tempo ela disse: – Crítica. Deles para você, de você para eles.

Eu não achava isso. Percebi o que era: – Pessoas estáveis com frequência tinham aquilo que eu precisava tanto e não tinha. Paguei um preço alto pela minha liberdade.

Minha guia bateu na vasilha com a vara de metal. – Fá sustenido ressoando diretamente com seu chacra cardíaco. Isso lhe traz o que você precisa. Nada se compara com aquilo que o mundo espiritual pode dar.

Ela tocou a vasilha com mais força, e um gato entrou no quarto e deitou-se na sua frente.

– Eu era feliz com ele.

Ela sabia de quem eu falava. – No entanto, você não ficou com José.

– Não confiava nele.

– Num determinado momento você terá que questionar se sua filha tem qualquer parte naquilo – no que aconteceu. Você quer falar sobre o que aconteceu?

– Não. Meu genro machucou e prejudicou demais as pessoas que eu amo para que eu possa falar sobre isso.

– Mas essa viagem não é de fuga.

Eu não queria ouvir aquilo e perguntei quantos números de quadrados mágicos nós ainda tínhamos que visitar.

– Não há nenhum onde você possa se esconder. Melhor esconder-se no sono.

Naquela noite em Gombren, em meu sono, ouvi alguém cavar, a pá na terra, repetidas vezes, e entendi que vinha do jardim da francesa. Acordei, sentei-me e acendi a luz. Em meu sonho parecia ser de noite e eu caminhava em direção à escavação profunda, a pá sustentada por um homem forte. Disse a mim mesma que precisava me lembrar de contar a Liliane na manhã seguinte.

Figura 14.1 O monastério Beneditino em Ripoll

CAPÍTULO 14

Liliane acordou antes do nascer do sol e saiu para olhar o céu noturno. Será que ela disse que Orion estava visível? Ainda fazia um frio gelado; tomei um café da manhã maravilhoso e não estava com pressa de partir. Por que continuar? Eu queria ficar alguns dias e então tomar um táxi para Ripoll, um trem para Barcelona via cidade de Vic. Não sentia mais o valor da viagem como ontem. Acreditava que aquele sentimento elevado resultava de dias com pouca comida.

– Descreva o jardim francês. O que há lá? – Ela pegou-me de surpresa. Lembrei que a grama estava amarela, tufos verdes onde havia sombra no solo. Havia níveis no jardim, escadas subindo a parede, que era parte da muralha original da cidade com aberturas para defesa e ataque. Havia outras árvores e o espaço onde ficava a palmeira. Havia uma escada descendo pelo jardim até a entrada em arcos. Lembrei que a porta da casa abria diretamente para a trilha e estava pintada de marrom. E que havia uma torre e o lugar sempre parecia vazio. Agora eu estava descrevendo como ele havia sido quando eu o vi pela primeira vez nos anos cinquenta. José não queria que eu conhecesse Maria Tourdes; ele tentou dizer que eu nunca deveria ir lá porque ela era uma prostituta e a casa era amaldiçoada. Certamente ele não seria tão criativo com seu argumento para me dissuadir de algo tão inócuo. Afinal, em Paris eu convivi com pessoas mais volúveis do que a francesa. Sarcasticamente lhe perguntei se eu havia entendido mal o que dissera. Será que de repente eu tinha problema em entender a língua catalã?

Liliane riu quando lhe disse isso. – Não –, ela disse. – José tem problema com controle.

E, claro, eu o desafiei e entrei na casa, e lá estava o buraco recém cavado na sala de visitas com terra mal cheirosa e esterco. O que eles estavam procurando, ou enterrando? E aí Beryl me chamou de lá de fora.

– Agora você tem que escalar –, Liliane disse, ecoando as palavras de Beryl no passado. Mas Liliane queria dizer a montanha, não a muralha quebrada da cidade, com suas pedras soltas.

Sugeri mantermos os quartos no hotel. Sem chance. Seguindo o quadrado número 39 – a capela em ruínas – partiríamos para o próximo local, a cidade de Figueras. Além do mais, o hotel estava lotado.

O caminho íngreme e pedregoso montanhas acima era impossível, e Liliane continuou conversando sobre o jardim francês. O que mais eu havia visto? A lembrança havia diminuído depois da minha última descrição. Sem fala, sem fôlego eu tinha que subir de quatro. Então veio a travessia das rochas utilizando um equilíbrio que eu não achava que tinha. O vento por sua vez soprava partículas de gelo no meu rosto.

– Você fez seu trabalho nos dois recitais? Por que os pássaros interromperam?

Por que ela me perguntava no momento em que a subida tomava tudo o que tinha em mim? Deve ser para distrair minha mente da viagem perigosa.

– Para que isso? De verdade? – perguntei.

Ela fez uma pausa. – Encontrar soluções para problemas –. O vento agora estava soprando contra tudo, e eu disse que não podia continuar. Ela conseguiu adiantar-se, encontrar um caminho e me rebocar para ele. A súbita queda de granizo tirou todo o senso de direção.

– Será que a nota que a cantora entoou excitou os pássaros? Fá sustenido contínuo?

Eu fiquei brava e exigi voltar. Como eu podia confiar nessa pessoa?

– Mas é claro que você quer voltar. Esse pequeno patamar antes da próxima subida é o local da Aceitação. É claro que disso você quer fugir. Mas gostando ou não, você tem que experimentar a aceitação aqui neste patamar.

Se o patamar era ou não um local de Aceitação, certamente era um local de destruição, o que não se percebia imediatamente. Uma capela lúgubre que havia sido toda brutalmente destruída não dava abrigo. Isso parecia adequado. Por que achei que a aceitação seria agradável? Em alguns lugares, havia apenas pedras alinhadas no chão, resquícios das paredes.

– Foi aqui que o mestre de Ripoll descobriu que originalmente havia 360 dias no ano, e esse número se tornou conhecido como o Ano Perfeito. Pelo menos desde o antigo Egito, era de conhecimento comum dos adeptos e estudantes de ramos metafisicos. Hoje se sabe que ele não foi o primeiro a descobrir esse fato, mas o descobriu. Você quer saber como? – o vento levou embora e depois devolveu as palavras dela.

Eu não queria. Cobri meus ouvidos.

– Estudando textos antigos ele descobriu uma polaridade que nós não temos mais. Entendeu que uma calamidade acontecera. A terra tinha se movido. Em consequência desta catástrofe, recebemos mais cinco dias por ano. Nesse instante perguntei sobre os pássaros, porque uma águia estivera presente desde que partimos do hotel. Ela não se mexe –. Ela apontou para cima, através das flechas de gelo. – Você não está me ouvindo.

– Estou gelada e não ligo a mínima.

Pior, estava impotente. Como poderia descer, voltar? Os restos dessa capela carregavam sua tragédia. Liliane não quis me contar a história ou a lenda; apenas disse que o local fora destroçado e seu povo passou por mortes inimagináveis. Mesmo um dia ensolarado não poderia melhorar aquela história, muito menos a tempestade de gelo que nos envolvia. Por que eu não tinha simplesmente abandonado Liliane como planejei no número 33 em Besalú?

– Mas esse é o sentido da Aceitação: aceite as condições, a águia, minhas palavras e a forma como se sente. Experimente-a, por favor.

– O que aconteceu aos outros que não voltaram da viagem? Mesmo o *Señor* Lara do Peninsular Hotel mencionou enfaticamente aqueles que voltaram, como se em oposição àqueles que não. Onde estão os outros? – Eu sabia a resposta.

– Talvez eles não quisessem voltar.

– Foi assim que Lucia morreu? Aqui em cima? Ela odiava montanhas –. Meus dentes batiam no vento gelado. Percebi que este não era uma doce perambulação de tratamento alternativo pelo campo.

– Aceite. Repita comigo: 'Eu aceito que estou neste momento e que está frio e não gosto disso. Eu aceito que quero saber que algo melhor está vindo a mim. Que não importa o que aconteça, estou segura.'

– Como aceito?

– Solte e deixe estar. Não lute –. Ela falou quase que hipnoticamente, sua voz vindo suavemente através do vento que esbofeteava.

- Quem é você?

– Patrice Chaplin, escritora.

– Qual parte de você é Patrice Chaplin, escritora?

Agitei as mãos, uma perna; toquei a cabeça, o chacra cardíaco, todas as partes que podiam ser eu. Languidamente, listei minhas obras.

Neste instante, achei que ela mencionou mudança: – O que desta identidade você pode conservar? Você acabou de declará-la e tudo já mudou. Até mesmo seus livros estão se desgastando, amarelando com a idade, esquecidos. Sua vida nas estantes está passando rápido. Suas roupas se desgastam. Suas células sanguíneas dançam uma dança diferente. Você sente as pernas que você acabou de balançar como suas. Elas realmente lhe pertencem? Você as criou? Entre dentro de si mesma e me diga o que é seu. Vá a uma livraria e pegue um dos seus livros. Ele é seu? Você o produziu? De onde vieram suas palavras?

– De mim. Obviamente. Eu trabalho com isso.

– O que é 'você'?

– Minha memória.

– Não muito boa. O jardim da francesa não se deu bem com ela.

O que eu lembrava não era suficiente para ela: – Do que daquele lugar você tanto quer que eu me lembre? – O vento ergueu e espalhou as palavras.

Novamente ela perguntou: – Você, o que é 'você'?

– Minha personalidade – gritei através do vento.

– Você pode conservá-la?

– Claro. E minha alma também.

– Melhor.

– Minhas experiências. Meu espírito. Meu corpo etérico que eu levo ao reino seguinte para ser apresentado sem mácula.

Eu enlouqueceria se ela não me levasse de volta montanha abaixo, os caminhos impossíveis agora estavam escorregadios.

– Mostre-me aceitação –, ela disse.

Perguntei como.

Ela deu de ombros. Era minha escolha.

– Eu aceito –, eu disse.

– Agora faça silêncio enquanto a afirmação reverbera em torno e dentro de você.

Ergui o olhar. A águia havia voado para longe. Aquilo significava algo? Ah, como eu esperava que não. Minha aceitação era falsa, arrancada de mim pela confusão insuportável da minha situação.

– Do que você precisa? – ela perguntou.

– Ajuda.

– Você quer aceitá-la?

Eu queria.

Liliane estendeu a mão, forte e quente, e conduziu-me numa caminhada atormentada de volta para o carro. Eu estava encharcada, com água escorrendo e espirrando por baixo das minhas roupas como se eu tivesse sido resgatada de um afogamento. Ela me deu uma toalha. Na verdade, eu estava desesperada. Meus dentes batiam como se estivessem no compasso de um código místico. Ela dirigiu para Ripoll, o cabelo pingando nos olhos, o carro escorregando no inaceitável dilúvio repentino, e parou num café na praça. – Vamos nos aquecer. Ontem avisaram que o tempo estaria pesado.

Eu não conseguia falar com ela. Como ela podia ser tão irresponsável? Eu sabia que ficaria doente e estava apavorada.

– Está apenas frio e úmido. Você já viu isso antes –. O modo como ela disse 'você já viu isso antes' ressoava, sim.

– Você tem muito a aceitar. Você envelhecerá, deixará este lugar, você terá uma passagem para a próxima existência. Para aceitar, você não tem que ser passiva ou dócil. Você não tem que aceitar tudo, mas você realmente tem que conhecer o estado e a mudança em seu corpo. Aceite com graça. Só por alguns minutos enquanto estamos sentadas aqui. Pode ser positivo.

Aceitar? Isso significa ceder? Ao perigo? À extinção? Aquilo não parecia certo. Eu lutaria até o último alento. Eu podia aceitar coisas boas – uma recompensa, amor, encorajamento. Talvez fosse necessário ser exigente com esse negócio de aceitação. Havia o bom, mas também havia o ruim. Talvez ela tivesse entendido errado.

Ela não entendeu errado. – Não se trata de ser feliz ou infeliz. Você acabou de estar no local onde é mais possível a aceitação. A vibração daquele local ressoa com aceitação, seja o clima maravilhoso ou desagradável. Você aceita como é.

Eu lhe disse que a igreja destruída dificilmente seria um símbolo de aceitação.

– Mas ela é. O que mais pode acontecer lá? Todo o resto obviamente havia falhado. Por fim, você tem que aceitar.

Perguntei se as pessoas lá dentro – os padres, as freiras – tiveram uma morte terrível. Ela respondeu que não, isso não fazia parte do que eu devia entender.

– Não perca o foco –. Ela fez uma pausa e olhou para mim. Senti que eu estava mudando, mas não sabia como. Conseguia me relacionar muito mais com as experiências dos iniciados anteriores do que com as minhas próprias.

– Saunière teve que aceitar que havia coisas na sua vida que ele provavelmente não conseguiria reverter.

– Que coisas?

– Provavelmente o dinheiro que ele havia aceitado, o que significava que ele teria que trabalhar para seu pagador pelo resto da vida, que ele seria impedido de deixar Rennes-le-Château. O assassinato brutal de Gelis, o padre vizinho, o fez pensar duas vezes sobre a partida, que era o mais provável de fazer.

– Portanto, a natureza da aceitação de Saunière era prática. Verdaguer, por outro lado, aceitara que estava doente. Aceitou que era humano e morreria. Ele tinha muito a fazer ainda. Aceitou que o mal existia. José aceitou sua condição humana em todas as partes do corpo; ele aceitou que estava na natureza e era parte dela. Não podia ser arrancada. Ele era um homem da Terra. O estudante de direito sentiu sua experiência em termos de soltar o medo da montanha e resignar-se de que tinha que mudar. Então ele aceitou a montanha e ficou ali algumas horas.

Ela pediu mais chocolate quente para si e chá com limão para mim. – Agora você tem que entrar no silêncio, ficar em silêncio; então receberá. E aí você terá a segunda parte da Renúncia nos sete degraus do templo, que não têm nada a ver com os onze locais da viagem.

– Degraus reais?

– Degraus no monastério de São Pedro.

Saímos para olhar Ripoll. Primeiro, Liliane mostrou o monastério Beneditino, construído em 879. Depois o 'mito', o santuário para escritores e poetas, incluindo Verdaguer. Finalmente uma casa grande, fechada, onde José e muitos outros receberam suas instruções e elevação nos mistérios. Ela não parou lá, mas falou do festival de tosquia de ovelhas no mês seguinte. Perguntei sobre a grande criatura que eu havia visto nas pedras. Era uma águia?

– Uma águia amarela –, ela disse. – Você acha que foi um mau presságio?

Por que cargas d'água não seria? Fiquei imaginando como evitar que ela me impusesse essas experiências perigosas e profundamente perturbadoras.

Rapidamente ela mudou de assunto para os símbolos do local: – Ripoll é 39. Eu listarei suas influências, então ouça o som das palavras: redimir, curar, salvar, tirar água do poço, o eterno é 1, galeria secreta, passagem, o anjo caído. Qual você escolhe entre esses?

– O Anjo Caído.

– O Anjo Caído caiu dentro do poço. Ele o conservou cheio com suas lágrimas.

– Que poço?

– Aquele ali adiante –. Ela apontou para um sinal de pedra bastante indefinido e uma torneira de ferro ao lado da parede do centro cívico. – Não é usado atualmente; as pessoas têm medo de se aproximar dele.

Perguntei: – Então o que é esse anjo, e de onde ele caiu?

– O anjo, pela lei divina, durante o tempo de uma vida deveria ficar encarnado num corpo humano. O anjo resistiu constantemente a esse renascimento como ser humano e finalmente foi lançado aqui com pouca forma. Mas o corpo escolhido para ele agora estava morto e em decomposição. O anjo tinha que permanecer o seu tempo aqui, e a única opção foi assumir algumas das características não degradadas do corpo feminino morto que ele deveria ter habitado.

Perguntei se ela acreditava nessa história.

Liliane respondeu: – Dizem aqui em Ripoll que se você for ao poço e a vir ali por perto, é sinal de azar. Se você olhar dentro do poço e vir o reflexo dela, é um sinal de morte.

– Como ela é?

– Dizem que o cabelo dela é como a luz do luar, seus olhos arregalados são redondos, e você pode ver seus seios sob uma fina camisola de seda. Então por que esse anjo caiu? Por que não quis ser um ser humano. Você pode aprender muito de tal espírito.

Perguntei quanto tempo ela ficaria lá, aprisionada.

– Lembra-se da palavra *redimir*? Você pode pedir redenção –. A expressão de Liliane não revelou nada. – Às vezes somos todos anjos caídos.

Ela realmente acreditava que o anjo estava ao lado do poço?

Depois de uma pausa, disse: – É parte do símbolo e da influência desse lugar, então deve haver algo nele.

O granizo foi severo, mas uma hora depois que alcançamos Garrotxa, o sol estava brilhando e o clima estava completamente diferente. Almoçamos tardiamente num restaurante modesto à beira da estrada com muitas salinhas cheias de motoristas de caminhão e trabalhadores rurais. A comida era boa e barata. Não conversamos, comemos rapidamente, e pegamos a estrada para Figueras, a primeira cidade depois da fronteira francesa, conhecida por seu restaurante de uma estrela do Michelin, o 'motel Ampurdan', e o Museu Salvador Dali. Liliane me pediu para que dali em diante eu ficasse em silêncio. Ela disse que a melhor abordagem era usar reflexão e meditação.

Figueras era uma cidade ativa e barulhenta, identificada por Liliane como 'Local da jornada 4, Daleth 4 – Entrada, Portal; número 44.' Ela parou na praça principal ao lado de uma fonte, e nos sentamos num banco de pedra, ao final da tarde agradável e quente. Como eu poderia ficar em silêncio nesse local de barulho horroroso: tráfego, música, televisão, gritaria, água espirrando?

Minha guia me levou para o Museu Dali e me fez entrar sozinha. Eu o vira várias vezes e em meados dos anos sessenta estive brevemente com o pintor e seus acompanhantes em sua casa em Port Ligat, próximo a Cadaques. Saindo do museu depois de um curto período,

Figura 14.2 O Museu Salvador Dali em Figueras.

esqueci a instrução de ficar em silêncio e contei a Liliane sobre minha estadia com ele.

– Isso não vai ajudá-la –. E ela perguntou se eu havia visto a pintura de Dali no teto da entrada do museu. É da estação de trem em Perpignan. Eu havia visto um pé descendo do teto como se fosse me esmagar.

– Pense novamente na sua entrada naquele museu e tente lembrar-se da pintura em detalhes.

Enquanto eu fazia conforme o ordenado, Liliane esperou ao lado da fonte na praça. Depois nos sentamos em silêncio, ouvindo o som da água por alguns minutos, voltamos para o carro e ela dirigiu para Empúries, no litoral. Havia luz suficiente para ver as esculturas ao longo da praia. Supunha-se que fossem obras autênticas dos antigos gregos, restauradas. Eu me lembrava delas antes da restauração; pareciam mais genuínas naquela época.

Empúries era onde tanto os fenícios quanto os gregos aportaram em 2000 a.C. O culto de Ísis tinha sido trazido para Girona desta costa. Girona abrigou muitas religiões e crenças, sem objeção. Ela acolhia a todos, embora fosse uma cidade burocrática após o século XVIII. – Encontraram um chocalho de Ísis no jardim da francesa –, Liliane disse.

Eu não sabia o que era aquilo.

– Um artefato ritualístico.

Empúries atualmente era uma atração turística.

– É um portal? – perguntei.

– Portal local 5, número 45 no quadrado mágico. O local de Receber.

Figura 14.3 A costa de Empúries, onde colunas e estátuas gregas e romanas ainda estão em pé.

Sentamo-nos no crepúsculo, e ela me pediu para fechar os olhos e abrir as mãos; isso eu fiz como quando era criança. Um objeto foi colocado na palma direita. Parecia leve e prestes a sair voando. Abri os olhos e, completamente surpresa, vi que era uma pequena fotografia.

Nela José estava ao me lado, o braço ao redor dos meus ombros, nós dois encostados num muro baixo de pedra. Deve ter sido tirada em meados dos anos cinquenta. Fiquei comovida e triste. Um súbito vento tentou arrebatar a foto, e fechei a mão como para segurar um inseto precioso. O vento tentou novamente. Como José era belo! Eu parecia estar em outro mundo. Disse-lhe que nunca havia visto a foto antes e perguntei onde ela a havia encontrado.

– Dele, é claro.

Figura 14.4 A foto.

Perguntei o que ela achava daquilo.

– Que vocês estiveram juntos antes e estavam obviamente destinados a se encontrar novamente, para o bem ou para o mal. Sua escolha. E dele. Nós todos temos livre arbítrio. É um mundo dual. Bom, ruim.

Achei que era um monte de palavras para uma simples foto tirada há muito tempo. Ela reviveu coisas demais em mim, cutucou meu coração, e eu me sentei em silêncio tentando me concentrar no som do mar, um mar feliz nessa noite quente. Eu conhecia os pontos de vista de José sobre reencarnação e não me sentia capaz de discuti-los com ela. O que eu deveria receber? Saudade lancinante? Ou era uma questão de eu poder receber? Aconteceria nesse lugar, número 45. Eu deveria agradecer-lhe? A fim de receber, deve-se estar aberto à oferta. Isso não significava que, tendo o objeto, o guardasse. Tentei devolver a foto.

– Guarde-a por essa noite e depois considere. Pode ser o seu talismã.

Levantei-me e olhei para o mar. Muito lentamente Liliane guiou-me com pequenos movimentos laterais. Eu não estava fazendo esforço. Havia esgotado todos os esforços no local da Aceitação com a águia naquela manhã. Então recebi tudo que aconteceria. Eu esperava, como em Romanya, que o propósito fosse detectar uma alteração de energia. Ela conduziu-me para mais perto do mar, e a lua estava sobre a água, ainda cheia.

– Mentalmente vá até seu chacra frontal e deixe sua consciência permanecer lá. O chacra frontal fica entre as sobrancelhas, pouco acima delas. Veja uma luz lilás nesse local.

Eu sentia a luz de forma bastante intensa, como se uma lâmpada lilás tivesse sido ligada.

– O que você sente da atmosfera?

E então entendi. Eu deveria me sintonizar com alguma corrente que já estava lá. Ou que minha presença ativava. Perguntei-lhe se era isso. Pela primeira vez ela respondeu. – Em parte.

Nós passamos a noite num pequeno hotel na costa em *Puerta de la Selva*. Eu não conseguia olhar a foto e coloquei-a virada para baixo na sacola.

Empúries estava cheia de símbolos e números e outro anjo. Liliane perguntou se eu havia ouvido falar do anjo do espírito do Velho Saturno, o anjo da inteligência Saturniana. Não. Ouvira sobre a Árvore da Vida e felizmente aprendera agora que Empúries também era o nome do Templo do Quarto Céu, que era um dos títulos de *Tifteret*, um aspecto cabalístico da Árvore da Vida. Empúries também fazia referências a Adão, o Primeiro Homem. Ela me mostrou exatamente como ele se encaixava em Empúries. Adão se compunha dos números 1 e 4 e 40, igualando o número do quadrado de Empúries, 45. Ela percorreu as referências ao Vermelho, Rubem, e Genesis, incluindo Ló e sua esposa transformada em sal. Ela queria que eu ouvisse essa litania, mas não esperava que eu a entendesse. Entendi que tudo aquilo simbolizava uma forma de conhecimento, como tínhamos discutido antes sobre os outros locais.

Ela notou que a foto não estava aparente. Eu a havia colocado de lado. - Quando você puder olhar para ela e aceitá-la, até amar aquelas duas pessoas, você estará pronta para a Ursa Maior e a tudo o que ela oferece.

Quando abri as venezianas oito horas mais tarde e vi a praia, não pela primeira vez, mas pela centésima, entendi que ela sabia que aquele local era onde estive com José e meus filhos pequenos, depois de ter largado meu marido por ele. Este era o lugar onde o ganso fora cozido, onde encontrei o inevitável, onde não havia volta. Essa lembrança também fazia parte da prática de receber, ligada à velha foto?

Do outro lado da baía, na aldeia de Llanca, Maria Tourdes passou um tempo com seu marido – não o padre francês, claro, mas o idoso Roger Mathieu, que também trabalhava para o Vaticano, mas de uma forma levemente diferente dos padres óbvios, ordenados e devotos. Será que ela pensava em Saunière quando fitava a água?

Eu queria sair de lá. Não queria ver nada, sentir nenhuma pontada de saudade, experimentar nenhuma lembrança. Fui bastante clara sobre isso. Receber tinha muitas facetas. Corri como nunca, entrei no carro, e assim chamei a atenção dela.

– Do que você acha que acabou de fugir?

– Outrora eu teria dito que acabei de sair do paraíso –, respondi. Ela riu.

Depois que passei pelo ritual diário de exercícios e meditação, Liliane me pediu para voltar à minha visão do jardim da francesa com Emma Calvé cantando e os pássaros rindo, e descrever o local.

– Devo vê-lo mais claro?

– Não há 'devo' nesta jornada.

Disse-lhe que eu parecia um balão subindo do jardim para a casa, até o quarto, oscilando e flutuando, mas com a consciência aguçada.

Ela disse que quando a pessoa deixa o corpo e vai para o reino seguinte, pode passar algum tempo visitando um local ou uma pessoa específica. Está então em seu corpo etérico, o veículo que leva toda a personalidade, com sua lembrança e ações, para a próxima existência. O corpo etérico está ligado por um longo cordão ao chacra superior no topo da cabeça – como um bebê é ligado pelo cordão umbilical – e a sensação é de oscilar levemente fora de controle. Frequentemente, naquele estado, surge o pensamento: 'Por que eles não me veem?'

– Então o que você tira de tudo isso? – Ela perguntou.

Eu não conseguia tirar nada daquilo. Exceto uma coisa: o som de uma pá cavando a terra. Eu me lembrava de ter pensado que naquela casa havia algo que eu não entendera.

Falei sobre o processo de morte; não queria entender aquilo errado. Na morte, todas as nossas partes vão para outro reino no que é chamado de corpo etérico, que esteve unido ao nosso corpo físico dentro de nós desde o nascimento. E esse corpo físico, terreno, maculado de deterioração, é apenas um envoltório que amassamos e abandonamos para que possamos ser livres.

Liliane me prometeu que se, após sua morte, eu me sentasse ao lado de sua sepultura, ela não estaria nela.

Escalamos *St. Pere de Rodes*, a montanha quase perpendicular no alto da qual havia um monastério. Eu me surpreendi por conseguir aproximar-me dele. A subida em terreno acidentado costumava levar quarenta minutos. O monastério havia sido abandonado há anos. Dizia-se que os ossos de São Pedro foram guardados lá. Os restos mortais do santo foram levados de barco para a França, mas uma tempestade empurrou o barco para a costa de Empúries. Uma lenda? Eu não sabia. Disse que achava que deve haver algo por trás da história para que ela seja uma lenda e, pelo menos dessa vez, Liliane concordou.

Ela parou perto do topo da montanha, no monastério, e disse que estávamos no lugar com os sete degraus, mencionado no dia anterior. Aqui eu deveria executar a segunda parte da Renúncia. Ela

Figura 14.5 O monastério no alto de St. Pere Rodes.

me perguntou como me sentia, e eu disse que algo tinha mudado em mim na noite anterior e que eu me sentia mais leve. Acreditava que tinha a ver com a surpreendente sensação de bem estar que essa jornada havia me dado.

– Esse é o local 6, número 20 no quadrado mágico. Renúncia –. Eu deveria subir lentamente os sete degraus de pedra deste monastério e em cada um deles fazer um ato de renúncia. Ela perguntou se primeiro eu seria capaz de promover um estado interior de calma e reflexão.

– A cada degrau você estará soltando algo que você precisa liberar. Depois de cada degrau você descansa, absorvendo a luz, com sua força e apoio. A luz brilha sobre você com uma sensação amorosa de proteção. Feche os olhos. Veja-a agora. Veja-a mentalmente. É poderosíssima.

Liliane me conduziu para o primeiro degrau, e repeti a afirmação dela. – Primeiro: eu solto todo meu criticismo e julgamento dos outros.

Ela disse: – A luz está à sua volta toda.

– Segundo: eu solto toda minha dor e confusão.

Disse: – Você começa a sentir a luz interior brilhante e reconfortante –. Seu tom de voz era encorajador.

– Terceiro: eu solto todas minhas atitudes rígidas.

– Quarto: eu solto meu apego às necessidades materiais.

– Quinto: eu solto todos meus medos, dúvidas e negatividade.

Ela disse: – Você está rodeada pela luz.

– Sexto: eu solto meu apego às pessoas que amo.

– Sétimo: Estou diante de ti, Deus, totalmente vazia, livre. Oro para que eu possa entrar em teu templo.

– Mantenha os olhos fechados –. Ela pegou minha mão. – A porta se abre, e você entra nesse santuário espiritual –. Nós avançamos lentamente na escuridão. Era tranquilo, com cheiro de mirra e incenso. Ela pediu que eu dissesse uma oração de gratidão. Abri os olhos e senti um feixe de luz me cobrindo, mais radiante que qualquer coisa em volta.

Eu tinha certeza que algo fora do comum acontecera. Parecia, entretanto, que eu me encontrava num facho de luz do sol se projetando da porta aberta do mosteiro.

– Descendo os degraus no caminho da luz. Centro frontal fechado. Luz lilás esmaecendo. Retenha dentro a luz brilhante.

Acompanhei suas palavras. Eu estava revigorada, renovada, iluminada, e algo me dizia que era melhor acreditar! Nós começamos a descer a montanha e ela me disse que eu era uma aluna ingrata. Agora, estava ficando acostumada a ouvir qualquer coisa.

– Feche os olhos. Na sua frente há sete degraus de mármore branco. A entrada do templo está fechada; uma pomba branca circunda sua cúpula. Veja isso em sua mente.

Refiz o percurso dos sete degraus, movendo-me apenas em meus pensamentos. As palavras eram levemente diferentes.

– Um: eu solto todo pensamento negativo.

– Dois: Eu solto todo medo.

– Três: Eu solto meu apego às coisas materiais.

– Quatro: Eu solto meu apego àqueles que amo.

– Cinco: Eu estou límpida e livre para que a luz do amor de Deus me preencha.

Ela me disse para ver a luz brilhante e nova. Amarelo pálido, como o primeiro dia de primavera.

– Seis: Que eu possa receber sua luz e seja feita de luz.

– Sete: Que eu possa agora entrar em seu templo.

Liliane segurou meu braço e nós ficamos paradas. Pessoas marchavam penosamente no caminho ao nosso lado.

– Permaneça na luz e veja-a em sua mente, cobrindo você em todas as cores –. Eu ainda via amarelo pálido. Um impulso incomum me levou a apertar a mão dela e eu disse – Obrigada.

Nós nos sentamos perto do monastério de São Pedro de Roda durante uma hora inteira, em silêncio. Ele fora abandonado há muito nos anos cinquenta, e então me lembrei da noite quando José impulsivamente chamou um táxi para nos trazer até ali. O Arc Bar estava cheio, e o motorista do táxi, chamado Malaga, disse que não cobraria nada se Lucia, em seu vestido de ouro, fosse no seu táxi. Metade do bar tentou se espremer dentro daquele táxi, alguns se segurando nas laterais. Lucia, Umberto Eco, Lluís, Paco o ator. Nós subimos a montanha numa escuridão total e o caminho era acidentado, não como é agora com trilha recém-assentada.

Algo incrível aconteceu naquela noite. Embora eu estivesse lá, nunca descobri exatamente o que foi. José e Lluís carregavam cobertores e vinho. Um padeiro já estava acordado e trabalhando numa aldeia próxima e ele tinha preparado pãezinhos e café. Eu estava com José e ele comigo. Eu me sentia plena, em êxtase. Eu sabia que Umberto amava Lucia. Quem Lucia amava?

Jordi Solar, o cartunista, e o velho jardineiro da casa com a torre estavam lá. José fez um círculo de velas acesas ao nosso redor. Acendemos uma fogueira e dançamos ao som de um gramofone que precisava ser girado. Ele tocava discos de 78 rotações e as favoritas eram *'Smoke Gets in Your Eyes'* de Earl Bostick´s e *'Only You'* do grupo The Platters. Um tanto de bebida foi consumido e o riso rolava alto, soprado pelo vento. José deu a cada um de nós uma vela acesa e improvisamos uma peça catalã sobre o monastério, baseada numa lenda. José trouxe para dentro da história o céu noturno e o mar distante e o vento, e fiquei pensando, "Ele é meu. Meu".

Jordi subiu até o monastério e bateu na porta com um garfo de assar. Ele gritou chamando para fora quem estava lá dentro. Não muito tempo depois Lluís viu um estranho caminhar em direção a eles. – Nós temos um convidado extra! – ele disse. Ou era uma aparição? Lucia dançava do outro lado, descalça, representando um fantasma. A figura pareceu passar através dos festeiros e parou na frente dela. Mais tarde vi Lucia chorando e sendo confortada por Jordi. Sim, Jordi a amava também. Depois que assamos linguiças e tostamos o pão, nos sentamos em volta do fogo se apagando e observamos o amanhecer, todos bons amigos, olhando adiante para um belo futuro.

Virei-me para Liliane, que estava sentada olhando para o litoral, e lhe agradeci o presente da foto. Estava assustada. O evento daquela noite longínqua ainda estava forte demais, presente demais. Deveria estar no passado. Liliane apontou para a cidade de Puerta de La Selva, que víamos ao longe. – Você viveu lá numa cabana de pescador com José e seus filhos. Deve ter sido, em parte, uma época feliz.

– Por que em parte?

– Porque acho que alguém não pode ser feliz constantemente. Seria inusitado.

Eu não queria lembrar a época na cabana, fosse 'feliz' ou não.

– No entanto, mesmo que você tenha sido feliz naquela época, você fugiu da lembrança –. Ela falou pensativamente, captando, como sempre, meus sentimentos.

– Eu acho que já tenho o suficiente para lidar nesta viagem.

– Então agora você está deixando coisas para trás. Isso é interessante. A saudade tem que partir.

Eu precisava ser honesta porque não sabia o que me esperava adiante, mas sentia que, de algum modo, aquilo me tomaria tudo o que tinha. Portanto, precisava que ela me conhecesse adequadamente, assim, se fosse necessário, ela poderia me proteger. – Sim, eu fugi porque não suportava a lembrança. Aquele tempo foi – ele torna todo o resto um tanto chato.

– Que triste –, ela comentou.

Eu lhe disse que não queria me aprofundar e esperava distraí-la com minha próxima pergunta. Perguntei sobre o extraordinário evento que havia ocorrido nessa montanha naquela noite dos anos cinquenta, quando tínhamos vindo em um grupo e fizemos a fogueira. O que exatamente *tinha* acontecido?

– Talvez fosse outro anjo caído – respondeu.

– Como você sabe?

– José mencionou-o quando chegou nesse ponto da viagem.

– Gostaria de saber o que ele disse sobre mim.

– Pergunte a ele.

– Lucia fez essa viagem?

– Não.

– Maria Tourdes?

– Não –. Liliane levantou-se.

– Por que você a fez?

– Quando chegamos ao fim de nosso tempo nessa Terra, não levaremos coisas materiais conosco. Não levaremos um centavo em nossas mãos frias, mortas. As únicas coisas que podemos levar, talvez, são nossas boas ações de ajuda aos outros. Isso é o que realmente importa a longo prazo. As boas ações. O que levarei comigo quando me for?

Achei que ela estava recitando essas linhas com o propósito de me fazer ciente e talvez confessar meu 'amor' e minhas 'necessidades' para que eu pudesse ser livre.

Figura 15.1 A Caverna do Diabo, perto de Cadaqués.

CAPÍTULO 15

Liliane me fez atravessar a pé o Cabo de Creus, o ponto leste mais distante da Espanha, o começo da linha de energia para Santiago de Compostela, que terminava no Finisterre, na costa atlântica. Ela disse que esta era a verdadeira rota de peregrinação de São Tiago. Disse-me os números exatos que eu deveria lembrar, mas eu me preocupei demais em não cair sobre as rochas e pedras, escorregadias por causa do limo verde e cascas secas que, ela disse, estavam cobertas com lava das erupções vulcânicas. Nós nos encontrávamos numa área de conservação, que se estendia por quilômetros; eu devia caminhar para a costa, e tínhamos voltado a tomar só água com limão.

– Por que devemos caminhar de novo?

– Não há outro modo –. Ela não estava preocupada quanto tempo demoraria – uma hora, um dia. Relógios aqui não tinham vez.

À medida que meus pés avançavam ruidosamente e escorregavam neste estranho território, comecei a fazer mais perguntas. Precisava deixar de pensar nesta experiência. Fora agradável nos primeiros quarenta minutos – para ser honesta, trinta – e depois se tornou impossível, condição que, ela disse, tinha de ser superada. Disse-lhe que não amava a todos; muitos eu nem mesmo gostava, e não podia suportar a presença de alguns. Será que ela estava se tornando um deles?

– Por que você deveria gostar de todos? – Liliane perguntou. – Por que sentir a necessidade de estar à vontade com aqueles que você não gosta? Afaste-se. Não viemos todos do mesmo estado de alma.

– Então, o que estamos fazendo juntos? Não me diga que é um erro cósmico?

Isso a provocou: – Essa existência terrena é o mercado. É aqui onde encontramos espíritos de todos os níveis e origens. Não há nenhum outro lugar onde possamos ter essa experiência lado a lado com aqueles de hierarquias distantes, superiores e inferiores. Você não tem que gostar de todos; você precisa, simplesmente, reconhecer o espírito de Deus dentro deles.

– Mas eles podem ser maus.

– Então peça para o mal ser dissolvido na luz de Deus e que eles, também, se tornem filhos de Deus.

– O mal existe. As pessoas podem creditá-lo como doença e perdoar qualquer coisa. Elas mal esperam para justificá-lo. O mal me dá frio. Eu o sinto.

– Acredito em você.

– Ele existe –, insisti.

– Claro –. Ambas de acordo, nos levantamos e caminhamos em direção à Caverna do Diabo, também 20 no quadrado mágico. Renascimento.

– Essa parte da viagem trata de interiorizar-se, encarar seu medo. Você se conecta com a natureza. Perde toda a estrutura de apoio. Então, ou tem fé no universo, ou não. Exclua influências externas de modo que seus recursos internos possam aflorar. Medos? Por que eles estão presentes?

Eu podia pensar em uma centena de razões.

– Os medos estão presentes porque coisas não foram digeridas –. Ela enfatizou 'coisas'.

Para sobreviver, eu contava com o que sabia. Experiências passadas me ensinaram o que repetir e o que evitar. Ela me pedia para abandonar minhas práticas de sobrevivência e entrar em experiências incertas que normalmente não encontraria. E fazê-lo sem as defesas naturais que parecia ter perdido ao nascer. Tivemos uma boa discussão sobre isso.

Disse-lhe que algumas defesas eu jamais abandonaria. Ela perguntou-me por quê. Não conseguia ver o sentido em abandonar essas práticas eficientes duramente conseguidas que no passado me mantiveram intacta.

– Quantos dias demora essa parte da viagem? – perguntei.

Ela não respondeu. Em vez disso, recitou os sinais da Caverna do Diabo, um mistura de nomes e verbos: – Visitar, interior, terra, retificar, encontrar, fraternidade, amizade. Aqui você cria. Você faz. Também é um local de esconderijo.

– Como a cabana?

– Sim, mas numa intensidade diferente –. Ela perguntou se eu tinha alguma outra pergunta.

Perguntei o que deveria acontecer quando eu me movia de um lado a outro, depois para frente e para trás num determinado lugar – sentindo meu corpo, os sentidos, as energias à minha volta.

– Quando você tiver a experiência, terá a resposta –. Ela falou como se não pretendesse dizer mais nada.

– Mas preciso ter uma ideia do que devo alcançar. Estou cansada de perguntas com meias respostas sem saber o que devo fazer. O que eu devo identificar no jardim da francesa, tanto na lembrança real quanto num estado de sonho?

– Isso você terá que descobrir. Você fez a pergunta: o que eu não entendi sobre essa casa? Você precisa continuar buscando a resposta.

– Ao subir os sete degraus, notei que você usou o nome *Deus*. Todos se relacionam com Deus?

– Depende de sua ressonância espiritual. Deus, como sabemos, tem uma centena de nomes. Também existem nesse universo outras divindades, uma escala ascendente de divindades.

Minhas pernas queimavam de cansaço, mas tentei continuar caminhando nesse solo irregular, escorregadio. Comecei a questionar o comportamento dos iniciados anteriores.

– É uma boa pergunta, mas de acordo com o ritual, é feita no local 11 da jornada, Portal – os pilares do templo, a taça, o cálice.

Agora eu estava fervendo, suando, as pernas aferroadas com alfinetes e agulhas.

– Ontem granizo derretido escorria por sua pele, queimada pelos ventos gelados. Isso deve ser melhor.

Exausta, desabei pesadamente nas pedras. Ela me disse para alongar e então deu tapinhas e pressionou minhas pernas e pés. Eu estava furiosa e sem fôlego. Ela foi para a sombra da árvore mais próxima a qual, reparei com horror, era a única árvore à nossa frente. Depois, não havia árvores, apenas raízes duras e arbustos murchos de sabe-se lá qual origem.

– Você pode andar quilômetros aqui –, ela disse, apontando para grandes lajes retangulares de pedra, espalhadas por todo o terreno a perder de vista. – Você pode usá-las como pedras de apoio. São grafite. Foram usadas na construção de Cadaques. Você deve ter notado.

Eu estava olhando para uma extensão sem fim, deserta. O sol ardia demais para abril. Sugeri irmos à Caverna do Diabo de carro.

– Mas não existe estrada –. Ela me deu seu lenço para cobrir a cabeça. – Estou pegando a rota mais rápida. Então continue andando –. Liliane estabeleceu um ritmo e disse para mantê-lo, assim não seria tão cansativo quanto sucumbir e vagar. Subir nas pedras, descer pelo penhasco. Atravessar lajes horizontais. Ela estava impressionada com o grafite, pulando de um para outro. Eu esperava chegar com mais nada em mim, exceto um talo de osso e um coração em cima. Ressequida como uma flor vermelha agonizante, ofegante até o último suspiro – algo que Dali teria pintado. Ela fez uma tentativa de me animar apontando para um farol. – A caverna está ali embaixo –. Quem sabia o quão longe estava “ali”?

Ela falava o tempo todo: – A Caverna do Diabo está relacionada com o planeta Vênus. Sua data é a 15ª de Ave –. Eu estava cansada demais para perguntar o que aquilo significava. – A caverna era o local da Antiga Festividade de Dança e Alegria –, ela continuou. – Sua letra é o *Kaf* que simboliza o cálice ou taça e reina sobre a vida. Você poderia ter muito trabalho a fazer aqui.

Antes que nós chegássemos "aqui", ela amarrou seu lenço em torno da minha testa, cobrindo meus olhos. Certamente era um engano. Eu estava vendada.

– Quem é você? – perguntou.

Quase respondi "A mesma de ontem". Se eu quisesse a venda retirada, era melhor que minha resposta a satisfizesse. Eu podia dizer 'avó', 'mãe', 'outrora uma esposa'. Fique no presente, aconselhou minha mente sábia.

– Viajante.

Ela tomou-me pelo braço e me conduziu adiante. Esse exercício era para ajudar-me a redescobrir a confiança. Nós nos sentamos numa pedra baixa com uma laje vertical por trás, o que nos dava uma pequena sombra.

– Isso é Renascimento. Em seguida vem Liberdade.

Eu ouvia água, o estalo de remos. Um pássaro gritou alto; o bater de asas pesadas resfriou o ar.

– Qual é o objetivo desta viagem? – ela perguntou.

Tive vontade de dizer "encontrar soluções". Mas disse algo sobre experiência e crescimento.

– Você pode ser viajante. Mas é uma buscadora.

Senti que ela estava certa. Era por isso que eu nunca permanecia num lugar, sempre tendo que mudar? Comecei a lhe contar sobre o passado.

– O objetivo dessa viagem não é você e suas experiências na vida. É você atravessar e se misturar com diferentes energias no Quadrado Mágico de Vênus. E o que experimenta em cada local. O que absorve. O que discerne quando usa seu corpo como instrumento de sintonização. Você está em preparação. Sabe realmente o que é um quadrado mágico?

Verdadeiramente? Eu tinha alguma ideia. Queria saber para o que exatamente eu estava me preparando.

– Você está aqui na entrada da caverna do inferno, e aqui lhe é oferecido o renascimento.

– Isso é tudo?

Ela não riu. Eu ri. Mas não muito. Meu palpite era que a preparação acontecia mais tarde. Afinal de contas, nós emergiríamos dessa caverna independentemente de suas lendas ou nomes. Senti um leve pânico ao pensar que, ao não me sentir conectada com a intenção de hoje, eu perderia o Renascimento, que parecia agradável e positivo.

– Talvez você possa perder mais antes da saída dessa viagem –. Liliane fez isso parecer um passeio num parque de diversões.

– Mas perdi muitas coisas –. Odiava a venda nos olhos. – Meu ressentimento, contato com o mundo exterior, sem mencionar vários quilos.

– Oh, para chegar ao cume você perderá tudo.

Não gostei dessa previsão, mas a pior parte era a palavra *cume*. Ela me fez pensar em Lucia. Então minha guia disse que se afastaria e eu deveria ficar onde estava, vendada. Ela viria me buscar depois de um tempo.

– Mas o que devo fazer?

– Fazer? Absorva a atmosfera. Como em todos os outros locais. Apenas absorva.

– E se eu entrar em pânico?

– Então pense na mulher de fumaça. Peça-lhe a sua presença. Ontem mesmo você experimentou receber. Isso a ajudará. Receba este lugar –. Ela colocou a garrafa de água em minha mão. O som de seus passos triturando as pedras e se afastando não era agradável. Na verdade comecei a rezar. Temia as pessoas que passassem por lá – elas me tomariam por mendiga – ou ainda pior, uma pessoa. Um estuprador? Um ladrão? Liliane estava me observando à distância?

Vendada na entrada da caverna, eu não absorvia nada. Lembrei-me de Lucia nos anos de 1980, batendo na porta do meu quarto no velho Hotel Centro. A batida fez os móveis reverberar, mas na época, cada som naquele lugar era dramático. Ela me disse que o edifício foi colocado à venda e, horrorizada, afundei na cama, desejando poder comprá-lo. Mas ser proprietária do velho hotel me ajudaria a recuperar a velha alegria? Ela contou que havia ficado, quando criança, no jardim de Maria Tourdes com a vista da montanha sempre ali. Convidei-a para meu apartamento em Ceret, no sopé da montanha.

– Direi que vou, mas não irei –, Lucia disse.

– É mais perto de Canigou.

– Oh, mas não gosto de montanhas –. Ela disse isso como se tivesse medo delas.

– Alguma má experiência?

– Com certeza. Não gostaria que a morte me pegasse numa.

Ela disse que me visitaria na próxima vez que eu viesse. Mas não a revi.

Lucia sempre me advertira para ficar longe de qualquer coisa relacionada com o funcionamento da sociedade privada. – Perigosa demais –, ela disse. O que quer que ela quisesse dizer com aquilo, algo a apavorava, levando essa pessoa linda, luminosa, diáfana quase transparente, que tinha medo de montanhas, a escalar ao topo do Monte Canigou. Sua experiência no pico fora tão perigosa que acabou com ela. José e um padre trouxeram seu cadáver montanha abaixo, acompanhados por padres tocando sinos por todo caminho.

Foi Lluís quem me deu a notícia da morte de Lucia. Ele supunha que foi por causa de um problema de saúde, mas também disse que a montanha era demais para ela. A montanha? Igual a um animal doente que sente a morte e precisa encontrar um lugar para morrer sozinho, ela fora para o ermo de Canigou. Mas a cirurgia e o tratamento contra o câncer foram bem sucedidos.

Eu sabia que Lucia se revoltara contra os guardiões porque ela queria que os segredos que eles guardavam fossem disponibilizados com prudência, beneficiando assim o futuro. Mas, no final, ela sabia que jamais venceria os membros da sociedade, então acabou restituindo o material à montanha.

Lluís e eu nos sentamos em silêncio no Arc Bar, bebendo o que quer que ele colocasse em nossos copos.

– Lucia sempre disse que teria uma morte turbulenta –, ele falou.

Perguntei quando ela havia sido enterrada. O marido dela veio da Itália e a levou para casa. Por um momento não acreditei que ela morreu em Canigou. – Lucia odiava montanhas.

– Você deveria perguntar a José –, Lluís disse. – Ela tinha que voltar lá. Foi o que disse.

Quando encontrei José, ele disse que Lucia havia subido com artefatos, alguns dos quais pertenciam à sociedade. Um deles era um documento, de várias páginas, registrando o ritual de transformação para os iniciados, que levava entre duas e quatro horas para ser concluído. Ele também disse que ela havia levado o cálice sagrado, supostamente o recipiente do *Graal,* mas que este fora recuperado. Entendi que ela levou três itens, o terceiro sendo um amuleto, a um local sagrado no pico de Canigou.

Ele acrescentou: – O documento do ritual era uma das várias cópias. Era isso o que ela estava fazendo – devolvendo-os. Devolvendo os objetos do ritual porque, como Saunière, nós falhamos no nosso propósito de aperfeiçoá-lo.

– E o choque do que está lá a matou –, alguém disse. Claro, que tinha que ser Quinn Carreras. Ele sempre era preciso a qualquer custo. Não tive tempo para perguntar "o que" queria dizer com aquilo. Eu estava pensando em suas últimas palavras dirigidas a mim a respeito das montanhas.

– Lucia sempre disse que tinha pavor de montanhas. Ela deve ter ficado chocada com algo que já conhecia –, eu disse.

José não discordou.

Liliane retirou a venda. Esfreguei os olhos para me reconectar com a luz. A Caverna do Diabo estava ao meu lado, sua entrada um portal

Figura 15.2 Lucia, que não gostava de segredos.

de pedra inclinado para a esquerda, atrás dele um mundo de pedra e água fluindo para dentro da rocha até perder de vista. Recusei-me a mostrar-lhe que eu estava impressionada. Mas estava. A caverna tinha uma magnificência, uma luminosidade além da capacidade humana de criar. Não seria fácil entrar nesse lugar. Exigiria um preço e, pensei, no meu caso algumas experiência de mudança demasiada heroica e incrível para mim.

Agora ao me lado, como ela chegou tão silenciosamente?, Liliane falou: – Verdaguer disse que era aqui onde ele desafiava a gravidade. Ele se erguia acima do peso do local para um estado mais elevado de ser, outrora conhecido por nós humanos –. Ela levantou-me por trás e me colocou firmemente em pé. Eu tinha que admitir que estava afundada em gravidade; era sua vítima, sua criatura.

Agora, em pé, a caverna me parecia ainda mais esplêndida, mais magnífica em sua vastidão e teto alto do que qualquer castelo ou palácio. Nenhum ser humano poderia causar um impacto neste local ou mesmo ser reconhecido ali. Era a antecâmara entre esse mundo e o próximo, e eu tinha que admitir que o diabo tinha feita uma boa escolha.

Notei que as pedras da caverna eram de um verde escuro uniforme. – As pedras têm cavidades internas –, Liliane disse. – São chamadas de pedras mágicas. Algumas pedras são mais antigas que as pirâmides. Ondas imensas trouxeram-nas para este local. Existem duas influências importantes aqui. *Yod*, nome da décima letra do Criador, jamais pronunciada, e representa os olhos de Deus. E *Kaf*, a décima primeira letra, que simboliza a mão aberta e a taça ou cálice. *Kaf* reina sobre a vida e se relaciona com o planeta Vênus –. Ela desenhou um círculo sobre uma cruz. – Assim, muito do que está aqui se relaciona com Girona –. Perguntei como, mas ela estava prosseguindo.

Estávamos entrando na caverna e minhas pernas ficaram dormentes. Caminhamos sobre as arestas curvas deste império de pedra e chegamos a uma pequena fenda nas pedras, levando para o mar. A vista me lembrava da carta do Enforcado no baralho de Tarô 'Aurora Dourada'. O farol se localizava acima de nós. Não havia praias, nem pessoas. O interior da caverna continuava para a lateral, escuro e maléfico, de acordo com o nome. Em contraste com o vestíbulo, o interior dessa câmara era o inferno.

Liliane entoou o mantra Yod. Sua voz ecoava, voltando como um coro de vozes, algumas profundas, até mesmo ásperas. Ela entoava para a escuridão, e esta respondia à medida que caminhávamos uma atrás da outra no negrume da caverna. Sua voz tinha um som adorável, e ela me fez acompanhá-la, e o esforço de entoar tornou-se hipnótico. Liliane fez muitos encantamentos e ouvi um som mais alto, que não podia ser dela, turbilhonando nesta vastidão sem fim. Eu nunca ouvi som igual. Se tivesse que descrevê-lo, diria que variava entre uivo e cadências angelicais, mas na verdade era indescritível. Uma nota percorria este coral e reconheci o Fá sustenido, e me fazia reverberar com o som. Esquecido o meu corpo físico, eu estava fora de minha carne e ossos, existindo apenas na consciência. Nesse estado, não havia qualquer possibilidade de escolha, e partir estava fora de questão. O tempo não passava. O tempo não existia.

Quando saímos da caverna, o céu estava preto. Será que ficamos lá o dia inteiro? Já era noite? Impossível. O canto da caverna estava mais alto e nos rodeava. Até as pedras estavam cantando. Havia uma explicação simples: – É o mistral –, Liliane disse, – do Canigou, soprando através dos buracos nestas pedras –. Era um som onipotente, e o mar elevou-se e entrou veloz na caverna, espirrando, finalmente, num longo caminho.

Acho que eu disse que estava com fome. Ela puxou minhas bochechas e segurou a pele entre suas mãos fortes, esquentando-as. – Você, minha cara amiga, você vai almoçar. Nós iremos a um lugar bem agradável. Vamos embora, porque o ruído das pedras pode ser como o canto das sereias.

Liliane conhecia o zelador do farol e conseguiu um barquinho no qual fomos chacoalhando diabolicamente no tumulto de som e vento até Port Ligat. E ela disse "Almoço"? Tínhamos perdido vinte e quatro horas inteiras?

– Agora são duas horas. Você esteve na caverna pouco tempo. Caminhamos no máximo uma hora e meia. Você passou pelo processo de renascimento.

Passei? Minha respiração estava diferente, como se houvesse mais espaço em meu peito. E era tudo. Talvez meu esforço só para sobreviver tivesse me impedido de sentir mais. Liliane disse que poderia demorar um pouco até eu sentir mais. – Até as pedras concordam com você, e agora vamos comer.

Perto da aldeia de Cadaques, Liliane parou na antiga moradia de Dali, Port Ligat, agora uma atração turística. – Você conhece este lugar?

– Em outra vida, outro destino –, respondi. "Não pense naquela época", disse a mim mesma. "Definitivamente, não se entregue ao passado"; apenas o desconhecido parecia seguro. Deliberadamente concentrei-me nas coisas que não fizeram sentido e precisavam de resposta. Percebi que não tínhamos encontrado ninguém no caminho à caverna. E me perguntei se ela, entoando a palavra sagrada *Yod*, poderia ter chamado o vento, que era parte integrante da vida dos catalães; o vento que eles amavam ou temiam, que se tornou parte de suas canções. Esse vento chamado *tramontana* durava nove dias.

O Motel Ampurdan em Figueras era um dos melhores restaurantes da Catalunha que servia os pratos da província, abundantemente e por preços razoáveis. Funcionava há anos e tinha sucesso por causa de uma excelência que não era pretenciosa nem exclusiva. Dali havia comido lá. José Pla, o escritor catalão, tinha sua mesa. O restaurante atendia os famosos, os artistas, os políticos e os apreciadores de boa comida.

Depois de quatro pratos numa sala aconchegante, eu estava bastante recuperada. A haste de pernas rígidas com um coração batendo que eu acabara de ser, atravessando um território implacável de pedras, foi suavizada com bem estar. Perguntei à minha guia se a caverna era um portal.

– Mas claro –, ela disse. Não para mim, pensei. Lá eu não senti nenhuma energia sutil.

Ela perguntou se eu queria ir até Collioure na França, o próximo passo no quadrado mágico. Eu disse que estava surpresa por ter escolha.

– Entretanto você é livre. Lembra? Renascimento. Liberdade.

Liliane sentou-se na praça ao lado da fonte. – Para repetir, em Figueras nós temos *Daleth* 4, portal simbólico. Água. Também *Dam 44*, a letra mãe relacionada à Árvore de Yezirah, o mundo pré-formativo dos patriarcas. Influências e símbolos são sangue, dar à luz, queimar, inflamar, entusiasmo, mágica, o signo de Áries, o pássaro Fênix, e o anjo regente de II Gêmeos –. Pedi mais explicações, mas ela apenas me olhou, com seus olhos de um azul claro e adorável.

– Aqui convinha a Saunière. Ele estava sob o signo solar de Áries e buscava fogo e ressurreição. Figueras também é representada por tabela, calendário, medida, diagrama; esses ele também buscava quando cruzou a fronteira da Espanha. Outra influência importante é o silêncio, ficar em silêncio. Figueras é, igualmente, o lugar do cristal –. Então pedi uma explicação, pelo menos do cristal.

– Combinei com você que recitarei os símbolos essenciais de cada local, mas não os examinaremos. Essa é outra viagem. Esses símbolos formam uma linguagem atemporal, universal que você tem que permitir-se experimentar.

– Tudo isso num local bastante comum.

– Não é com a remodelação e modernização, a nova aparência da coisa com que nos relacionamos. Você deveria saber disso –. Liliane pegou a rodovia para a França e virou à direita, em direção ao litoral. Eram cinco horas da tarde, e Colliure estava lotada de turistas e artistas exibindo seu trabalho, em sua maioria comercial e de qualidade sofrível.

Collioure havia sido uma pitoresca aldeia de pesca com um castelo templário, um porto, e cafés coloridos ao longo do caminho para a baía. Eu fui lá com José no meu décimo sexto aniversário. A distância não era grande, mas a viagem foi longa porque naquele tempo os trens eram inexplicavelmente lentos e nós tivemos alguns problemas com a polícia da fronteira. Franco não gostava que seus conterrâneos corressem demais por aí. A atmosfera suave, cristalina de Collioure e a luz extraordinária ainda estavam lá. Até o cheiro. Quarenta anos antes ela tinha uma pequena população cordial, redes de pesca espalhadas entre os barcos, artistas pintando em volta da baía. Nós nos sentamos com eles na praia e comemos pão besuntado com óleo e tomate. Tudo, cada gota de umidade no ar, tinha sido intensificada como se fosse feita de luz. Nada surpreendente que Collioure tivesse atraído Picasso, Matisse e muitos outros.

Abri caminho entre os grupos quase estáticos de turistas, todos procurando a mesma coisa que inspirara os artistas. Havia comércio

Figura 15.3 Collioure, um lugar de luz extraordinária.

demais por conta de uma época já extinta. Esses buscadores só obtinham o esforço de atravessar a multidão em direção à baía, onde pintores em exagerados trajes de Montmartre dos anos 1920 ostentavam sua produção. Não havia mais pão com tomate, e sim enormes, complicados sorvetes enfeitados com morangos, pastilhas de chocolate, minúsculos moinhos de vento. Por que Liliane me trouxe aqui?

– Para absorver o local.

Achei que ela estivesse brincando, mas nunca o fazia. Reclamei das multidões e disse que eram insuportáveis.

– Vá à fonte. Esqueça-as.

Por acaso, estávamos paradas ao lado de um dos velhos lugares, o *Hotel des Templiers.* Lembrava-me do proprietário com o seu bigode enorme. Não conseguia me concentrar em nada. – Ajude-me –, pedi.

– Local 7, Portal, quadrado número 19; Transformação; Eva, a primeira mãe de tudo que é vivo; tornar limpo. Os rituais templários, transformando matéria em luz –. Liliane falou rapidamente, sem esperar perguntas, e as palavras, o ritmo, o modo que ela as recitava teve efeito. Eu não conseguia identificar o que era, mas senti diferente, como se estivesse ouvindo a récita de um poema. O efeito tinha algo a ver com o subir e descer das cadências. Talvez, como ela disse, o sentido das palavras em si não fosse compreensível, só se podia vivenciá-las.

Fechei os olhos e me lembrei daquele primeiro dia em que José e eu estivemos em Collioure quando eu tinha dezesseis anos. Suas cores suaves e atmosfera translúcida e cristalina faziam a cidade parecer composta de um tecido diferente; e senti que podíamos andar diretamente através da pele daquele lugar e sair do outro lado, como se fosse um palco. O lugar pertencia a uma ilustração de contos de fadas infantis, o primeiro que a criança vê e nunca esquece.

Liliane pegou-me pelo braço e caminhamos propositadamente até uma lixeira. Ela chutou lixo caído. - Olha ali -. E vi na parede o sinal cabalístico negro do portal. - A maioria das pessoas acharia que é uma marca de raio. Todas as informações importantes estão escondidas em sinais e rituais. É assim que elas são transmitidas através das eras.

Agora ela parecia estar com pressa, e fomos diretamente para o carro. Levou um tempo considerável para sairmos do estacionamento. Ela pegou a estrada rumo norte, direto para Perpignan. - Chegaremos lá a tempo antes do escurecer. Perillos, local 8, número 10 no quadrado.

Perillos me fazia pensar em apenas uma palavra para descrevê-la: *desolação*. A aldeia estava em total silêncio, mas havia a sensação de algo acabado de acontecer, algo grandioso. Estava completa e totalmente vazia; casas velhas em vários estados de abandono, sem sinal de uma estrada ou caminho. A igreja deserta estava trancada, o cemitério com lápides no mesmo estado de deterioração que as casas. Circundando toda a aldeia abandonada havia uma inocente faixa de terra verde, historicamente conhecida como Vale da Morte. Ao longe achei ter visto as ruínas de uma casa, outrora majestosa. Não havia sinal de presença humana e as entradas quebradas, ocas, eram escuras demais, ameaçadoras demais. Eu esperava que algo aparecesse – mas sabia que qualquer coisa seria inesperada. E então o sino da igreja tocou uma vez e comecei a correr.

– É só o vento –, disse Liliane. Questionou-me sobre a força do impacto do lugar. Afinal, raramente ela me via correr. O que eu havia absorvido? Demais, de uma vez.

Caminhamos para a boca de uma caverna com formações grotescas, desconcertantes que Liliane disse serem estalagmites. – Perillos, numero 10 –, ela entoou, – dominada pela solidão e isolamento. Influências: voar, lobo. A palavra *Yod* representa a origem ou pai e simboliza Deus como origem de tudo que existe –. Novamente ela não explicou e essas palavras simbólicas começaram a ser autossuficientes – comecei a não precisar de explicação.

– Onde estão as pessoas?

– Lá adiante, na vila de Opoul. Foram embora porque ouviam um canto subterrâneo. E outras coisas inexplicáveis. Ainda assim, vários indivíduos renomados queriam viver aqui em Perillos. Otto Rahn veio aqui, assim como Cassini, o famoso cartógrafo italiano. Ele adiou a partida por mais de dois anos. Por quê?

Eu não tinha a menor ideia e não sabia nada sobre aquelas pessoas. – Talvez ele tenha encontrado o inesperado? – perguntei.

Ela riu, – Sem querer, você está certa.

Uma sensação de ameaça pairava em Perillos que pensei ser bastante fora do comum. Detestava a sensação de abandono. Em contraste Opoul, lá ao longe, com suas meras duas centenas de habitantes, representava uma colmeia de atividade. Como eu gostaria de encontrar pelo menos um deles! Um lavrador na terra. Um coveiro. Um padre.

– É deserto aqui –, acusei-a.

– Apenas para o olho que não vê.

Pela primeira vez fui eu que decidi quando deixar um local. Liliane deu partida no carro com dificuldade e então correu atravessando os campos até Rennes-le-Château.

– Isso ainda é Liberdade? – perguntei.

– Preparação.

Pela primeira vez me senti capaz de ver minha guia como uma pessoa. Durante a viagem, desde o primeiro dia na cabana, Liliane fora mais uma presença. Agora, ela começava a se apresentar uma mulher forte de poucos apegos. Suas feições eram bem definidas, uma boca volumosa e intransigente. Risos e gargalhadas, que ela usava frequentemente, faziam a maioria das coisas ficarem bem, exceto para alguém como eu, que havia sido alimentada com rejeição e meias-verdade e todas as diversas decepções da metrópole.

Figura 16.1 *A Capela Perilous*, de Walter Crane, baseada na obra *A Morte de Arthur* de Sir Thomas Malory. Malory estava pensando em Perillos?

CAPÍTULO 16

Liliane e eu passamos a noite em um hotel simples na pequena cidade de Quillan, frequentemente visitada por Maria Tourdes na sua infância. Seus pais vinham à cidade para beber as águas, em busca da cura disponível naquela época. E atualmente, assim como a outrora famosa fábrica de chapéus, o *spa* estava fechado. Rennes-le-Château ficava bem próxima.

– Perillos não é um lugar –, disse Liliane.

– O que é então?

– Um estado do ser.

Eu disse que estava cheia de medo. Liliane deu de ombros. Ela estava acima das preocupações mundanas. Para que habitar no medo e na insignificância? Transcenda sua pequena visão e habite na luz, que existe igualmente. Ela descobria e examinava portais. Uma vida de práticas espirituais a libertaram.

Passamos a tarde falando dessa aldeia abandonada. Eu queria saber se a capela era a mesma Capela Perigosa no livro *A Morte de Arthur*, de Malory, escrito em 1470. No dia em que estivemos lá, a capela estava trancada, mas parece que dentro havia uma cripta com uma tumba desconhecida da qual ninguém queria se aproximar. Era chamada de 'A Tumba de Deus'. Embora a capela estivesse fechada, os transeuntes ouviam uma música angelical lá dentro, superior a tudo que se ouve nesse mundo.

Liliane pegou a pasta de documentos, que eu não via fazia alguns dias. – Aqui está o que o Mestre de Ripoll disse a José no quadrado mágico 10: "Perillos é uma existência que ainda existe. Ela é manifestada pelos iniciados praticantes". José havia perguntado onde ficava o lugar e lhe disseram que não importava. O importante era a elevação, o nível de evolução do grupo de iniciados. Perillos era considerado um lugar completamente impossível para seres humanos habitarem. Salvador Dali chamou Perillos de um estado mental que só poderia ser habitado pelos iniciados.

– O que exatamente você sentiu na capela de Perillos? – ela perguntou.

– De uma forma silenciosa, era demais, poderosa demais para ser confortável.

Ela me perguntou como eu lidava com o "demais". Senti que estávamos próximas do fim da minha viagem e, de repente, não ansiava mais por isso. *Você não tem que fazer isto*, disse a mim mesma. Eu poderia tirar um dia de folga, disse a ela. Percebi que *poderia* era palavra chave naquela sentença. Ela apenas riu. Percebi que estávamos em viagem havia quase duas semanas.

– Dali foi completamente mudado por Perillos. Mas nós o encontramos no quadrado mágico 42. Perillos tem camadas de realidades e dimensões que ele tentou combater duramente nos últimos quarenta anos de sua vida.

– Por que os moradores foram embora?

– Todos começaram a sonhar sempre o mesmo sonho. Um sonho realmente terrível. Eles tinham medo de dormir. Ouviam sons que não podiam explicar. No século XI, o lorde de Perillos havia escolhido e estabelecido o quadrado mágico 10. Isso tinha se dado através de um processo apocalíptico. Quando José reclamou que o lorde de Perillos não tivera sucesso e que ninguém — nenhuma pessoa — estava ali, seu mestre respondeu: "Dizem que o demônio vive lá e que Deus está enterrado ali". Então, não é tão ruim para uma aldeia abandonada.

Do lado de fora, na escura rua de Quillan, Liliane disse que eu deveria fazer os exercícios: respiração, mantra, absorção, equilibrar-me em uma perna, olhos fechados.

Parada ali, minha preocupação era o final da viagem. Então eu não via Liliane apenas como uma presença encorajadora, mas um ser humano independente de pleno direito. Em busca de orientação, agora me voltava mais para os iniciados do passado. Eu os alcançava em meus pensamentos, principalmente o poeta Verdaguer, e sentia sua eloquência e ocasional ternura, seu carisma, mais perto de mim. Em meus pensamentos, pedia-lhe ajuda para localizar as energias esquivas que ainda não conseguia sentir ao meu redor, mas tinha certeza de sua presença. Por que tudo parecia igual?

E então obtive o que poderia ser uma mensagem ou o resultado de um corpo exausto e uma mente superativa. Liliane estava atrás de mim enquanto eu me movia levemente para trás e para frente, focando em um muro comum à minha frente. De onde poderia vir algo, se o espaço era tão limitado e cercado por esse muro desnecessário? Então, a questão que veio a mim foi, 'Pergunte a ela sobre Ramon'. Foi simplesmente um pensamento, não uma voz enfática ou uma imagem como a mulher de fumaça.

Eu não disse nada, mas Liliane respondeu imediatamente. – Ramon de Perillos no século XIV foi um diplomata interessado em literatura, um soldado e camareiro de Juan I, Rei de Aragão, cujas paixões eram música, literatura e astrologia. Eles se tornaram amigos. Repentinamente, aos quarenta e seis anos, o rei morreu, provavelmente de causas não naturais. Ramon, Lorde de Perillos, lançou-se em uma peregrinação a um lugar sagrado na Irlanda, o Purgatório de São Patrick, a fim de perguntar da condição da alma de seu amigo, o rei. O São Patrick era o único purgatório em funcionamento na Europa naquele tempo. Primeiro, ele foi purificado pelo jejum e a oração, depois, desceu até o Mundo Inferior, passando pela Terra dos Perdidos, encontrando o Paraíso, e finalmente retornando à Terra. Ele certamente teve alguma iniciação espiritual na Irlanda, e quando retornou à França, disse que entendia que em Perillos, seu território, havia um portal para outro mundo.

Perguntei o que ela sabia sobre Verdarguer.

– Por quê? Mover-se em frente a esse muro o traz a você?

Era uma possibilidade nova.

Ela continuou me movendo levemente, quase hipnoticamente para frente, para trás, minha concentração elevando-se na luz lilás do chacra frontal. O balanço servia para esvaziar minha mente e era muito reconfortante, e o muro tornou-se, não diferente, mas mais detalhado, como se fosse o primeiro muro que eu estivesse vendo na vida. Eu absorvia as leves mudanças de padrão feitas pela luz da rua. Conseguia enxergar a montanha e que ela estava esperando por mim, sim, até mais do que os guardiões. Canigou estava me esperando, e ela era pior do que qualquer poder humano. O que eu tinha em mim para lutar contra isso? Que visões experimentara nos últimos catorze dias que poderiam me ajudar? Uma mulher de fumaça, possivelmente. Um sonho. Eu queria terminar a experiência. A montanha já estava me atraindo como comprovadamente fizera com aviões, esquiadores, turistas e como fez com os fenícios há muito tempo? Ela me atraiu desde o começo, desde a minha primeira anuência a esta viagem?

Liliane já estava acordada, tomando café às sete horas da manhã. Disse-me para comer e beber tudo que eu quisesse, porque uma longa caminhada nos esperava.

– Para onde?

– Rennes-le-Château.

– Este é outro exercício impossível para testar meu comprometimento?

– O carro quebrou.

Lembrei-me da estrada cheia de curvas subindo de Couiza até a aldeia de Saunière, das minhas visitas anteriores com José e depois com amigos de Ceret. Mesmo de táxi era extenuante. Eu disse que não conseguia fazer isso.

– Eu acho que deveria. Portal 9, número 47 no quadrado. Você tem que merecer se aproximar de algo tão poderoso quanto a aldeia de Saunière. Você entende o que é humildade?

Comecei a dizer o que eu pensava que era, e ela me interrompeu depois da primeira sentença.

– Humildade é um estado de ser que colore suas ações. Um estado de graça.

– Precisarei de humildade lá em cima?

Liliane riu: – Se você *é* humilde, será a primeira vez que o lugar terá visto esta atitude. Humildade tem má reputação. É mal interpretada, detestada. Não se trata de ser humilde, que é mais uma desculpa covarde por estar vivo. Uma pessoa benevolente, prestimosa, espiritualmente evoluída está imbuída de humildade, o que Deus ama. Então, vamos andando.

A vista do topo de Rennes valia as quatro horas para chegar lá. Da Torre Magdala, meu olhar atravessava o espaço infinito até o sopé

Figura 16.2 Do alto de Rennes-le-Château, num dia claro, é possível ver a Espanha.

dos Pirineus e atrás deles, Girona. Sobre a terra ressecada, lá embaixo, havia ruínas de um moinho e, mais adiante, o íngreme monte de Bugarach. Eternidade, 'além do espaço e do tempo', foi como esta vista foi descrita. Na aldeia, uma brisa fresca fazia uma árvore farfalhar, sons de verão impregnando todo este estranho território que parecia simplesmente esperar na doce luz do sol. Todas as coisas ali estavam em diversos estágios de decadência. Desde que se tornara famosa, não se sabia quem era responsável pela conservação da aldeia.

– Naqueles tempos, Saunière costumava subir e descer por aqui rumo à estação de trem em Couiza. Às vezes ele contratava uma *caleche* com motorista para levá-lo para Perpignan. Os aldeães nunca sabiam o que entender de tudo que ouviam. A vida dele era um sermão do desconhecido. Isso nunca será entendido, eles diziam.

Minha visita à igreja de Madalena em Rennes-le-Château foi breve, e fiquei feliz ao constatar que havia agitados grupos de visitantes com tantas câmeras e *flashes*; era como um espetáculo de fogos de artifício. Não um momento sagrado para ver ou sentir. A igreja era menor do que eu me lembrava, e afundava torta no solo. As pinturas das Estações da Crucificação eram muito enfáticas, como se insistissem em um significado diferente do esperado. A imagética era clara e desconcertante, e o diabo pintado na porta, Asmodeus, conhecido como o demônio da luxúria, dificilmente poderia ser encarado como uma figura de celebração espiritual. Eu nem queria pensar na minha primeira visita àquele lugar, então vazio e ignorado, no meio dos anos 1960, quando vi a figura corpulenta, debruçada, vestida de padre. A lembrança bastava para me impelir à porta da igreja.

– O quê? – perguntou Liliane. – Saindo já?

– Correndo –, respondi.

Lá fora, ela apontou para a torre Magdala, construída bem na borda do planalto. – Ninguém entendeu isso –, ela disse. – Com todo aquele dinheiro, por que construir algo simplesmente neogótico? Ele poderia ter feito algo extraordinário.

– Saunière era bom ou mau? – fiz eco à pergunta de Maria.

– Oh, ele caiu em desgraça. Ele se apaixonou pelo poder e pelos prazeres mundanos. Sua identidade cabalística, Samael, teria entendido. Que queda! Mas, ele tinha um trabalho fazer.

– O que é Samael?

Por incrível que pareça, dessa vez ela respondeu. Seria algo a entender sem interromper a viagem.

– *Samael* é o diabo na Cabala. *Sam* é a tentação do ego. Nós queremos fazer nossa vontade, não a Vontade de Deus. O demônio é o ego. Que não está conectado com a árvore divina de Aziluth. O homem tem livre-arbítrio. Escolha. Sam se rebela contra o Divino. *El* significa arcanjo.

– Então ele é um anjo caído –, eu disse rapidamente. Ela não discordou.

– Saunière entendia a Cabala?

– Até certo ponto. E é aí que está a chave para entendermos tudo isso. Esta é uma das razões de ele vir a Girona. O abade Saunière tinha que seguir as instruções de seu financiador. Ele tinha que construir esta torre para fazer par com a torre em Girona. Uma no norte, Aset (serpente) Ísis; a outra no sul, Neftis (a videira). As duas formam o corte áureo ou secção áurea, o caminho magnético. As torres marcam um lugar central, escondido, conhecido apenas pelos iniciados. Ative as torres e você muda a química desse lugar, que então permite matéria e espírito saírem e reentrarem na existência. Isso permite o contato com as camadas de existência além de nós, normalmente fora do nosso alcance. Então, esta ativação no ponto central pode evocar o passado que existe no plano etérico, embora o que vier não seja necessariamente o que foi evocado pelos iniciados. O poder deste processo em mãos imprudentes lançaria o planeta numa escuridão inimaginável. Como esta transformação acontece? Saunière tinha que completar o incompleto. Perguntei por que ele foi escolhido, já que suas mãos eram supostamente 'imprudentes'.

– Oh, ele era poderoso. Entendia o que se passa entre aqueles que "sabem e têm". Ele não foi apenas escolhido; tinha a incumbência de encontrar coisas para os Habsburgos. Tinha que unir Norte e Sul. E precisava deixar uma mensagem escondida em símbolo para aqueles que ainda viriam. Ele certamente não estava escavando o jardim da francesa em busca de barras de ouro.

Liliane repentinamente mudou de assunto: – O que aconteceu com você da primeira vez em que chegou ao quadrado número 47 na igreja de Madalena, de onde agora você mal podia esperar para sair? Você não vai só relembrar o fato. Vai se sentar na igreja e reviver a experiência.

Ela não me deu tempo para ficar surpresa nem protestar. Ensaiei perguntar como deveria realizar esta tarefa, que parecia impossível.

– Por absorção, como lhe foi ensinado. Absorva aquela visita com José e Dr. Arbós e o segredo que vivenciou lá e que pensa estar guardado. Deixar de falar sobre algo não o torna seguro. Com certeza você se lembra do argumento de Lucia contra segredos. Que eles são esquivos, perigosos e dão a seu detentor um poder imprudente –. Liliane sabia mais do que eu supunha.

– Seja mais prática. Quando foi a última vez que você sentiu o cascalho com seus pés? Tire seus sapatos.

– Tenho escolha? – Apontei para a igreja.

– Certamente. Se você quiser atravessar o quadrado mágico até o local 11, faça o que é pedido; senão, ficamos aqui, tomamos uma xícara de chá e pegamos o trem para Quillan, como Saunière costumava fazer.

E então me ocorreu que, é claro, nem todos os antigos iniciados chegaram ao cume, à saída, ao fim que é o começo. Qual deles desistiu?

Percebi que ela não esperava a pergunta. – Isso não ajudará você –, respondeu.

Não teria sido José. Ou teria? Ele não teria sucumbido às infindáveis intrusões e indagações. Ele teria apenas, como eu o ouvi falar, '*Fou le camp*' – "dar o fora".

Ao entrar na igreja, ela me ofereceu escolha de lugares. Eu estava demorando a escolher.

– Apenas sente-se no meio do banco da igreja, feche seus olhos e fique lá –, disse ela.

– Qual é o sentido disso?

– Isso será útil para o que vem a seguir. Voltar ao seu passado é uma prática valiosa que você realizará várias vezes.

Senti que ela estava falando sobre o outro lado de tudo quando, depois da morte, eu estaria encarando meu próprio dia do julgamento.

– Lembre-se da humildade. Esse é o motivo de nós tentarmos completar esta tarefa hoje de manhã.

– Eu tenho que ficar na igreja?

– Obviamente.

É claro, pensei com suspeita, os guardiões que desejavam saber precisavam da história inteira. Imaginei novamente o que teria acontecido naquela doce, inocente tarde ensolarada nesta igreja católica todos aqueles anos antes. Isto de alguma forma os deixou vulneráveis? O que eles precisaram fazer?

Obediente ao passado, estava de volta em Girona e relembrei de quando, um dia nos anos 1960, José parou entristecido ao lado do vazio onde outrora havia a casa da francesa e a torre. – Um dia, isso simplesmente acabou –, disse ele. – Até a palmeira real foi derrubada, sua enorme raiz jazia ferida, pasma, virada para o céu. Por que eles tiveram que fazer isso? A cidade toda ficou revoltada. Eles procuraram, vasculharam, levantaram de pedra em pedra.

– Eles? – perguntei-lhe.

– Este é uma profanação. Eu farei algo pela francesa. Vou garantir que não haja mais nada para alguém encontrar e tomar para si.

– Quem são eles? –, perguntei muitas vezes. Isso foi em meados de 1960 e Girona estava mudando. O turismo já estava arruinando a costa.

– Um grupo que quer o que está aqui –. Ele escolheu as palavras cuidadosamente.

Presumi que ele estivesse se referindo ao Vaticano.

– Tarde demais, pobres ladrões na noite. O tesouro se foi há muito tempo.

Depois disso, relembrei minha primeira visita a Rennes-le-Château. A viagem de carro teve que ser como foi. Apesar das voltas atormentadoras pelas dramáticas configurações da rocha antiga, Arbós evitava os carros que vinham na direção contrária com magnífica arrogância. Ele lidava com as curvas fechadas com a destreza de um cirurgião cardíaco – que, depois se soube, ele era realmente. Ele precisava de velocidade porque uma operação o aguardava em Girona. José e ele tinham que chegar a Quillan e procurar urgentemente a antiga casa de Maria Tourdes. Mas eles acharam pouca coisa de interesse. Voltando ao carro, Arbós percebeu que a luz ainda estava boa e sugeriu que subíssemos até Rennes-le-Château. – Nunca se sabe –, disse ele.

O carro parou no topo da colina, e fomos direto para a igreja. José e Arbós procuraram metodicamente, até folhearam um hinário rasgado. Ainda que fosse uma bela igreja, era um lugar traiçoeiro, à beira de algo inseguro e nem mesmo divino.

E então eu a vi, a coisa que não poderia estar lá, nem mesmo em um pesadelo, nem mesmo no último, louco e infernal pensamento. Em frente às Estações da Crucificação havia um ser escuro, encurvado, vestido de padre. Seus olhos me penetraram como espadas, negros de azeviche, cheios de poder acumulado durante centenas de anos de inimaginável existência. E atrás dele, cobrindo as Estações da Crucificação, estava o velho cartaz da viela de Girona, aquele da propaganda do chocolate Torres, que parecia ser feito de luz. Seria o modo como a luz incidia naquela parede? Num tom rico e profundo, a aparição dissera as palavras, 'Somente num cálice dourado'. Sim, deve ter sido o jeito que a luz caía e as sombras se alongavam, mas a figura parecia mais real do que Arbós. Ela não me queria bem. Eu estava lá vendo demais sem entender nada daquilo, e não deveria estar envolvida nesta conspiração das trevas. Se eu falasse a José sobre a aparição, tinha certeza de que ele negaria a possibilidade. Qualquer um negaria.

As mãos do ser seguravam duas espadas cruzadas sobre o peito. Ao correr loucamente daquele lugar, descendo pela estrada sinuosa de volta à civilização, eu sabia que nunca falaria sobre o que vira.

Até aquele momento, eu acreditara que este mundo era basicamente um bom lugar, de acordo com uma realidade que sempre fora entendida. Eu tinha certeza de que uma explicação para o que eu vira estava além do poder humano. Se falasse sobre aquilo, o acontecimento apenas se tornaria mais poderoso e talvez atraísse mais visitações do mesmo tipo. O que eu testemunhara era real, mas não tinha lugar na realidade.

Agora, de volta ao presente na mesma igreja, contei à Liliane um pouco sobre a experiência. Queria saber se a figura era Saunière. Não se parecia com o padre no jardim francês. Ela estava olhando para mim, e eu mantive meus olhos voltados para o altar.

– O quanto você não me contou? –. A voz dela era desafiadora. Ela, e/ou eles, estavam procurando algo que eu sabia, mas eles não, ou que eu sabia e não deveria. Nós ainda estávamos sentadas na igreja como se protegidas pelo nosso próprio silêncio. Ao nosso redor, turistas remexiam em tudo, até em objetos sagrados, procurando pelo segredo do universo.

– Você não está em perigo –, continuou Liliane. – Você é sensível e pode, algumas vezes, fazer contato com aqueles que estão em espírito. Espero ter ouvido a história toda.

Pedi a ela para explicar os símbolos ocultos de Rennes-le-Château.

– Situa-se sob o anjo de Virgem. Símbolos – tiara, santuário, altar, colina, pastor, dente da chave e o batismo. Isso é o que os iniciados entendem. É necessário muito trabalho para chegar assim tão longe.

– Eles estão relacionados com o que acontece aqui?

– Muito. Também na Cabala, *Yod* 10 + *VAV* 6 + *Alejah* 1 + *Lamed* 30 = 47. Então, você sente novamente as outras partes desta experiência.

De novo os sons e ritmos me pareceram como se fosse uma língua estrangeira ou nem mesmo uma língua.

Ela desenhou os signos cabalísticos de cada um. Achei que, de todos eles, o mais extraordinário era o da tiara. Indicava estilo e opulência. Sabia, pela minha pesquisa, que a aldeia tinha sido o quartel dos visigodos e por um tempo pertenceu à realeza.

Começamos a descer a colina, e ela pegou uma carona para Couiza. Pegamos um trem para Quillan, muito tarde, para almoçar. Liliane fez um delicioso piquenique que comemos na encosta perto de Quillan, mergulhadas em um silêncio inusitado. Será que ela percebera que eu não contei tudo sobre a visita à igreja com José e o médico? Ela se ofereceu para responder algumas perguntas que eu desejasse fazer. Então eu não estava mais recebendo de bandeja as instruções dela. Eu tinha que me provar merecedora.

– Aquela igreja: sua estranheza é o que chama a atenção, mas isso encobre outra coisa –, eu disse.

– Por que você chegou a essa conclusão?

– O propósito é disfarçar. A igreja é muito envolvente, então você pensa apenas nisso e em nada mais.

Ela pareceu satisfeita. – Agora eu lhe direi o que realmente está acontecendo. A igreja é decorada assim por uma razão: deixa uma mensagem para aqueles que ainda virão. E essa mensagem está escondida num símbolo. Saunière tinha muito a realizar. Ele tinha um conhecimento considerável dos rituais necessários para entrar em outras dimensões. Ele tomou os caminhos cabalísticos.

– Então ele não era grandioso, um homem voltado aos prazeres?

– Ele também era um iniciado de alto nível.

– Ele terminou sua viagem?

– Talvez você encontre essa resposta.

Liliane levantou-se, pronta para pegar o carro. Será que estava realmente quebrado, ou ela queria me fazer subir aquela colina a pé a todo custo? Nada de resposta para isso. Eu perguntei porque em Rennes ela não me pediu para absorver a atmosfera.

– Você absorveu o passado. Como você se sentiu? Conforme você esperava ou diferente?

Eu me senti mais leve, diferente, menos preocupada com os hábitos comuns. O que acabara de experimentar, outrora havia conhecido apenas em fragmentos. Liberdade: agradeci a ela por isso.

Ela dirigiu o carro para Perpignan e parou na estação. – Agora, curamos o passado –, disse.

Figura 17.1 A estação de trem em Perpignan, pintura de Dali
que hoje está no Museu de Arte de Frankfurt.

CAPÍTULO 17

Liliane saiu do bar da estação de trem de Perpignan e apontou para Canigou. – Olhe, hoje ela está usando boné.

A montanha parecia pairar sobre a estação em seu imenso e indiferente potencial destrutivo. Quando eu vivia no sopé da montanha, dizia-se: – Canigou toma o que deseja.

Ela perguntou se eu conhecia a expressão do boné. Sim: – Significa que seu topo está coberto de nuvens –. Ela me deu um café e dividimos uma torta de maçã. – Dali ficou parado nessa plataforma e viu a estação de Perpignan como o centro desconhecido do universo –. Esperando uma resposta, ficamos sentadas em silêncio, terminando a torta. Ela disse: – Nesse momento Dali percebeu que estava sozinho neste entendimento.

– Eu me sentirei assim também? – perguntei, repentinamente.

– Parece que aqui Dali havia experimentado outro lugar. Ele, inadvertidamente, entrara em outro tempo e espaço, e isso o afetou profundamente, como era de se esperar. Ele falou de uma visão apocalíptica. Então, agora quero que você se lembre da pintura em Figueras, quadrado número 44.

Lembrei-me de um homem caindo no espaço, em pé, e um trem vindo em sua direção, por trás. Em cada lado da plataforma havia fila de camponeses, representações artísticas bem conhecidas.

– O que mais? –, perguntou ela.

– Sim, havia uma cruz. Não era uma cruz qualquer. Quadrada, com quatro braços do mesmo tamanho. Uma cruz celta.

A cruz celta era uma luz brilhante que vinha dos cantos da pintura, cruzando-se no centro. Perguntei se ela havia conhecido Dali. Sim.

– Ele era um homem curioso, complicado, sensível, não um exibicionista com o único objetivo de impressionar, como acreditam. Eu costumava visitar sua casa em Port Ligat, próximo a Cadaques, por onde passamos ontem. Contei a ele sobre Ramon de Perillos e sua "outra dimensão", então Dali foi até a aldeia deserta e entendeu várias coisas sobre o portal *Daleth* 4. Ele sentiu a presença do demônio ao seu redor. Mesmo o código postal ser 666, supostamente o número do diabo, não era uma simples coincidência.

Eu também conheci Dali, mas não tanto.

– Ele pintou o quadro em 1964 ou 1965 –, continuou Liliane. – Era místico, esotérico, procurava algo que estava debaixo da realidade mundana, e ele certamente encontrou. Atravessou muitas esferas, pouco conhecidas, inéditas. Ele era um buscador, um mago e não tinha medo do resultado. Mas o que ele experimentou aqui na estação de Perpignan era maior do que tudo isso.

– Eu tive a mesma experiência que ele? – Ouvira que Dali ficou de cama, sofrendo de depressão por um bom tempo até o final de sua vida. Se houvesse escolha, preferiria não passar por isso. Ela disse que Dali colocou a experiência em seu trabalho.

– Eu espero que Dali tenha feito esta declaração. Claro, esta estação é o centro do mundo. Era daqui que ele mandava todo seu trabalho para os EUA. Não confiava no correio, especialmente da Espanha.

E eu vi meu ex-marido ir com Dali de Port Ligat para Perpignan, mandar um quadro para Nova Iorque. Perguntei a ela o que ela achava que havia acontecido para mudar tanto o artista. Ela apontou para Canigou.

– O Portal.

Ela queria dizer que ele havia passado pelo portal? Liliane não respondeu à minha pergunta, mas escolheu mudar de assunto.

– O que é onze? – perguntou.

Eu sabia que algumas pessoas atraídas por energias e linhas *Ley* encontravam um significado especial nos números 11:11. Respondi que estava quase sempre ciente dessa hora pela manhã, e que, simplesmente observava meu relógio da cozinha, encarando os dois onzes até que eles mudassem para 11:12, que era algo bastante diferente.

– Onze: Onze. Na geometria sagrada, os dois onze são as colunas do templo. Os batentes do portal. Perpignan. A mãe escura e estéril. *Binah*, o terceiro *sefiroth* da Árvore da Vida. Mundo-universo. Terra. Escavar. Minerar. Cavar. Curso da água. Chama. Perpignan fica no quadrado 42. Quarenta e dois graus refere-se ao arco-íris. O ângulo entre o horizonte e o ponto mais alto formado no olho do observador. – Ela entendera esses símbolos após anos de pesquisa e iniciação.

Liliane estava deixando a plataforma com a chave do carro na mão. Rapidamente perguntei sobre Dali. Ele alcançara o topo do monte? Havia passado por um portal?

– Ele tinha que ser preparado antes. Não se pode lançar-se nisso simplesmente. É preciso ficar sentado calmamente, sintonizando um pensamento, permitindo que a abertura do portal apareça. Requer muita atenção.

– Dali teve uma visão? É disso que se trata, não é? Invocar uma visão.

– Ah, se fosse –, disse ela. – Se fosse só isso.

Então, percebi que tínhamos chegado a um momento decisivo. Larguei o assunto do progresso de Dali e questionei o meu. Ser-me-ia permitido continuar? Até ali, eu tinha dominado a meditação e me aprofundado nessa experiência. Não tinha mais informações sobre o sonho do padre no jardim francês. Fisicamente, eu estava mais em forma, tonificada, mais ágil, mais flexível. Tinha menos necessidades e não ficava desesperada quando não havia comida ou bebida. Aqueles medos de antes se desvaneceram. Disse-lhe que provavelmente poderia passar a noite sozinha.

– Bom –, respondeu.

Não gostei do jeito que ela pronunciou “bom”. Ela começou a andar pela plataforma, observando Canigou de todos os possíveis ângulos, e eu a segui.

– Nós temos que arranjar pás –, disse ela.

Naturalmente, pensei que ouvi errado. Perguntei em que hotel iríamos ficar. Eu gostara de um hotel próximo a Ceret, e queria convidá-la como minha hóspede nessa noite. Afinal, havia feito muito por mim, mesmo que ela fosse o inimigo. Liliane não respondeu nem à minha pergunta, nem ao meu convite.

Ainda na estação, chequei novamente meu progresso e achei que era positivo. Eu entoava um mantra e sentia uma mudança em mim mesma. Minha respiração estava melhor, não mais a respiração urbana de uma londrina. O alongamento tinha sido maravilhoso para as pernas e as costas, e o joelho com artrite tinha melhorado. Comia menos e melhor e não para me consolar. Meus pensamentos eram diferentes, mais concentrados naquilo que estava ao meu redor. Eu não sentia a mudança de energia quando me movia suavemente em determinado lugar. Mas sim, sentia liberdade de vez em quando. No geral, estava me sentindo bem até ela perguntar: – Quando você olhou a foto pela última vez? – Eu não havia olhado. – Enquanto não a aceitar, não poderá progredir. Então, tire-a debaixo de todas essas coisas e olhe para ela. E continue fazendo isso. O hábito reduzirá a intensidade. Você tem que aceitar o passado e tudo que aconteceu nele. Aprenderá a curar um pouco do que aconteceu.

Ela esperou eu pegar a foto e fazer o que pedira. Não se podia demorar quando fazia um pedido. Fiz exatamente o solicitado. Então ela disse: – Agora vamos arrumar as pás.

– Por quê?

– Para cavar nossos túmulos.

No interior, em direção às montanhas, aconteceu algo que Liliane não esperava: o lugar habitual para a escavação de túmulos estava enlameado por água de chuva repentina. Tomei isso como um presságio. Significava que não deveríamos cavar túmulos. O que faríamos com eles? Morrer neles?

Ela avançou pela região interiorana, até um lugar atrás de Le Boulou. Até ali, eu não vira seu envolvimento em algo que já não tivesse feito dezenas de vezes. Ela tinha que testar a segurança do solo e da região, inclusive a contingência de pessoas, cobras, intempéries, animais.

Depois de cavarmos nossos túmulos poderíamos ir a um hotel? Mencionei aquele perto de Ceret. Liliane continuou subindo e encontrou abrigo nas rochas. O lugar parecia certo, mas depois ela viu o campo. Pegou um pêndulo e fez radiestesia em cada um dos lugares.

– Ficamos com o campo. Marcamos o contorno de cada túmulo e você começa a cavar a terra empilhando-a de lado. Deve estar virado para o norte.

– Por quê?

– Viemos do norte e nunca devemos nos esquecer disso –. Ela disse que teria de ir até Le Boulou buscar água e frutas antes que as lojas fechassem. Começava a escurecer. Pedi mais comida e lhe ofereci dinheiro. Não demorou muito para meus medos retornarem.

Ela se foi no carro e eu observei as luzes traseiras sumindo na distância. Ao meu redor havia o desconhecido, a escuridão avançava, e logo tudo se tornava perigoso. Preenchia-se de alguma das coisas que me apavoravam e traria mais algumas. Baixei a pá. Eu não progredi nestas duas semanas? Tudo aquilo voltou – o medo, as necessidades, os desapontamentos? Entoei os mantras, com a voz trêmula por causa do nervosismo. Por que atrair o injurioso, o roedor, o criminoso, o assassino oportunista no caminho de casa, quase desistindo por hoje? Eu não confiava na meditação. Precisava estar bem presente. Queria me esconder. Tinha que travar amizade com este ambiente, fazer parte, tê-lo do meu lado. Era apenas um campo, e eu não conseguia sentir conexão com ele. O que José teria feito? Ele teria apreciado a noite que caía. A faixa de luz no horizonte, o som distante do trem. Ele encontraria a paz. Constatei que eu não era José.

Tentei rezar. Sentia Canigou às minhas costas. O que se dizia? Esquiadores não vão mais lá. Se esquiar em seu corpo, ele cobra seu preço. Aviões não chegam perto. O monte os magnetiza até destruir. Vários aviões caíram ali no passado. Ainda assim, Verdaguer escreveu o magnífico poema em honra a Canigou. Talvez o monte tenha gostado disso.

Comecei a cavar. Depois peguei a fotografia e, à meia luz, distinguia os vultos. Eu não estava raciocinando bem, o medo obliterava meu raciocínio; o perigo não vinha do inesperado que me rodeava, e sim unicamente das grandes expectativas em meu coração.

Minha companheira. Eu sabia, – como sabia! – que Liliane trabalhava para a sociedade secreta, os guardiões. O resultado, no meu caso, não poderia ser bom. Tão logo tomassem conhecimento do que eu sabia, eu estaria acabada. Por que mais me deixaram sozinha no meio do nada? Eu até mesmo cavava meu túmulo para eles. A garota da foto saberia disso instantaneamente. Ela teria feito o que sempre fazia, o que eu deveria fazer agora – cair fora dali imediatamente.

Em segundos reuni minhas coisas, coloquei a mochila nas costas e me pus a correr na direção que Liliane tomara. Quando ouvi o carro retornando, esquivei-me dos faróis. Le Bolou ficava a cerca de uma hora de caminhada dali. Tive que desistir de correr; comecei a andar rápido. E se "eles" já estivessem presentes no campo? Claro que eu deveria ter perguntado a José muito mais sobre esta sugestão impulsiva. E para que, afinal, assumi esta viagem?

Eu estava no topo da encosta e via as luzes da cidadezinha. Tive que parar e me curvar para recuperar o fôlego, e então vi três homens parados na estrada, fumando. Eu os vi iluminados pelos faróis do carro dela se aproximando. Se ela parasse e falasse com eles, minha partida teria que ser melhor planejada. E me afastei mais ainda onde não fosse possível ser alcançada pelos faróis. O carro diminuiu de velocidade e eu ouvi a voz dela. Mesmo nestas circunstâncias, sua risada parecia muito atraente. Conforme a noite avançava, eu era tomada de pânico cada vez maior, e decidi contornar a cidade e ir para Ceret.

Quando os perseguidores encontrassem meu túmulo sem cavar, iriam para a estação de trem, a companhia de táxi, a parada de ônibus. Liliane estava se afastando dos homens, e o carro fez barulho ao atingir uma pedra. Eu tinha talvez cinco minutos.

O que eu esperava não aconteceu. Não houve buzina, nem chamadas alarmantes aos homens. Deslizei e escorreguei em direção à estrada. Então ouvi os homens dizerem boa-noite uns aos outros, e tomarem rumos diferentes. Ao meu lado, um cão latiu. Estava tão perto que via seus dentes. Contido por uma corrente no quintal de seu dono, ele ficava sobre as patas traseiras com raiva e frustração. Eu dei um grito, mas o carro já vinha em minha direção, os faróis procurando os traços de minha fuga.

Liliane tinha armado uma fogueira. Quando voltamos ao nosso local no campo, as salsichas já estavam cozidas. Ela não perguntou o motivo de eu estar tão longe do meu túmulo ou se eu planejava fugir. Agora, eu cavava com minhas últimas forças, mas ela ainda não estava satisfeita. A cova tinha que ter a profundidade de pelo menos 90 centímetros.

– Por quê?

– Você não iria querer se deitar numa cova rasa, espero.

– Mas isso levará horas.

– Você não precisa ir a lugar algum, então qual é o problema?

Expliquei minha fuga impulsionada pelo medo. Eu ainda tinha meu trunfo: a informação. O que quer que fosse sair de mim seria raso como meu túmulo. Ela atacou o solo com força e movimentos certeiros, e seu túmulo estava terminado antes que a fogueira se extinguisse. Habilmente, ela assou os vegetais nas brasas incandescentes. Agachei-me ao lado dela e comi como se fosse a primeira refeição de minha vida. A comida estava deliciosa. O ar fresco, a fumaça da lenha, a energia aumentada por cavar – tudo estava delicioso. A liberdade estava de volta. Ela esquentou um pote de água e fez chá.

Comecei uma questão com – Quando...

– Oh, não –, disse Liliane. Ela não gostava daquela palavra.

– O que eu coloco no túmulo?

– Apenas você mesma.

Tentei rir. Ela me ajudou a cavar e o buraco tomou forma, e as estrelas encheram o céu. Ela raspou a terra solta e me disse para deitar no buraco. Então ela me cobriu com um cobertor e meus xales coloridos. Ela, melhor vestida do que eu, deitou-se em seu túmulo com uma coberta.

Primeiro, ela me falou sobre os sistemas de estrelas que estavam diretamente acima e, em seguida, dos mais distantes. Depois de uma pausa, ela começou a entoar mantras e pediu que eu seguisse os sons. Percebi que isso levou um longo tempo mas, pela primeira vez, não senti o tempo passando.

– Conte-me a história de sua visita a Rennes-le-Château com José e Dr. Arbós. Apenas os trechos que você não me contou da primeira vez.

Aí estava. Não havia porque continuar esta viagem. Como ela havia me prendido em meu túmulo? Tentei me sentar. Parecia impossível. Liliane prensou meu corpo com pedras entre os xales e o casaco. Perguntei sobre as pedras.

– Elas estão aí para manter você aquecida e afastar os pequenos animais.

A história que contei sobre a tarde de visita à igreja foi a mesma de antes.

– Essa é a história toda?

Claro que não. Fingi que dormia.

– Apenas diga como foi. Tudo. Especialmente a propaganda de chocolate do beco de Girona.

Então, eu contei tudo — a história inteira, incluindo a aparição da figura corcunda. Surpreendentemente, embora o evento tivesse revertido meu senso de realidade, não mexeu muito com ela. Percebi que a história não era o que ela esperava. Os membros da sociedade estavam procurando por algo mais. Eu tinha certeza disso.

– Por que você não contou a José? – perguntou.

– Acabei contando, mas muito tempo depois –. Então lhe perguntei como soubera da história.

– De José –. Ela me levou de volta ao pôster do chocolate e perguntei qual era o motivo de ele aparecer na igreja. Ela disse que Emma Calvé costumava fazer propaganda de chocolate. – Seu rosto estava por toda parte –. Ela completou que, estranhamente, talvez por acaso, o chocolate houvesse desempenhado um pequeno papel na história de Saunière. Ela não me disse por que o pôster deveria ser reproduzido pela luz em uma igreja católica. O que a sociedade

Figura 17.2 Cartaz com a foto de Emma Calvé.

queria? Decidi tentar descobrir. Prestativamente, perguntei se havia algo mais que ela esperava.

– O símbolo cabalístico do *portal*. O símbolo negro. Você deve se lembrar dele.

– Oh, sim –, garanti.

– Onde estava na igreja dele?

Eu não sabia.

– Atrás da aparição.

Fiquei sem saber como responder.

Supus que ela achava que havia partes faltando na história e que isso a abalava. Perguntei se eu corria perigo.

– O padre precisou lhe dizer: "Somente de um cálice dourado". Talvez, você descubra o que isso significa –. Ela queria me acalmar.

– Mas por que o pôster cobria as Estações da Crucificação. Este não é sagrado.

– Talvez ele gostasse de chocolate.

E senti o cheiro de chocolate quente. Aquela sensação pareceu constar da experiência que tive antes de adormecer, de revisitar o passado no jardim da francesa, quando Emma Calvé cantou e os pássaros grasnaram.

Liliane disse que, a seguir, eu aprenderia sobre proteção. Ela pediu que eu me cobrisse, primeiro com luz rosa de modo que eu estivesse selada completamente como se num invólucro. A luz deveria cobrir as solas dos meus pés. Depois eu deveria ver a luz rosa revestida de dourado intenso. – Agora, todos os impulsos e necessidades a abandonam. Entregue-se. Afrouxe toda a tensão. Olhe as estrelas. Solte.

Uma vez, perguntei a José se ele tinha medo de morrer. Ele respondeu: – Temos apenas este momento, mas devemos prosseguir como se a vida fosse eterna.

Deitada em meu túmulo, era como se parte de mim fizesse perguntas a José. Quem é a Senhora do Cálice? Ele respondeu que, ocasionalmente, ela voltava a esta terra. O ritual poderia trazê-la: para curar, salvar, empoderar. Ele entendia que era a Madalena. Fechei os olhos e vi grandes pássaros brancos voando entre mim e as estrelas. Eram livres e alegres. Seriam os espíritos dos iniciados anteriores? Entre eles havia espirais de luz dourada.

– Você tem que mexer suas pernas, braços, seu corpo inteiro –, disse Liliane. – Tensione, solte. Mantenha-o aquecido, a circulação forte.

Sentia criaturas subindo pelas pernas. Pelo peso, não dava para supor o tamanho delas. Ela falou para eu me cobrir novamente de luz dourada, especialmente as solas dos meus pés, e fazer as perguntas: – Onde eu estava entre minha última morte e este nascimento? O que eu vi? – Eu ouvi um farfalhar em meus ouvidos. Achei que ela disse: – Mas você deve passar por isto. Não é bom continuar correndo para ele –. Novamente, perguntei-me se ela lia pensamentos.

Quando José fez o ritual em Girona, em 1976, disse-me que a Senhora do Cálice emanava uma quietude que não se parecia com nada que ele já vira. Disse-me que sentira como se uma porta tivesse sido aberta e ele estivesse sendo puxado para ela e através dela; ele sentiu que havia uma passagem de luz e queria segui-la. – Por que você não seguiu? – perguntei. Ele respondeu que foi porque não sabia se voltaria. O puxão fora tão forte que ele tivera a sensação de segurar nos batentes da porta.

O ritual que José realizou era similar ao ritual praticado pelos cabalistas em Girona na Idade Média. Este ritual estava contido numa equação que ocupava várias páginas, e levava de duas a quatro horas para ser realizado. Era uma equação para a transformação habitual.

Liliane falava novamente. Pelo jeito eu não devia adormecer. Nenhuma chance disso acontecer. Perguntei se ela havia realizado o ritual. Havia feito e agora guiava outros pelo processo. Como?

– Os iniciados fazem atos repetitivos, padronizados e manipulam seus corpos, usando as reações normais do sistema nervoso para alcançar o que podemos chamar de estado de transe ritual. O processo foi descrito no “Livro Jurado”, do qual existem poucos exemplares.

– Entendi que este livro seria um manual místico medieval e que Liliane tinha um exemplar.

Então, minhas lembranças voltaram. Vi o jardim da francesa como aparecera no que, agora, só posso descrever como minha visão. E havia uma propaganda de chocolate na parede da cozinha. Estava em francês e incluía uma foto de Emma Calvé. O chocolate "Guerin-Boutron" era de "*Qualité Supérieur*" (qualidade superior). O escritório ficava na "Rua St. Sulpice, 28, Paris".

Eu ouvi a voz de Saunière, profunda e intensa: – Quero completar o incompleto. As torres marcam o ponto.

Liliane sabia ler pensamentos, ao que parecia, porque comentou o que eu estava pensando: – Mas Saunière falhou. Ele encontrou o portal? Ele não completou o que começou. Praticava a fé, mas conhecia o mal, e seu trabalho nunca foi terminado. Ele nunca uniu Norte e Sul. Quando esses reinos estiverem reunidos, haverá superconsciência; será possível alcançar um plano superior. Outros reinos podem nos alcançar.

– Ele não terminou a viagem –, eu disse em voz alta.

Liliane respondeu:

– Apenas fique quieta e solte. E se entregue à experiência de morte. Não a combata.

O bater dos meus dentes me acordou. Surpreendi-me por ter adormecido. Liliane estava acendendo uma fogueira e preparando chá. Havia uma pálida luz ao leste. Ela começou a cantar e depois, a dançar: – Venha dançar –, disse ela, e me ajudou a levantar, e eu parecia desprender-me do meu túmulo. Esperava que fosse pela última vez.

Liliane começou a tecer sua rápida cadeia de símbolos e influências: – Canigou, Portal, lugar 11, número 7 no quadrado mágico. Deus. Iniciados de *Adonai-ha-aretz*. A.H.A. Meu Senhor da Terra. Décimo *Sephirot* de *Azilith*. Mundo de Deus. Messias não Manifestado. (Egito – Hórus). Perder-se, morrer. Recordar, unir ou juntar; acumular. Peixe e pescar. *Zayr*, a sétima letra do alfabeto hebraico, significa centro, espada, semente –. Perguntei-me se esses poderosos nacos de informações costumavam ajudar os viajantes.

Ela esperou a minha reação.

– Qual é o mais poderoso? – perguntou ela.

Eu estava pensando em "perder-se", "morrer". Também em "recordar", "unir", ou "juntar". Não surpreende que este local seja o Mundo de Deus. É aqui que o Messias não Manifestado apareceria?

Dei a mim mesma um novo lugar próprio, número Zero – Terminar. Tempo para uma decisão: Partiria agora? Era seguro partir? Ou iria até o final, que também era o começo? Recuo ou aventura? Automaticamente quis perguntar à única pessoa que me ajudaria, José, mas eram minhas questões, não dele.

– José foi até o topo? – perguntei. Liliane assentiu. Então presumi que eu também deveria e nos dirigimos até o carro. No banco, eu vi uma descrição de um quadrado mágico: "Quadrado mágico de ordem ou um arranjo de números n^2 integrais visivelmente distintos dispostos num quadrado, de modo que a soma dos números *n* de todas as linhas, colunas e diagonais seja a mesma constante." A linguagem era tão complicada que me fez perceber porque havia tanta coisa que jamais entenderia.

Uma hora depois, estávamos sentadas sobre uma pedra em La Vernet, uma aldeia francesa que era uma estância termal no começo encosta norte de Canigou. Sabia que chegaria a isto. Depois de uma noite deitada em um buraco de terra pútrida infestado de insetos, sentia-me diminuída. Aquele foi meu pior momento até então. Em seguida, Liliane disse que eu deveria encontrar minhas próprias palavras para reparação e pedir perdão.

Não poderia acreditar nesta nova exigência e senti-me pronta para o túmulo, qualquer um. Decidi alugar um quarto num dos muitos hotéis bonitinhos e adiar todas as outras decisões até que estivesse pronta. Ela não gostou disso, argumentando que o estado lamentável no qual me encontrava era precisamente o correto para que eu começasse a subir o monte. Por que mais eu havia me despojado de meus hábitos e minhas defesas? Através de uma consciência aguçada me tornaria livre.

Tudo o que queria era rastejar de volta para casa. Ficamos debatendo a questão, e durante todo o tempo eu sentia a velha fotografia em meu bolso. O que aquela garota teria feito?

– O que tem no topo da montanha? – perguntei.

– Descubra.

Dizendo que tinha que almoçar, levantei-me e me sentei à mesa de um restaurante cheio de pessoas do lugar e turistas no obrigatório horário das 12h30. Liliane veio também e eu disse que tomaria um trem para Paris. Primeiro, porém, pegaria um quarto neste hotel onde ficava o restaurante, porque estava exausta além da conta.

– Eu não sei nada –, disse a ela. – Não descobri nada. José disse apenas o que coloquei em *City of Secrets* (Cidade dos Segredos). Diga-lhes isso –. Eu estava me referindo ao grupo de guardiões.

– Você não consegue perceber que esta viagem lhe foi oferecida por amor, não ameaça? Por que procurar motivos ruins? Você vê que tem que se livrar de seus ressentimentos antigos. Eles impulsionam suas reações atuais e podem levá-la a perder uma experiência maravilhosa.

– O que os guardiões querem? – Não tenho nada a perder, pensei. Mas tinha. – Contarei tudo a você –. Abri meus braços e não teria parecido mais honesta. Nunca mostre suas cartas a seu oponente.

Claro, Liliane tinha respostas reconfortantes. Subiríamos um nível da encosta, passaríamos a noite em um monastério de lá, e então decidiríamos. – E você não tem que voltar para casa via Paris. Eu a levarei de carro para Perpignan e de lá pode tomar um avião para Londres.

Senti-me melhor depois de comer, e andei sozinha pelas ruas tranquilas. Liliane esperou calmamente na trilha da montanha, até amistosa. Talvez sentisse que falhara.

– Agora, subimos –, disse ela, e foi caminhando lenta e facilmente, em meio às árvores. A trilha era razoável, o ar puro e perfumado. No primeiro banco ela parou e fizemos os exercícios.

– Número 7. O iniciado. Primeiro fazemos a cura.

Listei os ressentimentos restantes, mágoas e desilusões da minha vida e pensei que havia terminado.

– Agora, vá à verdadeira questão. Sua filha. Por que colocar o problema inteiro, seja qual for, em seu genro?

– Ex!

– Quero que você pense e se lembre bem da parte dela no problema. Até as pequenas coisas. Especialmente as pequenas coisas.

Sem vontade, trouxe alguns poucos incidentes. Enquanto eu falava, senti um calor nascendo no meu plexo solar, depois em meu peito. As mãos de Liliane estavam erguidas e percebi que eram elas a fonte do calor e da energia.

Qual era a minha parte no problema da família?

Eu não tinha.

O próximo tópico era José. Por que o homem que eu amara, em quem às vezes ainda pensava, não deveria amar outra pessoa? Eu estava cansada demais para tudo isso.

– O que você teve com José ainda está aqui. Na lembrança. Disso você pode estar certa. Aceite as duas condições – seu relacionamento passado e o casamento dele – e então perdoe.

– Perdoar –. Eu preferiria uma árvore carregada de guardiões vingativos. – Perdoe a si mesma primeiro e depois aos outros, as causas de sua dor, os portadores de injustiça. Faça isso e será livre.

Algumas coisas eu nunca poderia perdoar. Levantei-me, preparada para continuar a andar.

– Depois que você fizer isso, você cura o passado, os pais, a infância.

Eu disse que retornaria à aldeia para passar a noite no hotel.

Ela questionou o motivo. Era para me sentir segura? Eu poderia dormir na montanha. Perguntei por que tivemos que passar a noite em um túmulo.

– Para conseguir aceitar a morte. Para sentir a entrega, o desapego.

Eu nunca desistiria. Lutaria até o último suspiro.

– Você tem que deixar este corpo para criar espaço.

Perguntei para quê.

– A viagem.

Aquilo não me soou tão bem, e pensei nas minhas conclusões recentes de que os guardiões me queriam despachada por esses quadrados mágicos, para sempre perdida junto com qualquer conhecimento proibido que eu tivesse adquirido. Ainda assim *houvera* momentos mágicos em minha vida. Eles me permitiriam que eu os carregasse comigo? Teria ocasião para relembrá-los antes do meu fim?

– Quem mandou que você me guiasse? – perguntei.

Ela hesitou. – Isso será explicado para você.

– Gostaria de ouvir isso agora, enquanto estamos no nível do mar. Montanhas me fazem pensar em Lucia.

Ela se levantou e eu não me mexi. Estava desgrenhada, suja, um farrapo de cansada. Queria voltar para baixo agora. – Pessoas não querem dormir nas montanhas, Liliane. É por isso que existem hotéis.

Calmamente ela disse que eu deveria subir até o primeiro refúgio e então poderia escolher entre subir mais ou descer, voltar para casa.

– Eu não posso e não vou subir até o topo –. Eu me mantive irredutível.

Enquanto subíamos, Liliane parecia satisfeita. – Então você ficará mais um pouco? – acreditei que ela achava que eu estivesse sofrendo de paranoia induzida pela exaustão. Talvez eu estivesse. Senti de fato que chegara ao meu extremo. Ela falou sobre quadrados mágicos como se isso ajudasse. – Eles estão nesta terra há mais de 4.120 anos.

Datando do tempo do pré-histórico imperador chinês Yu, há um famoso quadrado Lo Shu que, de acordo com a lenda, apareceu impresso nas costas de uma tartaruga mágica.

Fascinante, mas o que isso tinha a ver comigo?

– Lembre-se, quadrados mágicos eram usados para prevenção de vertigens e também para longevidade, o que no momento concerne a você. Um quadrado mágico é um talismã. Você está cruzando o quadrado de Vênus agora. Ele irá protegê-la.

Ela me ensinou alguns símbolos de proteção que provinham do Egito antigo: Mentalmente, coloque uma pirâmide verde sobre seu inimigo. – Você precisa apenas ver os contornos da pirâmide. Um verde médio. Se o inimigo for particularmente agressivo, mentalize o número 3 na parte média do corpo dele ou dela, no plexo solar. Um 3 verde com uma longa extremidade. Você pode colocar um triângulo verde sobre aqueles a quem teme. Veja seu inimigo em uma luz branca e mentalmente empurre-o até que a pessoa se torne apenas um ponto branco. Proteja-se cobrindo o corpo inteiro, do topo da cabeça até a sola dos pés com uma pirâmide de luz dourada. Pinte-a de dourado brilhante. Use sua imaginação. Ao redor de sua porta, pinte mentalmente uma luz azul, de um azul médio, do Mediterrâneo. Espalhe sal nos cantos do cômodo. Cubra a casa com uma pirâmide verde.

O caminho ainda estava em boas condições, e a subida naquele pequeno trecho bloqueou todos os pensamentos e eu fiquei mais leve, com humor melhor. Ali havia apenas árvores frondosas, campo, pedras. A montanha imperiosa bem fora de vista.

Depois de um refrescante suco de maçã e chá no primeiro refúgio que não passava de uma cabana, escalamos as trilhas estreitas, pedregosas e com acentuadas curvas e voltas. A cada passo a vista expandia-se, mais ampla e magnífica. No final da tarde, Liliane me perguntou novamente se eu conseguia sentir um pouco de perdão quanto aos dois assuntos, do meu genro e do casamento de José, antes inegociáveis.

Respondi que diria sim, mas seria inautêntico. Muito delicadamente, ela respondeu que isso poderia afetar minha experiência ao final da jornada. Percebi a palavra *poderia* e suspeitei que o tom dela seria mais duro da próxima vez que eu desse uma resposta negativa. Garanti a ela que era improvável minha travessia do quadrado 7. Tinha concordado em passar a noite no monastério de São Martin para dar à jornada um final adequado.

Subimos em silêncio em direção a São Martin, e novamente pensei naqueles que vieram antes de mim. Verdaguer parecia tão

Figura 17.3 (à mão – S. Martin de Canigou – Portal número 7) O monastério de S. Martin de Canigou.

mais distante do que os outros, no plano de outra realidade. Ele era o mais evoluído e finamente sintonizado, preenchido de espírito e luz, e ele parecia me reconhecer enquanto eu escalava sua montanha amada.

– Ele teve as mesmas dificuldades de todos os outros –, disse Liliane. – Ele levantava conflitos. O que dizia, as pessoas ouviam. Era carismático. A igreja o expulsou.

Eu não sentia nem percebia nada sobre o antecessor de Quim Carreras, o estudante de direito.

– Ele queria o ritual, o portal, a transformação, a partida e a chegada em níveis elevados de espaço e tempo.

Não entendi.

– A habilidade de deixar estas cinco dimensões e assim se tornar invisível. Ele teve essa sensação frequentemente durante a viagem e disse que, no final, seu corpo "simplesmente não estava ali". Estava "sem necessidades".

– Ele conseguiu todas essas coisas?

– De jeito nenhum. O estudante de direito seguiu pela estrada errada e acreditou que o ritual do *Graal* estava em Arcádia, Grécia. Ele passou o resto de sua vida em Girona, sempre procurando o que os textos antigos que descobriu em Paris lhe prometeram. Antes de morrer, instruiu um jovem estudante chamado Boche a ir para Arcádia, e na subida para esse lugar lúgubre, onde nem mesmo os animais deixavam sombras, o estudante foi assassinado.

Ela se sentou numa pedra e pegou a pasta de documentos. Estava cheia de novas páginas, mais do que nunca. – Você sabe sobre o Zohar, o livro de Cabala. José citou estas páginas quando alcançou este número 7: "A alma, quando enviada à Terra, coloca em vestimenta terrena a fim de ser capaz de olhar, sem danos, no espelho cuja luz procede do Senhor da Luz."

– Verdaguer disse, ao chegar a esse mesmo lugar, quadrado 7, as palavras: "O ar está cheio de almas. As que estão mais próximas da

Terra descem para se ligar a corpos mortais. Elas retornam rapidamente para reclamar corpos, desejosas para viver neles."

– Saunière escreveu: "Senhor, estou feliz neste mundo, e não desejo ir para outro reino, onde serei um servo com avental e exposto a todo tipo de humilhações."

Ela guardou as folhas de volta na pasta. – Eu não gostaria que você pensasse que seus atos pessoais, que podem sabotar sua realização nesta viagem se você continuar subindo, são a pior falta. Saunière, por exemplo, estava envolvido em práticas para ressuscitar os mortos.

Nossa discussão havia se tornado muito interessante, e eu me animei: – Os mortos? O que ele fez a eles?

– É perigoso perturbar a tranquilidade das almas; isso interfere no desenvolvimento evolucionário delas para alcançar estágios mais elevados.

– Ele fez isso?

– Foi o que me disseram.

– Para conseguir o quê?

– Poder, conhecimento. Talvez ele tenha cobrado dinheiro para isso. Entenda, o que ele fez tinha que vir à tona e ser conhecido. Esta viagem é chamada "Andando com a Ursa Maior; Trilhando as Sete Estrelas". Você não terá esta experiência porque está apegada a suas mágoas. Entregue-as na mão de Deus. Ou para a mulher de fumaça.

Eu não tinha certeza quanto à segunda escolha. A paz e o amor que sentira naquele primeiro momento ao ver a mulher de fumaça emanaram da minha companheira. Liliane era mais poderosa do que achei a princípio. Entre outras coisas, ela era feiticeira.

– Pense na mulher de fumaça. Chame-a.

Nós nos sentamos juntas, de olhos fechados. Eu vi um espectro de fumaça serpenteando e subindo ao redor dos caixotes e latas de lixo, como se procurasse pequenos objetos de valor. Seus olhos estavam abertos, redondos e cheios de imensa compaixão.

Ela estava atraída, novamente, a destroços e lixo.

– Não agite os mortos tentando trazê-los de volta. Você interfere no progresso que o espírito está fazendo no próximo reino. Você segura a pessoa.

Liliane estava falando comigo? Os olhos dela ainda estavam fechados, e parecia que ela estava transmitindo uma mensagem ou repetindo algum texto do qual de repente se lembrou. Ela se levantou e disse que tínhamos que nos apressar para chegar ao monastério antes do anoitecer. Estava novamente prática e bem presente, e eu me perguntei se ela conseguia canalizar aqueles que estavam do outro lado da vida.

Quim Carreras fazia parte da sociedade? Ele, o religioso erudito, tinha inveja de José, de sua coragem, seu passado, da admiração que ele ainda recebia na cidade. Cocteau aprovara a singularidade de José. Carreras acusava José de fazer o que ele acreditava sem a devida consideração. Ele escolheu desprezar José por não tomar uma abordagem erudita e racional. Perguntei a Liliane se Carreras fora um membro da sociedade secreta.

– Oh, sim –. Resposta firme.

– Ele está vivo?

– Ali –. Resposta mais firme.

Entendi que estivesse morto.

– Ele fez esta viagem?

– Não. Ele foi para a América do Sul.

– Você quer dizer que ele está morto?

Lembrei-me da última vez que vi Carreras. Tinha a aparência de bem viajado, bronzeado e magro, com os graciosos movimentos de um gato. Seus olhos castanhos desafiadores. A beleza deles me intimidava. Ele disse que Maria Tourdes havia tomado uma decisão de entregar sua vida a Deus.

– Quando a pessoa se mantém aberta, à vontade, não tem uma direção espiritual e pode permitir todo tipo de coisas, especialmente trevas. Que vá em direção da luz e estará segura –, Carreras disse.

Eu lhe perguntei se Saunière era bom ou mau. Ele respondeu que não era juiz do clero na França. Entendia do mal e de como remediá-lo, a luz. Talvez, neste quadrado mágico, número 7, eu devesse considerar o conselho de Carreras. Eu sentia a escuridão ao meu redor, tanto a real quanto a exterior à minha existência.

Disse a Liliane que eu não gostava da sensação sombria. Era negra, opaca, tão escura e densa quanto piche. Agora no limite de minhas forças não conseguia avançar nem acionar a minha escolha preferida, descer.

– Aceite. Peça ajuda. Receba. Cure –. Ela pegou minha mão e tentou me guiar.

Agarrei-me ao pensamento de Verdaguer e como, de cada experiência e estado de espírito que tivera nesta montanha, ele conseguia compor um verso, uma linha, um som. Ela estava falando, explicando, tornando minha dificuldade razoável. Eu sabia que era exaustão, a altitude, os íons muito positivos no ar. Era um clássico ataque de pânico. Parei, tentando respirar e então me enrolei em posição fetal. Ela me levantou e me fez cantar. Juntas, cantamos dois versos de uma tradicional canção catalã que eu havia aprendido anos atrás. Deixei toda a escuridão se esvair na canção. Cantei até não sobrar mais nada e me deitei novamente com o rosto no chão.

Liliane me deu água num copo plástico a qual adicionara gotas de um frasco com tintura de ervas. – Este tipo de ocorrência acontece às vezes. O ritual produz um estímulo do sistema nervoso a tal nível que as defesas normais do cérebro abaixam. A faixa de percepção é, portanto, mais comprida e vívida demais.

– Então eu não serei um deles. Apenas a altos iniciados pode ser dado o processo ritual –. Não sendo um destes, eu ainda me agarrava à posição fetal.

– Não limitemos as coisas.

Eu ainda mantinha o diagnóstico de ataque de pânico. Ela se sentou ao meu lado e não pareceu preocupada.

– Você quer saber onde eram guardados os documentos rituais?

Sentei-me e tirei os chumaços do túmulo da noite passada que estavam em meus cabelos.

– Durante a guerra napoleônica em 1810, eles estavam seguros na casa próxima à capela em Palera, que você visitou. Depois que a guerra acabou em 1820, foram transferidos para a casa da francesa em Girona. Esta casa era, à época, habitada por cônegos da igreja. Muitos desses documentos estavam na família do bisavô de José –. Ela estava tentando prender minha atenção, que eu seguisse suas palavras.

Trêmula, levantei-me e ouvi um tilintar trilha abaixo. Presumi que fosse uma pedra. Continuamos a subida pelo caminho tortuoso e o esforço e o frescor do ar me devolveram um pouco de energia. Não pensei mais sobre o hotel lá embaixo. Pensei em José cavando e limpando o jardim francês. Seria um tributo à memória de Maria, e ele já havia colocado uma placa na entrada: "O Jardim da Francesa". José falou sobre Verdaguer e que ele estava envolvido até certo ponto com a sociedade secreta e utilizava médiuns e práticas ocultas para exorcizar os poderes das trevas. Verdaguer acreditava que a doença era causada pela intervenção demoníaca. A Igreja o exonerou, e ele foi mandado para um retiro próximo a Ripoll. Pensei que era onde o próprio José fora iniciado, mas recentemente, quando perguntei sobre isso, ele apontou para Canigou, dizendo: "Eu estive lá em cima, na montanha." Ele havia evocado lembranças sérias. Lembrei-me de ter perguntado se ele queria se envolver nisso tudo.

– Nunca –. Um pássaro aproximou-se dele, instalou-se num galho, e emitiu o mesmo som dissonante daquele pássaro do jardim judeu durante o concerto. – Ele sempre vem até mim e me chama para ir embora –, disse ele.

– Para onde?

– Para a montanha –. Havia apenas uma montanha para os catalães. E o pássaro havia cantado com todo seu coração.

Então, Liliane me trouxe de volta para o presente e apontou acima por entre as árvores.

– O monastério de San Martin.

Quando eu me dei conta de que deveria ligar para meus filhos, descobri que havia perdido o telefone celular. Olhei com desespero para minha acompanhante, mas ela nunca usava celular. Ocorreu-me que ela o pegara. O pensamento não me deixava. Ele estava comigo no restaurante. E então me lembrei do tilintar que achei que era uma pedra caindo montanha abaixo. Meu telefone?

– Eu posso usar um telefone no monastério? – Parece que o edifício permanecia distante, como todos os objetivos nesta viagem.

– Eles não têm um telefone disponível para os hóspedes. Mas há um no escritório. Você pode perguntar.

O telefone estava bem guardado no meu bolso. Como caíra?

– Quando você se jogou no chão –, ela respondeu.

– Mas eu não posso perdê-lo. Devo voltar?

– Eu lhe disse no começo dessa viagem que você perderia tudo –. E ela continuou subindo, lutando com sua própria exaustão.

Liliane era conhecida pelas freiras e os monges do monastério. Quando eu vivi em Ceret, a chegada de mulheres a essa comunidade masculina levantou vários protestos, especialmente porque as mulheres eram jovens. Eu não tive chance de ver as freiras, visto que me deram uma cela com uma cama, um lavatório e uma janela com vista para o céu. Liliane me trouxe uma bandeja de comida quente e disse que mais tarde eu poderia tomar um banho e poderíamos meditar e orar na capela.

Percebi que as instalações foram recentemente reformadas e eu estava certa. – Turistas vêm durante o ano todo; são trazidos até aqui em jipes, fazem uma excursão guiada, e retornam ao hotel –. Disse ela.

– Então, não é como no tempo de Verdaguer?

– Mas é claro que não –. As vogais dela eram alongadas e seu tom de voz mais alto pela exaustão. Ela se sentou com as pernas cruzadas e disse que deveríamos fazer os exercícios de respiração e uma pequena meditação. Depois, eu poderia fazer perguntas.

Amanhã, eu retornaria a Londres ou continuaria a viagem. Ela me perguntou novamente sobre José e eu lhe respondi que sim, eu ainda queria que ele amasse somente a mim. Eu percebia a tolice disso, mas ainda sofria a perda daquele amor que um dia conheci.

– Mas é claro que todos nós somos separados do amor que um dia conhecemos. Este é o problema constante.

Ela estava falando sobre o período em que fiquei no corpo de minha mãe? Esperava que não. Eu não tinha tanta certeza de que minha mãe havia desejado a gravidez.

– Claro que eu não estou falando de sua mãe –. A voz dela estava mais alta e saía sem restrições por conta do cansaço. Houve batidas de protesto na parede, e de repente ambas começamos a dar risadinhas como crianças. Foi a melhor sensação do dia.

Às 10 da noite, o monastério se encheu de um canto jubiloso, e em meio a isso reconheci o som que erguia meu espírito e fazia meu coração dançar: o Fá sustenido.

Todo este exercício começou porque a cidade de Girona abrigava segredos dos quais eu fui cúmplice quando José sofreu um ataque cardíaco em 2003. Não fosse isso, muito provavelmente eu nunca teria conhecido a existência deles. Eu realmente sabia algo sobre eles, mesmo agora? Alguns me foram contados e pesquisei mais. Outros, que desejavam resultados diferentes, ou me permitiam mais informação, ou me desejavam o mal. Eu escrevi o livro *City of Secrets* (Cidade dos Segredos). Também fiz uso do poder de instituições, que era melhor guardar para mim. Mas ainda assim, Girona teria seus segredos.

Algumas cidades tinham áreas onde o místico, o improvável e o divino convergiam. Em nossa primeira visita a Paris em meados dos anos 1950, meu amigo Beryl e eu tínhamos chamado atenção de

Jean-Paul Sartre e Simone de Beauvoir, que nos recebiam conforme combinado todas as manhãs às 11h nos cafés de Flore ou Bonaparte. Lembro-me de Sartre dizendo que ele achara Nova York carente e sem alma em sua primeira visita. Ele disse: "As ruas parecem tão iguais, como se não tivessem nomes, ao passo que nossas ruas em Paris são cheias de becos, curvas sinuosas e segredos. Eu estava sozinho em uma cidade, Nova York, que acalentava seus segredos". Com isso ele queria dizer que, diferente de Paris, a cidade de Nova York guardava seus segredos para si. Sartre estava animado pela crença de Maurice Barrès de que certas cidades guardavam seus segredos e símbolos, que não eram possíveis em cidades pequenas, no interior, ou no litoral. Sartre conseguia ficar parado diante de uma ruazinha e sentir que as coisas estavam lhe mandando sinais e que era necessário decifrá-los. Era o significado secreto dos objetos que ele queria capturar.

Quando Beryl e eu encontrávamos Sartre e Beauvoir pelas manhãs era principalmente para discutir sobre o existencialismo. Naquele tempo éramos, sem sombra de dúvida, existencialistas vivendo no presente, e então, tínhamos pelo menos uma identidade. Usávamos calças retas apertadas e sandálias de corda que se comprava em Charing Cross Road em Londres por três libras e alguns centavos. Nossas unhas estavam pintadas de preto e usávamos enormes "pega rapazes" como os de Brigitte Bardot, sobre as orelhas, matizados com uma poeira dourada que, em certos dias, ficava verde. Dançávamos na rua pelo gosto e pegávamos as estradas ao léu, contanto que fossem diferentes. Jean-Paul Sartre e Beavouir eram, provavelmente, as duas únicas pessoas que nos entendiam. Eles conseguiam ver além da maquiagem. Vivíamos para o agora. *Amanhã* nem conseguíamos soletrar.

Figura 18.1. O caminho para o Monte Canigou.

CAPÍTULO 18

Avançamos bem ao clarear do dia. Liliane apontou para Pech de Bugarach, bem ao longe do outro lado da planície, atrás de Rennes-le-Château.

- Então é lá onde este mistério todo começou e o motivo de estarmos nesta montanha –. eu disse.

- Sem chance –, ela respondeu.

- Então começou no Egito –. Eu havia dormido o suficiente para estar esperta.

- O mistério começou antes de a viagem ser transferida para o norte. Começou antes de Atlântida. A montanha sagrada era, então, o Monte Sin dos sumérios.

Tive que pedir esclarecimento.

- Depois disso, a montanha sagrada tornou-se o Sião na Terra Santa e depois Canigou, no norte. A viagem pertence aos outros tanto quanto a nós.

Definitivamente, eu não queria estar nela. Queria ir para casa e me sentar no semiconforto medíocre da minha vida com os cachorros e gatos. Camadas estavam sendo descascadas de mim e demasiada informação colocada sobre a minha tênue superfície. Eu não queria mudar. Já era bastante difícil viver com o que eu sabia. Mas era uma manhã bela e divina, e eu a anularia assim.

Conforme tínhamos concordado, Liliane parou na bifurcação e eu tinha que decidir se continuava a viagem. Ela começou a falar sem parar.

– Não terminei o que eu estava contando a você ontem à noite sobre a angustiante sensação de perda. Nós estamos separados do que nos mantinha do outro lado desta vida. Ao chegar a este plano terrestre, deixamos aquele amor de nossos verdadeiros companheiros para fazer esta viagem à solidão com pessoas novas e desconhecidas. E esses seres amados em espírito não podem nos ajudar.

Perguntei por que não.

– Porque nós fomos empurrados a fazer a passagem nesta vida a fim de aprender a lição de separação e perda.

– Mas eu não me lembro destes seres amados.

– Seu espírito se lembra.

Eu não teria acreditado nela, não fosse o surgimento de uma lembrança distante: eu muito pequena, caminhava com meu pai, que estava de licença da Segunda Guerra Mundial. Aquela tarde estava estupendamente bela nas cores, no céu; e eu sentia que essa beleza não pertencia ao "aqui" onde estávamos, mas ao "lá", um lugar meu conhecido, mas não deste mundo. Esse outro lugar estava sempre brilhante, vital e tão mais do que este território emudecido, com suas ruazinhas e cores insípidas. Estávamos numa casa de bonecas, e eu fui espremida dentro dela. Mas a beleza do dia, enquanto eu segurava a mão de meu pai, vinculou-se àquele outro lugar mais real. O céu inebriante e o magnifico pôr do sol ainda permaneciam perfeitamente em minha memória, e eu sabia, – como sabia! – que não devia esquecer ou perder a glória que conheci e de onde havia acabado de vir. Eu era tão pequena, mal andava. Tentei dizer "lá" para meu pai, mas não tinha palavras e ele não podia entender. Ele achou que quando apontei o dedo "lá", quis dizer que eu queria colher uma flor. E ele a colheu para mim, mas isso não era o que eu queria dizer. Esse foi meu primeiro confronto com o mal-entendido.

Mais tarde na vida, quando numa ocasião falei sobre aquela experiência de outro mundo, alguém disse: "Leia Wordsworth. Ele escreveu sobre 'seguir o rastro da glória de onde viemos'."

Agora, parada com Liliane nesta manhã gloriosa, eu ainda me via com meu pai observando aquele pôr do sol avermelhado que levava para outro reino; e as lembranças me devolveram a certeza infantil de que esta existência não era tudo.

Como eu poderia ficar com medo, lembrando o que nunca poderia ser esquecido? Sim, eu iria até o cume.

Liliane e eu continuamos a caminhar; não havia mais necessidade de discussão. Ela cantava canções da montanha e, dessa vez, eu me senti animada, alegre e livre. Revisitei um lugar que tinha perdido; a montanha é que me dera isso.

Almoçamos o que as freiras nos prepararam no próximo planalto, e ela perguntou novamente qual era a minha intenção.

– Para o quê?

– Esta viagem –. Ela comeu calmamente e, com seus dentes grandes e brancos, mastigava cada porção de maneira adequada antes de engolir. Disse a ela que gostaria de passar por um portal. Ela perguntou o motivo. Eu não sabia o motivo, mas me vinha uma crescente sensação de aventura, que tinha a ver com o ar e o bem-estar que senti na montanha.

– Superar um caso de amor –, disse eu, inesperadamente.

– Oh, sim, eu percebo que você precisaria entrar por um portal para algo assim.

Ela estava sendo sarcástica? Seria a primeira vez.

– Os outros iniciados receberam visões?

– Um iniciado precisa dedicar muita atenção à prática para atrair e manifestar um ser da próxima esfera. Dias, semanas de oração, jejum, mantras, meditação, respiração, exercícios. Horas de prática da magia. O ser invocado pode aparecer como Madalena, a Senhora com o Cálice, ou pior. O iniciado não tem controle do tamanho nem do local do ser que aparece. No caso de Carlos Magno, o ser preencheu o céu. No ritual de 1976, permaneceu acima da colina, visível para todas as pessoas.

– Mas trata-se disso. Convocar espíritos – comentei novamente.

– Nem de longe.

À tarde eu já não estava tão confiante. A exultação se evaporara, deixando-me com os pensamentos mais habituais. À nossa frente havia um córrego de lama, e Liliane apontou para uma pedra do outro lado na qual eu deveria pular. Aterrissar naquele objeto que parecia solto, afiado, com toda a força que eu tinha era insanidade. A resposta dela? Ela iria primeiro. Era uma questão de atitude, ela disse. Pedi uma alternativa e olhei para a árvore ao meu lado, verificando se, embora também insano, talvez fosse preferível usá-la.

Ela me fez praticar o pulo de uma pedra para a outra do nosso lado do córrego lamacento, e eu comecei a sentir uma possível confiança tênue. Ela me prometeu que eu me liberaria e superaria o medo. Corremos juntas sem sair do lugar, fizemos alongamentos, corremos mais um pouco, e então ela saltou. Eu tinha razão. A pedra estava solta como dentes de velho, e Liliane conseguiu se agarrar a uma árvore frágil no último instante. Endireitando-se, ela reposicionou a pedra com chutes e muito esforço. Eu sabia que ela o faria. E então, olhou para mim. Ela parecia esperar. Na escola, ginástica nunca fora minha matéria preferida. Lembrei-me dos resultados de quando tentei saltar a cela, a caixa, o cavalo. Não ia dar certo saltar sobre o torvelinho de lama.

– Mas agora você tem escolha –, ela disse.

Sim, eu poderia rezar.

– Você não tem catorze anos.

Eu rezei, e então as palavras de Verdaguer pareceram cantar nas árvores: "Quão poderoso o despertar para ver Canigou apoiando sua fronte no céu, seus pés no mar. A nossa glória emergente passou nas asas de sonhos ilusórios como passam os meteoritos, que vestem o céu."

As palavras espirravam com a lama, inchavam com a brisa. Embora eu não entendesse todas, era como se a montanha falasse por meio de

Verdaguer. E o som de suas palavras bastava para me consolar. Talvez, como ele, eu pertencesse a essa montanha.

Recuei bastante e então corri e pulei com todas as porções de vida que a tarde me deu. Resvalei na pedra, escorreguei e teria caído, mas Liliane me agarrou envolvendo com seus braços gigantes minha minúscula cintura terrena. Um dos meus sapatos se soltou e foi levado pelo lodo amarronzado. Por um instante achei ter ouvido risadas, mas era apenas a lama jorrando como caldo grosso sobre as pedras.

Liliane abriu sua mochila e me deu um par de sapatos seus, e nos afastamos da borda. Os sapatos eram grandes demais. Ela tirou meias grossas e eu as coloquei. Agora os calçados ficaram viáveis. Agradeci a ela e não comentei a perda do sapato.

As próximas duas ou três horas passamos escalando, caminhando, alongando, descansando; não falamos. Eu não ansiava pelo clímax desta viagem. Tinha a sensação de que passaria por uma mudança sobre a qual eu não teria controle. Durante os últimos dias, senti Canigou no fundo do meu íntimo e o sentimento não era nada prazeroso. A montanha parecia se aproximar mesmo quando eu me afastava dela, e agora eu estava em cima dela. Daqui a viagem seguiria para onde? – Haveria algo depois do quadrado 7? – perguntei a Liliane.

Ela não respondeu, perguntei se eu poderia ir até o meio do quadrado de número 7 e então parar e descer o monte. Isso parecia mais seguro.

– Aposto que José não terminou –, disse eu. – E Saunière também não.

Ela suspirou: – José terminou. Saunière desistiu. Verdaguer vivenciou.

Eu não queria me perder. Parecia ser tudo que me restava.

– Mas a perda é o preço de estar aqui. Isso é um fato existencial –, disse Liliane.

Subíamos cada vez mais, e precisei andar de quatro. Repetia algumas linhas que aprendi com Verdaguer, na esperança de que agradassem à montanha: – "O trono dos Pirineus é pequeno demais para você. Para ser grande hoje, você reviveu na sombra da cruz." –. Logo já se via o próximo refúgio e esta visão me animou. Entre esse pensamento e o próximo surgiu, de repente, uma barreira, impedindo a passagem. Era alta, perpendicular, composta de terra, pedras e tocos de árvores. Não dava para contorná-la. Liliane disse que não havia outra opção a não ser escalá-la. Eu me deixei cair e simplesmente desisti. Disse que eu não conseguia.

– Carlos Magno escalaria –, respondeu ela.

Novamente, ela iria primeiro.

Larguei o esforço de me levantar de quatro e permaneci deitada de barriga para baixo nas pedras enquanto ela adotou uma conduta inesperada, citando de memória uma passagem sobre a montanha.

– "Os monges querem ir para a parte norte da Catalunha e coroar a montanha com um sinal secreto, mas há pagãos no pico. Proteja-se em nome de Deus. Antes que o conde morra, permita que cheguemos ao topo de Canigou com o sagrado símbolo da vitória para colocar a coroa" –. Verdaguer escreveu aqui sobre símbolo sagrado. O que você acha que é isso?

Não sabia. Não respondi. Ainda estava deitada de barriga para baixo sobre as pedras. Pedi-lhe para recitar mais.

– Posso apenas lhe dar uma tradução rudimentar. É preciso ler isso em catalão. "As nuvens escuras rodeiam um gigante moribundo já nas alturas, apagando as estrelas uma a uma. Mas a cruz que nos guiava está acima delas. Em nome de Deus, subamos." Alguns morreram na viagem, ao realizar a preparação ritual –, completou Liliane.

– Por quê? – Parecia haver tantas possibilidades de morrer. Eu estava muito incomodada com a parede de terra e pedras. Disse que preferia encontrar outro caminho. Ela disse que não havia tempo. Tempo? O que tinha isso a ver com o todo? Ela apontou para cima; o céu mostrava a previsão do tempo. Nós tínhamos que alcançar o último refúgio depois da linha de árvores antes da tempestade. Ouvi um veículo à distância. Se eu pudesse, teria corrido até onde ele estava e pego uma carona para cima ou para baixo. Ela começou a subir, todos seus músculos empenhados no trabalho. – Siga-me –, disse ela. – No topo, você terá que me empurrar no último trecho.

Copiei os movimentos dela, concentrando-me para não permitir pensamentos que minassem esta lamentável tentativa com o medo das consequências. Areia e arbustos caiam sobre minha cabeça enquanto Liliane se arrastava para o topo. Eu não podia olhar para cima, mas senti que ela estava inclinada, observando-me. Ela ainda não havia chegado lá. Uma nova e horrorosa instrução: – Segure-se com a mão esquerda e empurre minhas nádegas com a direita.

Meus pés tinham que estar melhor colocados. Minha mão esquerda estava agarrando um arbusto seguro, mas soltar a mão direita me tirou o alento. Eu empurrei uma de suas nádegas. Ela me pediu que mantivesse a mão lá até ela alcançar o topo. Então, eu fiquei presa. Eu estava pendurada pela mão esquerda num galho esticado no limite do possível. Eu iria cair e morrer. Não queria pensar sobre a dor. Cuidadosamente, assegurei a ela que deveria soltar a mão esquerda de seu traseiro e pensar apenas em mim. Agarrei uma pedra saliente no instante em que ela se puxou para cima e sumiu de vista. Ela me disse para não olhar para baixo. Sem chance.

– É só esticar a mão e agarrar o próximo galho. Se você fizer isso e subir aqui, terá aberto uma vida inteiramente nova para si. Será capaz de alcançar coisas inimagináveis agora. Apenas estique a mão e confie.

Levou minutos – muitos deles – mas finalmente eu subi, porque estava muito cansada de ter medo. Levantei a mão e fiz contato com aquele galho áspero, finalmente o agarrei, e subi enterrando a ponta dos pés na terra como uma criança desesperada. A outra mão que ainda agarrava o galho instável e solto de antes, soltou-o e se lançou para agarrar a mão esticada de Liliane. E então repentina e improvavelmente, eu estava no topo, e nós duas gritamos em celebração. Ela apontava para a ravina abaixo.

- Veja quão longe você chegou!

- Eu poderia ter morrido fazendo isso.

- Que lugar bom para morrer! - disse ela.

O próximo refúgio era uma simples cabana onde viajantes deixaram frutas e garrafas de água. Havia uma chaleira, xícaras limpas e, na parte de fora, mesa e cadeiras. Liliane tirou de sua mochila outra mágica bem-vinda: sanduíches - pão, queijo, tomates e presunto delicadamente embalados pelas freiras de San Martin.

Deste platô eu via o cume da montanha e perguntei quanto ainda faltava para alcançá-lo. Ela deu sua primeira risada daquele dia: - Você sabe, minha querida amiga, essa pergunta não se faz.

- Qual é realmente o propósito desta viagem?

- Resolver problemas.

- Este quadrado 7?

- Todos eles -. Ela olhou para o céu e não gostou. Talvez visse coisas que eu não conseguia. Tempestades? Um tornado? - Termine de comer; depois vamos para a trilha e, quem sabe, conseguimos uma carona até o último refúgio -. Ela disse que isso normalmente levava uma hora e meia de caminhada, mas achava que não chegaríamos lá antes da tempestade. Percebi que ela conhecia a montanha. Perguntei se às vezes ela subia ao pico.

- Muitas, muitas vezes. Verão, primavera, início do outono. Eu passei noites lá em cima.

Perguntei se suas permanências lá eram uma forma de ritual.

- De forma alguma. Eu apenas deito lá e olho as estrelas e assisto ao amanhecer. É muito além das palavras, por isso nem tentarei usá-las.

Percebi que Liliane amava a montanha. Ela conhecia todos os seus estados de humor: quando confiar nela, quando ficar quieta. Eu a ajudei a tirar a mesa e lavar as xícaras, e novamente ela recitou partes do poema épico de Verdaguer.

– "As nuvens escuras deitaram-se pelo céu como o casaco de um gigante morto e pelos clarões de relâmpagos se vê uma enorme carruagem cruzando o caminho e estranhas vozes ressoam enquanto as nossas se apagam. Quem está subindo para tomar nosso palácio? Devemos deixar nossa porta? Quem sobe? A noite sagrada vem com a cruz. Em nome de Deus, deixe-nos subir."

– Quem está falando nesses versos? – perguntei.

– É Verdaguer, descrevendo os pagãos e os espíritos no pico e os padres que sobem para substituí-los.

A comida fez com que eu me sentisse melhor e consegui andar o resto do caminho. Garanti a Liliane que eu não estava cansada.

– Mas você deve parar antes de se cansar. Você não vai se adiantar ao que está vindo do oeste.

Olhei para o céu e ele estava imaculado. Não havia rajada de vento de uma tempestade se aproximando, nenhum trovão distante. Mas por alguma razão, Liliane insistiu em ir para a trilha, que era bem feita, com espaço suficiente para veículos nas duas direções. Ela acabou nos conseguindo uma carona com um funcionário florestal e, dentro de meia hora, estávamos no refúgio do hotel situado no planalto com uma vista magnífica do cume.

A vista era digna de escrever poemas. Era estupenda. Era maravilhosa. O ar estava limpo e frio. Eu queria ficar ali o resto da minha vida. Não se parecia com nada que já havia visto. Perguntei se ainda estávamos no quadrado mágico número 7. Ela apontou para o cume.

– O Sete.

E ficou óbvio que, de alguma forma – eu nem sonhava como – eu estaria sob as estrelas e "além das palavras" no topo da montanha.

Liliane explicou que possuía uma pequena cabana, mais acima, que pertencera ao serviço de resgate. Ela também salientou a leveza de ser que eu estava experimentando ao defrontar-me com o topo da montanha. Essa leveza não teria sido possível, ela disse, se eu não tivesse feito o trabalho de preparação e mudança durante as últimas duas semanas. Talvez agora eu compreendesse a mudança e soubesse que eu era uma pessoa diferente. Até mesmo meu físico estava alterado, ela me disse.

O refúgio, sob administração familiar, era antigo e preenchido da atmosfera de várias décadas. Eu não precisava de minhas habilidades de absorção aqui. Nas paredes havia pôsteres rasgados dos anos 1920. O balcão do bar pertencia a outra era. A sala de jantar era grande, com mesas compridas e piso de madeira. O terraço era voltado para a montanha e abrigava contra os ventos, exceto o tramontana. A lareira, grande o bastante para aquecer o cômodo, tinha duas dúzias de confortáveis assentos ao seu redor. A família se misturava aos hóspedes, jogava cartas e promovia noites de dança francesa. Havia lugar para cem clientes por noite, e alguns ficavam com pensão completa e hospedagem durante vários dias. Os quartos eram pequenos, simples e escrupulosamente limpos. O ar, composto de elementos diferentes daqueles aos quais eu estava acostumada a centenas de metros abaixo em uma cidade ruim, ferida com uma atmosfera negativa, encheu-me de prazer. O chão era duro e havia poucas árvores, mas minha atenção se voltava constantemente para a montanha. Suas cristas, seu corpo, estavam tão perto, tão disponíveis e ainda assim o cume parecia muito mais distante daqui do que das planícies. A mulher que cuidava do bar era doce e tranquila. O lugar exigia a paz por direito.

– Eu gostaria de não precisar ir embora daqui –, disse.

– Então por que você iria? – perguntou ela, olhar sábio. – Seria bom para você aqui em cima.

– E que tal descer?

– O que tem isso? – Ela mesma ficava neste refúgio com a vista de sua amada montanha durante semanas de cada vez. O refúgio fechava no início de outubro e abria em abril ou maio. O sentimento de paz se intensificava com o passar das horas. Mais tarde, perguntei quanto tempo levaria para chegar ao topo, e ela respondeu que achava que alguém acostumado a escaladas poderia fazer isso em menos de uma hora.

– Caminhando?

Não havia outro modo.

Falamos sobre a cerimônia do dia mais longo e sobre os catalães dos dois lados da fronteira que subiam até o topo e celebravam o solstício, cantando canções catalãs e segurando tochas flamejantes até o nascer do sol. Alguns desciam correndo a montanha, atravessavam as aldeias da Catalunha, passando as tochas acesas um ao outro. Isso levava a noite inteira.

Liliane, com cabelo lavado e preso, estava sentada ao meu lado no bar, tomando chocolate quente. – Então, onde estamos com o jardim francês? O que você descobriu em suas meditações? – Ela queria me pegar de surpresa.

– Nada. Eu me lembro bem menos dele.

– Volte ao sonho –. Ela me fez contá-lo da melhor maneira possível. – Olhe para a cor do vestido da diva Emma Calvé. Qual é?

Não conseguia me lembrar. Sobre o que o padre falara? Eu pensei que era uma visão que apareceu próximo à fonte.

Quase hipnoticamente, Liliane me levou de volta ao jardim, e o que eu vi? Ouvia o zumbido dos insetos. As mulheres se refrescavam com pequenos leques bordados e bebiam suco refrescante de limão. O padre chutava o chão e raspava a sola de seu sapato.

– Por quê? – perguntou ela, quando parei de falar.

Por quê? Era como se ele tivesse visto algo. Ou tivesse pisado em algo desagradável. Ou seus sapatos não estavam limpos. Disse que achava que ele tinha um caráter inquieto.

– Você viu? O que ele raspava?

– Eu não estava numa posição para ver.

Ela resolveu então falar sobre os pássaros. O que havia ao lado da árvore? Achei que era uma escada de jardineiro, mas seu formato era esquisito, como uma escada com degraus. Quantos degraus? Sete. Quanto mais entrava no estado hipnótico, mais pronunciadas ficavam as imagens. Uma mulher saudável, roliça, parada no último degrau, oferecia uma maçã que ela havia colhido da árvore.

– Por que os pássaros interromperam o concerto? – Liliane esperou. – Observe o pássaro.

– Ele não gostou do canto de Calvé. Ou ela alcançou uma nota que provocou o pássaro, assim como aconteceu no centro judaico.

Eu estava acordada agora. Liliane tinha me perdido.

– Que nota?

Não sabia. Estava irritada. Queria sair e olhar para a montanha.

– Alta? Baixa? – Ela não queria me deixar escapar com respostas aproximadas.

– Alta. Foi uma luta alcançá-la –. Eu me lembrava disso.

– Cante-a –, ordenou ela. – Você sabe cantar.

E eu cantei, mas não sabia se era a nota certa.

– Um fá sustenido agudo –. Liliane estava contente.

Ela colocou todas suas roupas e disse que tínhamos que caminhar antes que esfriasse.

Do que se tratava aquela casa com a torre? O que eu não havia entendido? A questão ficava cada vez mais importante, urgente.

Alpinistas desceram da montanha e entraram rapidamente no refúgio. Minha guia fez outra pergunta, mas eu não ouvi porque o vento aumentara. Um alpinista gritou um aviso, e Liliane levantou a mão, aceitando.

– Você se lembra da marca negra do lado de fora da aldeia de Cassa e outra no santuário em Girona? Ou daquela ao lado da lata de lixo em Collioure?

Não me lembrava. O vento tomava toda minha atenção.

– Ela assinala o lugar onde aconteceu uma visão.

Lembrei-me só disso, mas não da forma ou do tamanho das marcas.

– Você viu a marca em outro lugar?

Não tinha ideia e respondi de forma rude: – Não consigo me lembrar de tudo. Tenho memória seletiva. Não consigo encher minha mente com coisas triviais. Não sobraria espaço para coisas reais.

Ela riu de verdade.

– A marca negra queimada, sempre a mesma, mostra o lugar de aparição de outra dimensão. Ela é um sinal de proteção, mas quase sempre é o símbolo de um portal, uma passagem – *Daleth*, número 4.

E então percebi algo que deveria ter percebido antes. A mulher roliça no alto da escada não poderia ter oferecido a maçã da árvore por que essa era uma palmeira real. Liliane sugeriu que não era maçã, mas outra coisa. Eu pensei sobre as distorções típicas de um sonho.

A tempestade da qual ela correra apareceu repentinamente como tiros de arma de fogo. As árvores frágeis estremeciam como se lamentassem. Disse a ela que poderia adicionar tempestade à minha lista de medos. Relâmpagos trouxeram ao terraço hóspedes que amavam tempestades.

Liliane e eu fomos ao quarto dela para meditar e cantar juntas, e experimentar as mudanças sutis, se houvesse, no espaço ao nosso redor. Eu conseguia detectar uma diferença na atmosfera entre a direita e a esquerda? Não. Não era uma pergunta à toa. Ela estava procurando uma experiência que eu iria precisar. A tempestade me fez enterrar a cabeça no colo e tapar os ouvidos com as mãos. Continuava pensando nas palavras: "Um covarde morre mil vezes, um herói, apenas uma." Alguém me disse isso durante tempestades no passado.

– Você não está cansada de ficar com medo? – ela perguntou delicadamente.

– Faria alguma diferença?

– Aqui só temos a beirada da tempestade. Logo passa.

– E então, virá outro medo.

Ela riu e, dando-me um copo de água, disse que agora faria mais perguntas. Tive certeza então que era seu trabalho: ela trabalhava para aquela sociedade em Girona e precisava saber de uma coisa específica que eles obviamente pensavam que eu vira. Eu contaria a eles e então, eles me matariam. Eu tinha a resposta que eles sempre tinham procurado e precisavam? Será que eu percebera o elo perdido que eles procuravam? Mesmo assim, eles ainda me matariam. Eu não deveria chegar perto daquele pico. A ironia é que eu não tinha a mínima ideia do que eles queriam saber. Mas eu tinha certeza de que, mesmo se tivesse, o melhor seria permanecer em silêncio.

O jantar foi abundante, a sala de jantar estava cheia. Uma imensa tora queimava, e os lugares ao redor dela foram logo ocupados. Os hóspedes tinham comido e bebido até se satisfazerem e agora contavam histórias da montanha. E quando eles se foram, Liliane e eu ficamos com o lugar só para nós.

– Partimos ao amanhecer –, disse ela.

Queria perguntar o que ela queria de mim, mas não ousei. Antes de irmos para cama, perguntei de novo por que tínhamos passado a noite num túmulo.

– Eu disse a você. Para fazermos amizade com a morte.

– Esse é o fim ou o começo da viagem?

– Para algumas pessoas –. Ela estava sendo intencionalmente ambígua?

Senti-me cada vez mais incomodada.

Ela disse: – O padre de Saint Feliu não fez isso. Sabemos que Saunière não fez. Ele apenas queria informações rápidas e tentou comprá-las.

Talvez eu estivesse finalmente alerta para as mudanças de energia, porque então eu estava sentindo uma mudança nela. Liliane não estava calma.

– Em que estágio estamos agora?

– Redenção.

Não gostei de ouvir aquilo.

– Hoje à noite você fará um ato de entrega. Você entrega sua vontade, sua vida. Isso é uma ação.

– Para quê? Para quem?

– Para Deus, eu sugeriria.

Naquela noite sonhei que estava na frente do velho pôster do chocolate no beco atrás do hotel de José em Girona, onde nenhuma luz chegava e as lanternas antigas retinindo ao vento da montanha não conseguiam iluminar a escuridão fervilhando de olhos de gatos. Uma lua nova estava presa no final do beco, sua essência prateada brilhando nos olhos daquelas criaturas, denunciando seu esconderijo, e elas começaram a uivar e a guinchar em obediência a esta influência lunar. Eu parecia estar apoiada na antiga parede de pedra, o pôster dos anos 1940 rasgado e descascando. Era onde eu costumava encontrar José em meados dos anos 1950. Um vento gelado do Canigou chocalhou as lixeiras e bateu as portas. Apenas o preto e a prata existiam aqui; nenhuma cor penetrava. O sino da catedral bateu meia-noite, ecoado pelos relógios menores ao longo da amada cidade, e eu sabia que ele viria e que esse era o único lugar existente ao qual ele poderia vir. Esperei por ele em um beco próximo ao restaurante, Chez Beatrice.

– Mas está fechado há anos –. A voz não era de José. Era parte do sonho então.

E depois eu senti a água-de-colônia que ele usava no cabelo e ansiei pelo toque que se seguiria. Eu ansiava por ele, por este homem que detinha, mesmo agora, todas as memórias de nossas vidas; e seus lábios contra meu ouvido, embora, é claro, eu nunca pudesse vê-lo.

– *C'est le destin, peut-être* –, ele me disse. – É o destino, talvez.

E então, no final da tempestade, eu acordei para o dia radiante. A luz parecia jorrar da própria montanha, embora aquele lugar preto e branco banhado pelo luar ainda permanecesse comigo.

Figura 19.1 Local 11, Monte Canigou, Portal

CAPÍTULO 19

O dia depois da tempestade estava claro e abençoado, o ar translúcido pontilhado de minúsculas gotas brilhantes de luz. Pela primeira vez em semanas, ousei simplesmente desfrutar da existência. Esta felicidade inesperada permitiu que eu escapasse das crescentes ansiedades que esperavam como credores pacientes, precisando ser finalmente reconhecidos. Esta viagem tratava de sobrevivência, não de rendição. Para sobreviver, deveria gastar toda minha energia de forma responsável; e aqui estava eu, livre como um pássaro, pairando sobre um trecho do lago, unida aos pedacinhos de luz, esplendidamente brilhantes na água. A alegria inesperada do momento pertencia à infância, de uma época antes da ansiedade e escuridão. Eu não tinha certeza se essa época tinha realmente existido, mas a inocência e a alegria de criança era uma ideia à qual eu me agarrava com amor.

Nesse lago, a uma hora de caminhada do refúgio, Liliane deixou o barco deslizar devagar até a margem oposta. Partes da superfície da água ainda estavam congeladas, espessas o bastante para patinar. Dessa vez, subi até a margem sozinha. Ela amarrou o barco em uma árvore e leu alguns papéis de sua pasta de documentos. Poucos restavam.

Enquanto descíamos pela floresta até uma clareira que ela queria visitar, a luz fazia maravilhosos desenhos compostos de sol, sombra, galhos, gelo. A brisa repentina animou a cena de um castelo com figuras rendadas dançando e um trovador com um chapéu alto. O trovador caiu no chão, seu chapéu de gelo derreteu-se ao sol.

– No final do quadrado mágico número 7, José disse que, embora fosse da terra, momentaneamente, fora liberto da força da gravidade para um mundo criado de luz –, disse-me Liliane. – As próprias estruturas desse mundo pareciam ter sido feitas de luz, e foi ali que ele tinha sentido tudo que deveria e mais. Mas ele não podia ficar lá. Teve que deixar as figuras cristalinas de sol e gelo e permanecer na terra –. Ela apontou para o império ao nosso redor ainda feito de gelo e sol, a luz branca passando pelas árvores, movendo-se em uma brisa gelada.

– E então, aonde ele foi?

– Para onde se preparou para ir.

– Para onde eu vou?

– Você tem escolha.

Gostei disso. Não gostei disso. Inclinei-me para ver o trovador caído que agora era um simples montinho de gravetos. O castelo com as figuras dançantes havia assumido nova forma – uma cabeça sorridente usando uma coroa que se ergueu e deslizou no calor perigoso do sol se aproximando, rodeada por figuras animadas de ouro com cabeças pontiagudas, assentindo, e pernas finas, cruzadas, fofocando sem parar.

– Voltaremos caminhando pelo gelo –. Novamente, aparecia a definitiva tolerância de Liliane com o perigo. Eu disse sim. Talvez estivesse me acostumando a isso. Continuamos descendo e no caminho havia uma pequena capela de pedra. A porta estava bem trancada por um fecho. Ela o destravou e abriu bem a porta, deixando entrarem a luz e o ar.

– Entre –. Ela estava atrás de mim.

O que era isto? O fim, o começo? Hesitei.

Então ela percebeu que devia entrar primeiro. Lá dentro, acendeu uma vela.

– Venha ver isto –. Ela apontou para frente, e eu espiei pela porta entreaberta e não vi nada obviamente perigoso. Ocorreu-me que, sendo mais forte que eu, ela poderia empurrar-me para o chão, sair e me trancar lá dentro. Quem ouviria meus gritos? Os pássaros? O que aconteceu com minha confiança nela?

Finalmente, o artefato na parede na capela chamou minha atenção. Pintado na madeira, a cor ainda estava vibrante, descascando pouco, mesmo tendo sido pintado no século XVII. Era retangular, o topo curvo em semicírculo e sem moldura. – Você já o viu antes? – ela perguntou.

Estaria se referindo ao artefato? Nele, uma mulher estava no sétimo degrau de uma escada apoiada na árvore, colhendo uma fruta de um galho. Dois homens esperavam embaixo. A árvore, redonda como uma bola, tinha folhagem espessa e um tronco robusto. Muitos pássaros alçavam voo a partir de seus galhos. Viam-se camadas de paisagem por trás da árvore, e uma coroa cravejada de pedras preciosas circundava a base do tronco. Uma cesta estava pendurada ao lado da mulher.

– Ela está no degrau 7. Isso é significante. E a coroa mostra elevação, poder, honra. Este é o quadrado número 7 –, disse Liliane.

– Ela está colhendo maçãs.

– Oh, não. Galhos. Eles serão descascados e se tornarão bastões.

Ela esperou, mas eu não tinha nada a dizer. Sim, a escada era dourada.

– Um bastão dessa árvore é dado ao peregrino em sua passagem pelo 7 –. Perguntei se eu receberia um. – Não a esta altura –. Num dado momento, ela me disse o nome da árvore, mas eu o perdi no que se seguiu e não fui capaz de encontrá-lo desde então. Pode ter sido *freixo* ou *zimbro*.

No momento eu olhava para a paisagem pintada ao redor das árvores e reconheci Canigou ao longe. Perguntei se os pássaros faziam parte da peregrinação.

– Mas claro. Eles são símbolos de iluminação.

Sentamos no banco estreito e envernizado para examinar mais a fundo esse trabalho bastante comum. Perguntei quem cuidava dessa capela.

– Eu cuido. Essa pintura retrata o que estava no jardim do seu sonho?

Disse que não. Agora desconfiada, teria dito não de qualquer maneira. Em meu sonho, a mulher tinha uma maçã e não um galho e a escada era uma escadaria. Disse a ela que normalmente nunca me lembrava de sonhos, o que era verdade.

– Temos que conseguir um bastão para você. Para sua peregrinação. Você o leva consigo.

– Então eu posso ir para o topo da montanha, ou o quê? Qual é a outra parte da escolha que eu tenho?

– Você pode se sentar aqui e meditar.

Eu estava surpresa. Isso soou tão simples.

– Então eu não tenho que ir até o fim?

– Essa será sua decisão.

– O que eu perderei?

– Oh, bem, isso é outra coisa, inteiramente diferente.

Depois de uma hora ou mais, ela me levou de volta para o refúgio e me fez sete perguntas. Disse que ela as faria de novo e então a escolha seria feita.

– Você perdoa seu genro? – perguntou ela.

– Não.

– Esta seria uma boa hora para soltar esse ressentimento. Senão você poderá perder o esplendor.

– Esse ressentimento vai morrer comigo.

Eu havia soltado o meu apego a José?

Nunca. Não dava. Eu tinha esperança de que as outras cinco perguntas fossem mais fáceis.

Elas apenas pareceram fáceis: Eu entreguei minha vontade nas mãos do supremo espírito do universo? Caminhei com meu bastão, intocada, através do mal? Eu estava preparada para ver o que minha guia achasse que eu deveria ver? Dedicaria o resto da minha existência terrena a ajudar os outros em suas viagens? Juraria não revelar o conteúdo de minha viagem?

Eu disse sim, e então a viagem se tornou uma peregrinação.

Faríamos a preparação. Ela queimou óleo e o cântico começou. A cura dos chacras foi forte, a fumaça do óleo e dos galhos tornavam minha cabeça leve. Sentia um leve deslocar por todo meu sistema nervoso. Os movimentos que eu devia fazer eram repetitivos e me exauriram completamente.

Quando finalmente me levantei, senti como se eu estivesse mais alta. Cinzas dos gravetos queimados cobriam o chão. O cheiro do óleo queimado permaneceu comigo.

Lá fora, o topo da montanha estava rosado, iluminado pelo sol. Eu o observava sem me importar com o frio. Todo o medo tinha ido embora, eu estava pronta para a viagem. Entendi que eu sabia muito pouco sobre o quadro maior, a imensidão da vida. Observando a montanha, perguntei-me por que estava silenciosa. E se não estivesse de fato em silêncio, mas emitindo um som enorme, alto demais para que ouvíssemos? Se ouvíssemos, nossos crânios rachariam.

As árvores ao lado do refúgio estavam secas, atrofiadas e contorcidas pelos ventos e tempestades. Não eram adequadas para o pior dos bastões. Até eu percebia isso. Liliane voltou para a floresta abaixo e cortou um galho fino e reto de pinheiro montanhês, que ela foi descascando até chegar a um admirável bastão. O dono do refúgio o agitou e admirou seu gesto decidido. Ele trouxe um pote de verniz para selar perfeitamente a madeira.

– Isso repelirá animais, mas não o anjo caído –. Ele riu.

Por que mencionar isso? Pensei em Lucia nesta montanha, sua morte. E me lembrei de outra montanha, São Pedro de Roda, menos amedrontadora, quando Lucia e eu tínhamos ido lá com um grupo de amigos em meados dos anos 1950. Algo aconteceu lá. Eu nunca entendi o que Lucia vira. Achei prudente pesquisar um pouco o assunto antes de subir mais. O que *tinha* acontecido em São Pedro na noite em que Jodi Soler bateu à porta do monastério vazio? Liliane poderia completar a história? Ela agitou o bastão e o deu para mim.

– O que Lucia e os outros viram era uma aparição? – perguntei.

– Disse a você que não.

– O que aquilo fez?

– Aquilo começou a descer pelo monte e Lluís pensou que era uma mulher. Como tinha parado, o grupo viu que tinha o rosto de Lucia, mas mais envelhecido. A coisa falou com eles. Falou como ela teria falado, ainda que a própria Lucia estivesse parada ali, ao lado deles. A coisa deu um aviso: Lucia deveria devolver para a montanha aquilo que, de outra forma, inevitavelmente cairia nas mãos do mal. O que quer que aquilo fosse, aterrorizou Lucia, mas os outros apenas acharam que estavam bêbados.

– O que era aquilo que ela precisaria devolver?

– O que você esteve trabalhando em sua pesquisa. O ritual do *Graal*. O cálice.

– Você quer que eu suba a montanha? – olhei para o pico ainda mais distante. – E me conta isso agora. Lembre-se, por favor, que Lucia morreu no processo.

– Lucia tirou seu vestido dourado e declarou que nunca mais iria vestir dourado –, concluiu Liliane.

– Por quê? – perguntei.

– Ela não queria mais ostentar ouro. Depois do que ela viu e ouviu naquela noite no São Pedro, a fortuna tornou-se, talvez, o inimigo.

Andamos rapidamente pela primeira vez rumo à encosta, agora coberta de gelo. Como o cume poderia estar simplesmente a uma hora de distância? Eu disse algo sobre distâncias serem enganadoras.

– E aparências –. A Liliane nunca faltavam palavras. Elas jorravam dela, exatamente aquelas que escolhia. Esta fluência era resultado da viagem? Alcançar o destino? – É a viagem que conta –, disse ela. – Não o destino. Saunière era um homem de aparências, você não diria? Pense no seu sonho do jardim.

Fora um sonho? Eu definitivamente voltara lá, àquela casa e ao jardim naquele dia dos anos 1890, mas como eu poderia ter feito tal visita? Esse mistério era mais alarmante do que tudo. Tentei fazer Liliane entender isso, mas ela respondeu com uma observação consoladora sobre pessoas intuitivas que conseguiam ir e voltar de suas vidas passadas, especialmente ao serem estimuladas por uma prática sob a Ursa Maior. Sob essa influência, mesmo uma pessoa comum e fechada poderia ver muitas coisas. O nome acadiano da Ursa Maior era *Akanna*, e no Egito, a mais proeminente estrela nessa constelação era chamada *Ak*, que significa "o olho".

– O símbolo do olho era importante para os egípcios –, explicou Liliane. – O olho direito representava o Sol, o esquerdo, a Lua. Eles eram chamados de "os olhos de Hórus" os olhos visionários, portanto é surpresa que você veja os dois, presente e passado num tempo determinado naquele jardim? Sua pergunta deveria ser: o que há com o jardim?

Então, lá vamos nós de novo.

– Saunière era bom? Mau?

Que hora para essa pergunta, presas como estávamos a dois mil metros de altura numa montanha.

– Ele tomou muito poder para si –, respondeu. – Agradou a seu ego. Ele desceu a escada para a ganância, poder e escuridão. Nós temos escolha.

Esperava que sim. Percebi que ela estava me alertando sobre Saunière, na esperança de que eu reconsiderasse meu silêncio sobre meu lado obscuro e falasse mais. Eu não tinha opinião sobre ele. O padre tinha se tornado rico, inexplicável e repentinamente, de forma inacreditável. Foi a Paris, e de lá diretamente para a Espanha, fez um estranho conjunto de símbolos em sua igreja e uma torre que ninguém entendeu, comia e bebia bem e, presumivelmente, tinha inimigos. Mas ele queria alguma coisa mais. De outro modo, por que se incomodar com a casa, a torre e Maria Tourdes?

Caminhamos pouco, e o refúgio já estava bem distante, abaixo, na encosta da montanha, quase escondido.

– Este cume é um portal, não é?

– Mas é claro. Local 11 da viagem.

Eu estava sozinha aqui nas rochas, longe da ajuda humana. Nem sabia mais o que pensar de Liliane. Os arredores, a atmosfera, o céu me preenchiam com um sentimento de reverência. Em proporções bíblicas. Talvez devesse fazer o que ela disse quanto ao perdão. Eu jurara jamais perdoar, mas isso foi lá embaixo, em Perpignan. Aqui em cima era outra coisa. Disse que morreria odiando meu genro, mas esses eram pensamentos de Perpignan. Estava diante dessa imensa paisagem que nada tinha a ver com meu passado ou comigo. Eu era uma intrusa. Seria melhor me tornar uma peregrina.

Ajoelhei-me na superfície branca e reluzente da montanha enquanto surgia o arco lunar e pedi perdão. Achava que jamais me ajoelharia; esse foi o primeiro milagre. Liliane se ajoelhou ao meu lado, disse uma oração para mim e me abraçou com força, amor, consolo. Eu tinha que lutar muito para não chorar. Sim, aqui em cima não era a mesma coisa que lá embaixo. Nem em milhares de vidas.

Liliane disse que agora iriamos comer e não tomar nenhuma decisão. Voltamos para o refúgio. As janelas estavam enfeitadas com luzes etéreas, e eu caminhei na direção dele como se fosse meu verdadeiro lar, sempre buscado e nunca encontrado. Dentro, senti o cheiro da abundância de vida e de bondade, não os estragos da nostalgia e da perda. Sentamos perto do fogo e ela falou, repentinamente, sobre sua vida.

– Vim para cá em meados dos anos 1960 e me coloquei no meio de uma floresta numa montanha. Morei numa cabana abandonada. Não tinha telefone, água, banheiro, televisão, rádio e tive que me virar assim. Por dias não havia ninguém. Apenas eu e meus pensamentos. E vim do centro de Manhattan.

– E o que aconteceu?

– Eu tinha que conhecer a mim mesma. Depois de um ano, eu conseguia me ligar a qualquer coisa longe ou perto. Depois de mais 10 anos, eu podia atravessar a estratosfera –. Ela perguntou, de repente, se eu tinha alguma pergunta.

Como o dono do refúgio havia mencionado um anjo, perguntei o que era exatamente um anjo caído. Aquele que ele mencionara era o mesmo que estava no poço em Ripoll?

– Em espírito, tudo tem um ego até passar à evolução em outro nível de existência. Todos os egos são entidades pensantes, racionais que viveram em formas humanas ou em outras no ciclo de vida anterior. Se for seu carma encarnarem novamente, eles têm que se sujeitar à lei do carma. Se eles demorarem a cumprir, ou se recusarem, como fez o arcanjo Miguel, no devido tempo, os corpos predestinados a eles se maculam. Anjos rebeldes são, então, lançados ao Inferno com seus espíritos puros e egos aprisionados em corpos de matéria impura, em outras palavras, carne, só para retornarem à terra para cumprir seu período cármico de encarnação. Mas eles não são daqui. Aquele em Ripoll, feito de fumaça azul, não tinha um corpo físico. Foi jogado ao poço para cumprir seu tempo.

– Para quê?

– Para voltar ao espírito.

– Então, quanto tempo eu tenho que esperar para ir ao cume?

– Vamos agora.

Mal consegui entender. Certamente, ela cometera um erro. Perguntei novamente, e ela colocou o bastão e uma garrafa térmica de chá em cima da mesa. – Antes de escurecer.

– O cajado do pastor, que se torna o círculo e a serpente –, disse o dono do refúgio. – Com isso, Moisés desafiou os magos. Está na Bíblia. Vou buscar os cobertores que vocês irão precisar.

Eu me levantei, derrubando a cadeira para trás. – Tenho que telefonar para meus filhos –, corri ao bar para usar o telefone. A conexão estava tão ruim que eu mal sabia quem estava falando. Voltei e peguei a garrafa, o bastão. Larguei-os, impetuosamente. – Mas eu preciso ligar para José.

– Que sua próxima ligação seja para Deus –, disse ela.

– Então você está numa peregrinação –. Liliane falava calmamente. – Já foi combinado que você será recebida no portal.

Isso me encheu de perguntas que ela optou por não responder.

– Quem é que vou encontrar, e por quê?

– Expectativas não ajudam. Confiança seria um aliado muito melhor.

– E depois da peregrinação?

– Renascimento.

– Onde?

– Você quer uma apólice de seguro? Não existem apólices de seguro em casos de amor ou peregrinações ou em qualquer coisa na vida que importa.

– José fez isso? Conte-me.

Ela me segurou pelo braço, confortando e acalmando, pois de repente eu escorreguei no gelo. Queria que ela falasse sobre o que faríamos *depois* do portal. O céu ainda estava azul. Ia ficando mais claro à medida que subíamos. Por um lado eu estava nervosa, e por outro sentia que era meu direito completar essa viagem. Eu iria até o fim e o começo. Por que eu deveria ser sempre portadora, cronista das ações dos outros? Essa ação seria minha. Por que estava sempre à sombra da fama dos outros?

– Você sobe a montanha e conhecerá a liberdade. E então a cura, e depois amor.

– O que tenho que fazer? No portal?

– Sintonize-se como tem feito nas últimas semanas. E o espaço à sua frente mudará. Ele se abrirá.

Eu queria ter certeza do que exatamente era um portal. Entendia que ele era como um buraco de minhoca para outras eras, outros locais.

– Portais são pontos precisos em diversos locais neste planeta. Podem se aproximar deles aqueles que estão suficientemente iniciados para reconhecer a vibração e se sintonizar com a ressonância. Para o olhar comum, um portal é invisível. É uma passagem para além das cinco dimensões conhecidas; alguns insistem em que há apenas quatro. O limite de cada dimensão é nove, e um novo nível começa no dez. Portais possuem um magnetismo que pode ser imenso. Não são todos iguais. Alguns são mais fracos; outros carregam desejos negativos e eventos passados, malignos. Alguns são tão gloriosos que não podem ser abordados, tão poderosos que passar perto deles levaria à desmaterialização. Esses portais são protegidos por uma área de baixa energia à sua volta; aqueles que entram nessa zona se sentem deprimidos e indispostos e vão embora. Portais contêm tudo o que foi e o que será. Você deve sintonizar-se, ter alguma habilidade para fazer isso, até para falar sobre portais.

– Até agora, nessa viagem, eu fiz isso?

Ela não hesitou: – Não.

– Por que eu devo chegar perto deste?

– Ele está relacionado com você.

– Como volto?

– Pela polaridade. Você irá do Norte ao Sul, e depois volta ao Norte, que é de onde todos nós viemos. E nunca se esqueça disso. É perigoso. Não perca seu Norte. É o que se diz na Espanha –. Ela recitou de memória as frases de Verdaguer, traduzidas para mim, que combinavam perfeitamente com a montanha. – "Oh, salve Catalunha: a noite escura se afasta. As nuvens derretem. O sol brilha em seu cume puro. Adeus, cavernas de Ribes. Jamais as verei novamente. Fonte purificadora de águas vivas. Cesta de flores de Nuria e rincões de névoa verde pendem do céu. Os carregadores de lenha nunca ouvirão meu canto ao seguirem seus caminhos, e o pastor que está observando a floresta não verá nossas roupas quando a manhã começar. Cavaleiros iluminados pelo amor não mais virão para as cavernas que só foram abertas pelo amor. Se alguém encontrar meu ninho mais uma vez, irá achá-lo sem mim. Nessas montanhas para tirar minha fama vestido de fogo vem Conde Arnau. O sol e as marias que o coração ama para sempre adeus."

- Ele fala do portal que só pode ser aberto pelo amor. Lembre-se dessas palavras –, disse ela.

Apanhei o bastão e me perguntei se ele iria comigo.

- Quando você estiver no lugar certo, faça a respiração calma; cante, medite, absorva, sintonize. Deixe seu corpo sentir se há uma mudança no espaço ao seu redor. Entoe fá sustenido. Você sabe como alcançar essa nota. Tem um bom ouvido para música.

- Sei disso –, disse. – Sempre tive.

Ela não respondeu.

A paisagem mudou e o céu tomou conta. Estávamos muito mais alto do que tudo ao redor. Sentamo-nos antes do último lance ao cume. Este era o lugar número 7, o portal? Se José fez isso, eu faria. Simples assim. Os guardiões? Ela trabalhava para eles?

- Verdaguer fez isto?

- Claro. Ele fala que o portal só pode ser aberto pelo amor.

- Eu devo simplesmente caminhar através do portal?

- Seu corpo fica aqui. Sua superconsciência atravessa. Você viaja com seu corpo etérico no plano astral.

Perguntei sobre o bastão.

- Largue-o quando você entrar. Você não precisa de nada. Tudo será perdido. Eu lhe disse.

Lembrei-me de ela falando sobre superconsciência, então seria como fazer uma pesada viagem com drogas alucinógenas.

- Por que continuar fazendo perguntas? Toda resposta que lhe dou só leva a outra pergunta. Entre nisso com novos olhos.

Insisti em saber algo da experiência.

- Mas você não tem controle. Você está lá. Você flui. Não há escolha. Você nunca vai esquecer disso.

A observação me reconfortou; isso me fez pensar que eu estava voltando.

– Quanto tempo fico lá?

– Não muito –. Ela riu. – Senão você não volta para seu corpo –. Foi isso que aconteceu com Lucia?

Quem realmente sugeriu que eu fizesse essa viagem? Parecia ter sido José. Os guardiões estavam por trás disso? Ele percebeu que eles estavam? Eu confiava nele? Até a morte.

Sugeri à Liliane que, em vez de passar pelo portal, eu deveria fazer um teste simples. Eu tinha certeza que os guardiões queriam me levar até o cume e me empurrarem. Não foi isso que realmente aconteceu com Lucia? Então, antecipei-me a eles dizendo que eu me jogaria da montanha e voaria. Esse era o teste.

– Se Deus precisa que eu viva, ficarei pairando no ar. Se não... –, dei de ombros. – Então eu não terei merecido a viagem.

Liliane riu. – Você tem que ter inimigos.

– Por quê?

– É a isso que você está acostumada. Talvez seja com que você sabe lidar.

Não. A própria montanha tinha me pressionado, me agredido, me forçado além da minha capacidade. Sentia-me arrastada nessa montanha, pilhada dos meus sentidos. Não havia talismã ou quadrado mágico na face da terra capaz de me reconstruir.

Um pássaro revoou por cima das pedras e pousou ao nosso lado. Saltando de uma perna a outra, ele recuperava seu equilíbrio. Observava com um olho tudo que estava ao redor e, não sentindo perigo, começou a cantar, um som primitivo, discordante como o pássaro no sonho.

– Ele vem de longe –, disse ela e lhe deu um nome. Era branco, cinza, forte, imenso.

Falei sobre o compositor francês, Oliver Messiaen, e sua música celebrando pássaros, e que ele entendia que os pássaros existiam parcialmente no reino do espírito. Poderia falar para sempre a fim de permanecer onde estava.

Liliane sabia que Messiaen escreveu música sacra em fá sustenido. – Ele escolheu essa escala porque corresponde ao que está além. Você, também, encontrará esse som novamente.

Liliane queria dizer o portal?

Ela se levantou, o que era a última coisa que eu queria e me deu meus casacos acolchoados à prova de frio e garrafa térmica. – Que progresso você fez com a fotografia? Você não a mencionou.

– Oh, não melhorou.

– Você pode aceitar essa época com José? Considerá-la parte de sua vida?

– Eu a observei repetidamente como você me pediu, mas isso não a tornou comum. Mero hábito não poderia fazer isso.

Na verdade, a foto ainda tinha o mesmo poder de quando ela me entregou em Empúries. Aquele momento captado na fotografia não tinha fim; reverberaria para sempre. Nada foi melhor do que aquele momento na foto, então eu a levei comigo; era meu único objeto. Ela estava encostada na minha pele, mas eu não o contei à Lúcia.

– Saunière cavocou, no seu sonho, a terra no jardim para descobrir o símbolo cabalístico do portal? Essa marca indicando onde a visão se apresentara?

A pergunta dela levantou a lembrança do pé raivoso dele e seu grito de surpresa. Eu não queria contar-lhe sobre o jardim. Manteria isso comigo, manteria seguro. Saunière encontrou aquele símbolo místico? Deve ser o que os guardiões queriam saber. Era a terceira vez que ela me perguntava. Atrasar a resposta deveria ser minha segurança, afinal.

Ela apontou para cima. – Levará apenas alguns minutos para chegar ao topo. Carlos Magno faria isso para alcançar o portal.

E um terrível pensamento me ocorreu. – Você irá comigo?

– Não, eu paro antes. Eu não sou sua guia nesse ponto. Seu guia é de outro tempo.

Essa traição estava além de tudo que eu podia esperar. Sem medir as consequências, eu quase corri para o topo, coração batendo, pernas entorpecidas, joelhos doendo. Diminui a velocidade só quando previ o que deveria estar esperando no cume. – Eles –, os contratados pelos guardiões, ouviriam minha aproximação desajeitada.

Mas o território aqui não era para humanos e o medo não tinha lugar. Subi os últimos centímetros na direção do céu, pronta para o que eu teria que encontrar. Não estava sozinha. A cada passo, sentia os símbolos e pequenas descrições de alguns lugares pelos quais tínhamos passado. Sentia seus sons dentro da minha cabeça me confortando. Parecia uma língua de um ser desconhecido, uma fonte maternal, uma grande ursa. Certamente, não humano. Eu não precisava saber o significado ou o conteúdo das palavras, como achei que precisasse. Se as tivesse entendido, teria perdido esta comunicação com o som. "*Yod. Yaveh.*"

O cume estava vazio. Surpreendentemente, era pequeno como uma pista de dança, com trechos de gelo. Tudo era lindo, mas inexprimível. O topo estava contido por todos os lados por um céu azul escuro de crepúsculo com estrelas tão grandes quanto pratos. Senti-me comprimida, como se coberta por uma travessa virada. José fez isso. Eu o faria. Gastara dias na preparação, descascando camadas do passado. O que Liliane dissera? – Não pense antecipadamente. Você tentará se agarrar ao que sabe. Aceite o que acontece. Isso a levará aonde você precisa ir.

E se eu não gostar do que acontece e precisar voltar? Essa não era uma consideração nova. Sentei-me, respirando como tinha praticado, tentando sintonizar com esta fina superfície branca e o imenso céu com estrelas girando em espiral, faixas de luz se arremessando por elas, morrendo. O ar pertencia a outra realidade. Deveria fazer a sintonização dentro de mim mesma, pensei, e surgirá do meu íntimo uma imagem e sairá de mim. Isso será mais real do que tudo que eu conhecia. Agora me prometeram que o guia estaria lá. Eu o seguiria.

O som reconfortante da Mãe Primeva, a celestial Ursa Maior feita de estrelas, feito de batidas como um código, entrou em meus pensamentos. Mudei minha respiração e entoei fá sustenido. Nada aconteceu. Senti-me incongruente, sentada sozinha no cume de uma montanha sagrada. Como era possível entender isso? Eu ri e minhas roupas térmicas inflaram e desinflaram como pulmões. Então os pensamentos começaram: Eles viriam, os assassinos, e me silenciariam. Figuras desconhecidas, na ponta dos pés, pela frente e por trás. Tremendo, eu me envolvi no casaco acolchoado extra e ouvi um chamado animal. Um lobo? Eles comiam humanos? Decidi que estava com medo de lobos. Pensando bem, eu estava com medo de tudo. Sintonizando meus pensamentos, entoei através dos lábios congelados sons que mal lembrava e então desisti. Deveria voltar, pedindo socorro, montanha abaixo.

Será que por eu tentar me levantar, caí como se tivesse sido empurrada, girando e rolando, até deslizar cada vez mais rápido, como num parque de diversões enlouquecido numa queda espiral, e batia nos lados e gritava até que não sobrassem mais gritos? Será que eu havia atravessado para o outro lado da montanha? Sussurrei para Deus e vi a torre à luz do luar, venenosa, zombando. Lembre-se do canto, da oração. E então, à inocente luz diurna, eu estava em frente a um pequeno monte coberto de verde, como um abrigo antiaéreo, com o que parecia ser um orifício. Ao lado, em pé, estava um amigo morto há anos em quem não pensei ultimamente, e ele parecia esperar por mim.

Richard Cobb era uma das pessoas mais especiais e brilhantemente vivas que eu conheci. Professor de História Francesa em Oxford, ele sempre esteve imediatamente interessando em todos os níveis da vida francesa e conheceu pessoas do meu passado, ligadas à história de Rennes-le-Château e Espanha. Vendo-o agora, Richard parecia tão cheio de energia e vida como nunca; e eu o observei ficar mais jovem, depois mais velho, saltando para lá e para cá com jeito infantil. Os saltos pareciam encher demais minha mente e entendi que o orifício no monte verde era o portal. Eu devo ter passado por sua escura entrada pulsante, porque já descia por um túnel curvo com pedras e troncos finos de árvores forrando os lados, lembrando-me da pintura da estação de trem de Perpignan feita por Dali; e, apavorada, abri os olhos e ouvi alguém dizer: – Ela não está pronta –. Determinada ou tola, fechei os olhos, uma ação que era, de fato, parte do processo de soltar e criei a oportunidade para o portal permitir o que vinha a seguir.

A próxima experiência veio rapidamente. Agora sentada em um café, em Paris, diante de José, sabia que eu era muito nova, e também sabia que nunca poderia, por mera lembrança, vê-lo como ele era naquele instante – o brilho negro, bem negro de seu cabelo, a cor oliva vibrante de sua pele e aquela expressão particular em seu rosto que havia sumido anos atrás.

Eu jamais poderia, só por querer, ter recapturado esse lugar, esse tempo. Eu estava lá. Estava no café em Les Halles, em 1956, com seu cheiro há muito esquecido e as grandes xícaras de café lascadas, e Richard estava me transmitindo mensagens pelo pensamento, não por palavras ditas: – Você não teve escolha. Ele estava em todo lugar –. E eu entendi o que ele queria dizer que eu não tive outra opção a não ser largar meu marido, como fiz anos depois, ir para José com as crianças e causar tanta dor. Passei o resto da minha vida tentando por ordem, fazer remendos, e viver com o torturante fato de que, quebrando minha família, havia cometido um erro impensável e assim selado meu verdadeiro destino. Mas agora, Richard estava me mostrando outra realidade.

Então, repentinamente, eu estava presente no quarto de um homem com uma peruca branca de onde um pó se levantava e se assentava em seus ombros. Ele escrevia com uma pena de ganso branca, e eu sabia que era símbolo de um iniciado. Quando ele me ofereceu a pena de ganso, Richard ficou empolgado e disse: – Se fosse você, eu pegaria isso.

Embora presente naqueles lugares há muito perdidos, também sabia que eu estava separada, apenas uma expectadora. Não queria ser dominada pelo lugar, pelas pessoas. Se eu continuasse sentada à mesa de tampo de zinco em Les Halles, olhando para José, para o modo como sua expressão mudava de modo tão carismático mesmo transmitindo más notícias, e ele falando e eu respondendo, eu poderia ficar lá para sempre. Esse pensamento mostrava medo ou esperança?

Mas parece que eu não tinha escolha para onde ia. Depois, eu estava na Finchley Road, norte de Londres, anos depois, e cheguei lá sem aviso, tombando na calçada cheia de pessoas esperando por ônibus. A Finchley não era ainda uma via pública de quatro pistas, só ficou assim nos anos 1970, e havia fileira de árvores dos dois lados e agradáveis cafés com mesas na calçada. Era meados dos anos 1960, outono e estava escuro, e eu voltava para casa, para meu marido e nossos dois filhos pequenos. Meu corpo e minhas pernas eram jovens e leves ao caminhar pelas folhas outonais, úmidas, encharcadas até uma escada de incêndio, que levava ao nosso apartamento atrás das lojas.

Havia visto o filme *Um Homem, uma Mulher*, que ecoava muito claramente meu próprio romance passado com José e trazia de volta toda a grande e terrível nostalgia. Até o ator francês, Jean-Louis Trintignant se parecia um pouco com meu amante. Quando entrei na sala de estar com meu marido e nossos filhos, aquilo não poderia ter sido mais real. Lá estava o tapete barato do qual eu nunca teria me lembrado, desgastado nas bordas, deslocando-se no assoalho. Era exatamente como fora, feito de fibras que eu realmente podia cheirar e tocar. E eles estavam tão felizes, os três. A sala parecia sorrir, e eu parada lá, sabendo que não conseguia desapegar-me de José, que eu tinha que ir ao seu encontro, que tinha que deixar essa doce e inocente sala porque José estava onde a vida estava. Sim, ele estava ao meu redor, em todos os lugares. Até o filme confirmou isso.

Alguns dias eram melhores que outros, mas o cheiro da chuva de primavera trazia de volta toda a minha saudade de José, ou a chuva de outono, ou um vento do sul, ou o cheiro de madeira queimada, que era o pior. Meu corpo sentou-se pesadamente na cama. A tristeza pesava demais para eu permanecer em pé. Inegavelmente eu estava de novo presente naquele quarto, apesar de não querer revisitá-lo. Eu tinha voltado no tempo, ou encontrado esse tempo, ou sido obrigada a reentrar nesse período da minha vida que, de alguma forma, existia em todas as dimensões além do portal. Em todos esses anos desde então, nenhuma vez pensei naquele filme e naquela terrível noite. E meu marido colocou as crianças na cama perto de mim e me disse estar feliz, e eu sabia – como sabia! – que eu era uma traidora e partiria, iria viver com aquele intruso irresistível com quem tive aqueles transcendentes momentos de fusão. Foi o filme que havia trazido de volta todas as memórias que eu tanto suprimi? Havia tomado minha decisão e no processo, preparado tudo definitivamente. Até nessa dimensão astral eu avaliava, fazendo comentários. Ouvi Richard falar bem perto de mim: – Não havia escolha. Essa separação estava com o seu nome marcado desde o momento em que você nasceu.

Imagens, poderosas e inocentemente coloridas, correram em minha direção, inundando-me com suas identidades até que me tornasse parte de cada uma delas. O som de um trem a vapor, a estação de Perpignan; e então tudo desacelerou e eu fui até a janela e José estava lá na plataforma, esperando, mais jovem do que eu me lembrava, com meio sorriso acendendo um cigarro, na concha da mão contra o vento sulino.

Então eu revisitava esses episódios e tomava meu lugar em cada um deles e, sem escolha, era levada para o próximo, e quanto mais recuados no tempo, os episódios eram mais nítidos e mais carregados. José estava sentado em uma cadeira de ferro na minha frente, ao sol do lado de fora do restaurante da estação, bebendo café, vestindo um casaco preto, sua pele tom de oliva, olhos cinzentos, cabelo brilhante, preto e chegando até o colarinho branco. E ríamos e tentávamos esconder as risadas e então ríamos mais ainda e um pássaro cantou ao lado dele. Que língua falávamos? Ouvi o sino da igreja. Percebi que as roupas deles não eram dos anos 1950; não pertenciam nem mesmo a este século, e bastou tocar o tecido para entender que nem as minhas pertenciam. A saia era longa e tocava os tornozelos. Era, sem dúvida, José, mas era muito jovem e belo; suas maçãs do rosto eram altas e sua voz era mais grave, tão sedutora. Ele era um homem gracioso. Disse que precisava voltar a Roma e perguntei se ele me amava. – *C'est le destin peut-être* –, respondeu e segurou minha mão.

E então a mesa do café sumiu e eu estava em outro lugar onde tudo cheirava a terra e humo. Eu queria o homem da estação de Perpignan e a pele para tocar e beijar. Era verdadeiramente requintado e não havia ninguém como ele. Eu tinha que me manter firme. Estava me perdendo. Estava entrando nos pensamentos de outro. Precisava elaborar isso. Era José, mas José não fumava. Pelo menos ele não fumava em Girona. E quanto mais eu era puxada para o passado, tanto mais a existência se tornava real.

Podia ouvir o som da terra sendo cavada; o homem deveria ser forte. Caminhando pela trilha, na escuridão, em direção à torre, o sino da catedral bateu sonoramente meia-noite. Pelo portão do jardim, vi o padre francês cavando fundo ao lado da palmeira real. Ele se inclinou e examinou um objeto e, depois, irritado, arremessou-o de lado. Vi a carruagem da mulher francesa na porta da frente. Então, Saunière me viu, e eu era, evidentemente, uma surpresa. – Achei que era um dia ruim, mas na última badalada você o mudou –, disse ele. Quem ele pensou que eu era? Saunière continuou com a escavação e enxugou o suor do seu rosto.

– Você está cavando seu próprio túmulo? – perguntei.

Ele olhou para mim, avaliando-me: – Aqui os padres eram enterrados, então talvez eu esteja. Chama-se o "Cemitério Negro". Por que você não canta? Eu a ouvi antes –. O ruído de muitos padres se aproximando o fez largar a pá e recuar para trás de uma árvore. Perguntei-lhe o que estava procurando: – Um tesouro?

– Oh, algo maior do que isso.

Eu estava ali; eu era ela, esta pessoa que era eu e ainda assim, não era. Meus pensamentos eram os pensamentos dela. Eu precisava me segurar na minha identidade, senão escorregaria para a consciência dela e seria o fim. Mas me segurar em quê? Eu não tinha ideia da minha aparência ou da minha idade, mas sabia como era sentir, responder, cantar.

Então escureceu e ouviu-se o barulho de um trem, e era sacudida junto com meu jovem amante na sufocante carruagem e sentia o perfume da água-de-colônia em seu cabelo brilhante. Sabia que ele era italiano; indiscutivelmente. Queria saber seu nome. Não era mais José, mas eu continuei ser levada, com ele, para outros momentos, outros lugares, sem escolha. Até a escuridão era deslumbrante. Ele tinha os documentos de Roma. O padre francês ficaria encantado.

– Existe o mal neste mundo –, disse o amante. – Basta você olhar para ele. Ele vem bem disfarçado... – e o barulho do trem levou embora o resto de suas palavras. Vi a catedral; estávamos nos aproximando de Girona.

E uma voz disse tranquilamente: – Não havia escolha.

O jardim estava cheio de damas e cavalheiros de alta estirpe. Eu ouvia a prima-dona começando uma canção de Schubert e vi que o grupo de câmara levara seus instrumentos para a sombra. A cozinha era muito pequena para todos esses preparativos e as garotas contratadas de última hora para servir colidiam comigo enquanto eu misturava a bebida de chocolate. Sabia que o padre a queria perfeitamente misturada. Mais de uma vez me disseram isso. Eu a despejei num copo alto e adicionei uma colher na bandeja. Ao sair para o jardim ensolarado fiquei momentaneamente cega e não o vi. Ele estendeu a mão e vi o anel de padre e as iniciais B.S.

– Somente num cálice dourado –. A voz dele era tão espessa e tão macia como o chocolate. Eu tive que devolver a bandeja à cozinha e pedir à empregada residente um cálice dourado. Ela disse que eu deveria chamar a patroa que, por alguma razão, não estava com os convidados. Ela me deu um avental melhor com renda ao redor da borda, e me olhei no espelho. Certamente, eu era mais bonita que a prima-dona?

– Calvé veio da França –, disse o jardineiro. – Aonde vai o padre, ela vai.

E as garotas deram risadinhas.

– Mas ele vem aqui para esta casa –, disse cauteloso o cozinheiro. – Ele sobe a escada até o muro da cidade, de noite, direto para o jardim e acha que ninguém o vê, que ninguém nesta cidade sabe que ele está aqui.

– Bem, suas intenções não são nada boas. Ele não vem aqui atrás de uma mulher; ele vem aqui atrás de uma torre –, disse alguém, e todos riram.

A prima-dona esperou os aplausos terminarem. Ordenaram-me encontrar a patroa e pedir um cálice dourado. Subi um lance de escada e ouvi soluços. Olhei pela porta e a vi deitada na cama, inconsolável. Desci sorrateiramente e numa prateleira encontrei um cálice de ouro empoeirado e o enchi com o chocolate.

O padre me agradeceu, seus olhos absorvendo meu rosto, meus quadris, meus seios. Ele certamente não estava dando bênçãos. – Seu avental é muito bonito. Quantos anos você tem?

– O que você acha? – eu sabia todas as respostas.

– Dezesseis. Há quanto tempo você é empregada?

Eu era orgulhosa: – Mas eu não sou empregada. Eu sou uma cantora. Canto em concertos por toda Girona –. Observei a prima-dona.

– Posso ver pelo seu olhar que você acha que pode cantar melhor do que ela.

– Ela não consegue alcançar um fá sustenido puro.

– Venha ser minha empregada. Eu vivo na França. Isso lhe fará bem.

E então eu vi meu amado "o italiano", assim chamado, conversando com os músicos e quase derrubei a bandeja.

– Por que você é a empregada? – perguntou o padre.

– Fui convocada. Uma porção de nós foi, aqui na região. Porque madame Maria estava dando esta festa. Há pessoas de Paris aqui.

Percebi que ele estava interessado em mim. Desejaria que meu amado também estivesse. A prima-dona agora atraía a atenção do italiano, e tudo caiu dentro de mim, como se meus órgãos tivessem se soltado. Eu sentia ciúme extremo e joguei a bandeja num arbusto.

– Então você precisa do dinheiro? – perguntou-me o padre pela segunda vez.

– Quem não precisa?

Ele deu uma risada genuína: – Oh, eu gosto de você. Vá preparar outra bebida de chocolate, servida somente num cálice dourado. Com certeza você sabe disso. E eu lhe darei cem francos.

O italiano ainda falava com a prima-dona. Ele precisa amar somente a mim. Passei entre os convidados, entre os músicos, para que meu amado me visse. Seus olhos quando encontraram os meus aliviaram toda dor. Meu amado se desculpou para a prima-dona e veio até mim.

– Encontrarei você na ruela do Chez Beatrice. Sempre encontrarei você lá –. E a mão do meu amor tocou a minha e eu estremeci e vi os olhos do padre francês em mim. Ele não tinha gostado.

– Às onze hoje à noite –, disse meu amado.

Eu iria até a última batida do coração, o último tique do relógio, a entrega definitiva para encontrá-lo. Seus olhos estavam leves e divertidos; ele conhecia meus pensamentos. Então ele viu o padre francês: – Evite-o. Ele conhece o mal. Ele é um servo de Lúcifer.

Os músicos se prepararam para a ária, e a prima-dona foi para baixo da árvore.

– Mas você tem documentos para Saunière –, eu disse. – Ele lhe pagará o que precisamos.

– Toda a quantia? Como?

– Eu os darei a ele.

O padre francês acenou para mim. – Então você gosta do italiano que caminha por Canigou?

– Ele é de Roma e anda por muitas montanhas. Ele se hospeda em Ripoll com o poeta Jacint Verdaguer.

– Sim, eu sei quem é ele. Mas você gosta dele.

– Talvez.

– *C'est le destin peut-être* –, disse ele.

– *Peut-être* –, eu também falava francês.

– Ele toca excelentemente, me disseram.

– No Vaticano –, eu disse, orgulhosa. – Ele me arrumou aulas no Conservatório. Cantarei na França e na Itália.

– Mas você é catalã. Então em que língua você fala com ele?

– Tudo que lhe agrade.

Ele riu, todo o desprazer foi embora.

– Alessandro é muito sortudo.

Não gostei do modo como ele disse "muito".

– Como você se chama? –, perguntou ele, interessado.

– Cecilia.

– Santa Cecilia. Vinte e dois de novembro: santa padroeira da música e dos músicos.

A prima-dona começou a ária que eu conhecia tão bem. Estava superproduzida.

– Você está com ciúmes? – sussurrou o padre. – Por que você não chama os pássaros? Tenho certeza que você conhece mágica. Então, eles cantarão com ela.

Ri e as pessoas se viraram consternadas.

– Então eu farei isso –. Ele olhou para a palmeira. Nada aconteceu, e então o pássaro grande, negro, gordo começou sua risada dissonante e a nota mais alta da cantora falhou e o público ria mais que os pássaros.

– Oh, o que nós fizemos? – disse o padre, transformado pelo júbilo. Ele me deu duzentos francos e delicadamente tirou meu avental de renda. - Lembre-se, eu gosto de chocolate servido sempre num cálice dourado.

Tentei me aproximar de Alessandro, mas fui alçada acima da árvore e vi uma escada de ouro abaixo de mim, com sete degraus e ele, o padre, estava olhando para meu amado. A raiva de Saunière era pior do que a da maioria das pessoas, porque era interna e calculada. Ele chutou a parede selvagemente, a pedra rolou abaixo e ele gritou: - Mas é aqui! - Ele raspou o chão com seu pé demoníaco, avarento, e lá estava o símbolo negro do portal. Alguns padres de Girona disseram que era aqui, mas ninguém o havia encontrado. Aquilo levava ao inimaginável. Até ao futuro. Saunière estava fora de si. A mulher rechonchuda subiu a escadaria dourada e aplaudiu. O padre francês gritou, triunfante: - Aqui está a entrada e a saída para tudo que existe –. Ele me chamou: - Cecilia, você me trouxe sorte.

Então Alessandro caminhou em direção ao padre, e eu queria tanto pará-lo que gritei, como gritei, que Saunière conhecia o mal, mas Alessandro não me ouvia.

A velha estação em Girona ainda estava iluminada pelas lâmpadas a gás agitadas pelo vento da montanha. Este foi o último lugar pelo qual transitei. Eu via no muro em ruínas, desmoronando, que o pôster com a propaganda do chocolate estava rasgado. Parecia reconhecer uma época que fora realmente viva, uma época que de fato havia passado.

4	29	12	37	20	45	28
35	11	36	19	44	27	3
10	42	18	43	26	2	34
41	17	49	25	1	33	9
16	48	24	7	32	8	40
47	23	6	31	14	39	15
22	5	30	13	38	21	46

(LOCAL - QUADRADO)

1. Girona – 34
2. Besalu – 33
3. Ripoll-Gombren – 39
4. Figueras – 44
5. Empúries – 45
6. St Pere de Rodes / Devil's Cave – 20
7. Callioure – 19
8. Perillos – 10
9. Rennes-le-Château – 47
10. Perpignan – 42
11. Mt Canigou – 7

Figura 20.1 A jornada do iniciado no Quadrado Mágico de Vênus, seguindo a constelação da Ursa Maior.

CAPÍTULO 20

Um mês depois daquele dia na montanha, sentei-me com Liliane na estação de Perpignan do lado de fora do restaurante, de costas para Canigou. Estava lhe contando minhas experiências – de que as imagens começaram a vir imediatamente em minha mente, mais claras do que qualquer coisa que já tivesse conhecido e eu conseguia evocá-las instantaneamente. A viagem através do portal fora como um sonho grande demais para minha mente processar. Também era tão inconstante quanto um sonho, e eu não conseguia reter nada. Deve ser como uma dúzia de viagens alucinógenas em uma.

– Mas eu disse que você não teria controle –, ela respondeu. – De qualquer forma, controle não lhe adiantaria. Então agora você sabe que você é um espírito com um corpo não um corpo com um espírito.

Eu disse que eu não sentia mais medo a maior parte do tempo. Talvez porque soubesse que havia não apenas esse mundo, mas muitas existências mais lá fora, aqui dentro – onde quer que estivessem – e me sentia parte de uma vasta rede. Isso me deu vontade de fazer outras aventuras. Sentia-me melhor em tudo. Queria me aprofundar na experiência e a faria novamente, se necessário.

– Mas você não tem que fazê-la novamente.

Percebi que atravessar o portal era uma enorme e privilegiada experiência. Mas só é possível revisitar e repetir o passado, não alterá-lo. Ela disse que estava impressionada com meu entendimento de que os símbolos dos locais podiam ser experimentados. Era uma linguagem antiga, universal, transmitida pelo som vocal que por sua vez fazia as imagens surgirem na mente e depois nos sentimentos e sentidos – entre outras coisas, perigo, alegria e cautela.

Descrevi Alessandro. Ele era José? Talvez fosse uma versão espiritual mais brilhante, mais jovem dele.

Ela riu: – Ele gostaria de ouvir isso.

– Digamos apenas que era o anjo dentro dele –, decidi.

– Vamos em frente com o agora –. E ela colocou a pasta de documentos sobre a mesa.

– No que estou agora? Se é que estou em alguma coisa.

– Ressurreição –. Ela pediu um chocolate quente.

– Por que chocolate? – perguntei. – Ele aparece por toda parte. No passado o escritório principal da empresa de chocolate ficava ao lado de São Sulpício em Paris. Emma Calvé fazia propaganda deste chocolate, e suas pequenas propagandas apareciam na casa de Saunière em Rennes-le-Château, na casa de Marie em Girona, e na residência de Emma Calvé na França. E havia o cartaz do chocolate Torres desbotando na viela em Girona. E Saunière dissera "Eu tomo chocolate somente num cálice dourado." O chocolate faz parte de um ritual?

– Não –, Liliane respondeu. – É apenas coincidência –. Senti que havia mais mas sabia que ela não me daria uma resposta, então tentei chamar sua atenção para reencarnação.

– Claro que aquele homem de Roma, que caminhou nas montanhas com Verdaguer, reencarnou ou reencarnará aqui ou em algum outro reino. Claro que você conheceu José antes. Você mesma sentiu isso muitas vezes, e ele concorda com o sentimento de familiaridade que vocês compartilham. Dessa vez vocês podem trabalhar em algo juntos mas não estar juntos.

– Que trabalho?

– Acho que agora você consegue descobrir –. Ela me deu uma lista de números e palavras exóticas que achei que começavam a próxima viagem.

Perguntei diretamente se o italiano naquela vida prévia fora José, ela suspirou e disse que, para sabermos, teríamos que conseguir que José concordasse a ser levado numa regressão para outras vidas ou compartilhasse aquelas que ele já havia descoberto.

– Mas na Espanha dizem que se você encontra uma pessoa que conheceu em outra vida, faça o sinal da cruz, vire-se e vá embora, e diga que viu um fantasma.

Ela ficou em silêncio, mas senti que sabia a resposta. – Liliane, nesse ponto você está tão entrincheirada quando Fort Knox.

– Tenho certeza que, no que diz respeito à casa da torre, tanto José quanto você tem trabalho a fazer, caminho a concluir. Você não é a mesma garota com voz adorável que servia chocolate quente. Igualmente, o italiano retornaria aqui com diferentes aspectos de várias encarnações anteriores – tais como aspectos de sua evolução espiritual e tarefas necessárias – e com uma linhagem genética diferente. Momentos de sua vida atual podem se ligar com a encarnação anterior, mas apenas se existe trabalho não terminado ou algo para ser endireitado, ou encontrar uma pessoa daquele tempo.

Liliane estava mais interessada que o padre tivesse encontrado o símbolo do portal. Aquilo fazia uma grande diferença para as conclusões que todos tiraram desde então e explicava por que o portal fora fechado com sucesso. Nunca foi destinado a ser conhecido e estar disponível.

– Então apenas Saunière sabia dele?

– Mas é claro. Depois de sua morte, o portal foi permanentemente fechado por ritual.

Ela me mostrou o desenho com números 7 x 7 Quadrado Mágico de Vênus e ligou os locais pelos quais passamos. O resultado foi um desenho. Como ficou? Nada reconhecível. Quando ela o virou de lado, achei que era um animal, um urso, um urso em movimento – uma criatura encantadora, não pesada mas impetuosa.

– Como lhe disse, o quadrado de Vênus está sob a constelação da Ursa Maior.

– O que é a Ursa?

– Ursa Maior, a grande mãe de todas as coisas. A Ursa Maior tem sete estrelas mais brilhantes. Estamos familiarizadas com o número 7. Então não é surpreendente que essa constelação esteja relacionada com a viagem, começando em Girona – que está sob Ísis, Ísis sendo 7 – e terminando em Canigou, número 7 no quadrado mágico. Relaciona-se com a travessia pelos onze locais que levam à entrada, ao portal, através do qual entidades mais elevadas de outra galáxias e eras podem nos abordar.

Eu disse que gostaria de ser sua aluna e trabalhar em outros aspectos e ela pareceu satisfeita. E então, por fim me senti capaz de me virar e olhar para a montanha.

Os efeitos da viagem ao portal não foram, no meu caso, imediatamente perceptíveis. O mais importante, talvez, fosse a voz de Richard Cobb dizendo: "Você não tem escolha." Aquilo certamente simplificou a ambivalência e dor das minhas ações passadas, mas senti que suas palavras se referiam apenas à relação com José e não às minhas ações em geral. Eu estava em maior harmonia com José, e acreditava que, no momento certo, nós nos reencontraríamos. Foi necessário que outras pessoas notassem que eu deixei de ter tanto medo do conhecido, e certamente do desconhecido. Não pensava tanto sobre meu genro, mesmo que os resultados de suas ações ainda estivessem muito evidentes em minha família. Entretanto, surpreendentemente, minha mente estava preenchida com novos projetos.

Eu dei, afinal, à sociedade o que ela precisava? Entendi que a sociedade queria que Liliane fosse minha guia, para saber se Saunière havia encontrado o portal no jardim da francesa. A fim de descobri-lo, ele teve que fazer os membros conhecerem mais sobre suas atividades. A quem ele havia passado essas informações, e quantos ainda sabiam da existência do portal?

Só para conferir, perguntei a uma vidente especializada em regressão a vidas passadas o que ela discernia em mim. Claro que eu queria saber com relação a José. Ela disse que numa vida anterior eu havia sido uma cantora, mas ambiciosa demais para minha cidade natal em algum lugar no Mediterrâneo. Eu fui a Paris e fiz carreira.

Na minha vida atual, estou vivendo num novo tempo. No entanto, às vezes ainda sonho com a velha estação de trem iluminada por lampiões a gás e o vento da montanha sobre o cartaz desbotando de uma época extinta.

Figura 21.1 A torre em Girona sempre voltada para o Norte.

EPÍLOGO

O FIM E O INÍCIO

Desde que o controverso *Santo Graal e a Linhagem Sagrada* foi publicado na década de 1970 em inglês (na década de 1990 em português), os holofotes focam a paróquia da colina de Rennes-le-Château. Milhares de caçadores de tesouro vasculharam a área, mas o segredo de Rennes-le-Château sempre esteve em outro lugar, numa cidade pouco conhecida do outro lado dos Pirineus na Catalunha perto do Mediterrâneo. Como minha guia Liliane disse: – A viagem começa em Girona.

Por muito tempo tive curiosidade sobre o pobre padre francês, Bérenger Saunière, que em 1891, de um dia para o outro, se tornou um homem fabulosamente rico. Nenhuma explicação dava a resposta. Na década de 1890 Rennes-le-Château era uma simples aldeia agrícola labutando por uma existência modesta. Será que o padre havia descoberto lá o tesouro escondido por seus ocupantes anteriores, os visigodos? Ou ele encontrou um estoque de ouro escondido nos anos de 1400 pelos Cavaleiros Templários?

A sugestão testamental de que Jesus não foi crucificado, mas viera à região com Maria Madalena grávida era favorita entre os escritores do *Graal* no fim do século XX. Provas de Jesus morto, Jesus casado, Jesus foragido, trazido pelo mar às praias próximas a Perpignan teriam dado a Saunière material suficiente para chantagear o Vaticano. Ou ele topara por acaso com registros de uma seita exótica e pouco conhecida que usava bruxaria e magia? Havia descoberto a Cabala, no seminário que frequentou em Narbonne? A riqueza aparentemente aconteceu depois da descoberta dos pergaminhos escondidos por seu predecessor, Antoine Bigou, nas colunas do altar de sua igreja em ruínas. Como disse José Tarres: – O que ele estava fazendo não tinha a ver com barras de ouro. Nem com a Igreja Católica.

A natureza deste estranho padre também é enigmática. A cabalista alemã Ingrid disse que ele era originalmente um alto iniciado e rapidamente entendeu que seu trabalho era deixar uma mensagem para a posteridade, uma mensagem escondida em simbolismo. Mas ao longo do processo, ele se sentiu atraído pelo poder e pela abundância material e assim caiu em desgraça. Em termos cabalísticos, ele era *Samael* (o ego obstinado, a força da tentação e rebelião contra o Divino), o qual, disse a cabalista, ele teria entendido.

O achado de Saunière fez com que, depois da sua descoberta em Rennes-le-Château, seu *graal* passasse a ser Girona, e ele não perdeu tempo para ir lá. Em 1891, um trem de uma cidade próxima, Couixa, indo para Perpignan e depois rumo sul para Girona, levava aproximadamente oito horas e uma carruagem e cavalos eram mais rápidos.

Havia quatro coisas que Saunière precisava desta "cidade de passagem" entre a França e Barcelona.

A primeira era o projeto da torre ao lado da Casa dos Cônegos, que ele comprou e na qual colocou a jovem Maria Tourdes de Quillan como senhora da propriedade. Ele precisava copiar exatamente a torre de Girona em Rennes-le-Château e no exato pulsar da energia para ativar o percurso magnético e então marcar o ponto central que antes apenas os iniciados conheciam. A segunda, Saunière tinha que entender e aprender como abrir este ponto central, o que, em terceiro lugar, dependia de ele conseguir os documentos do ritual e o poder para usá-los. Finalmente, para conseguir esse poder ele tinha que fazer a viagem, como os iniciados antes dele fizeram. Ele tinha que trabalhar mental, física e espiritualmente nesse rito de passagem, tornando-se suficientemente evoluído a fim de alcançar seu objetivo.

Saunière sabia que o ponto final estava no pico do Monte Canigou? Que ali era um portal? Que se dizia que o *Graal* em sua forma terrena era um cálice feito do mais elevado material conhecido e que existia simultaneamente em sua forma etérica num reino etérico carregado pela figura conhecida como "a Senhora com o Cálice"? E que esse objeto era uma chave, um ativador, para abrir o portal a outras esferas, outras realidades consideradas incompatíveis e perigosas para qualquer um que não fosse um adepto elevado? Para obter conhecimento de tais assuntos, ele teve que ser apresentado à sociedade secreta, baseada em Girona por gerações. Essa apresentação ele conseguiu, de acordo com as correspondências. Diziam que Saunière possuía, como Bigou antes dele, material de interesse para a sociedade.

Havia outras aberturas do portal em alguns locais da viagem, especialmente em Girona, na casa com a torre, que Saunière estava ansioso por localizar. Ele o havia feito? A sociedade sempre precisou da resposta a essa pergunta. Toda aquela escavação na casa e no jardim da francesa. O padre francês havia encontrado e entendido aquele local e passado a informação adiante para seus financiadores, os Habsburgs? Havia penetrado num portal? Por mais improvável que parecesse, ele, como muito outros, não havia terminado a viagem iniciática.

Então, por que Girona? Como é que essa cidade pouco conhecida guardou o conhecimento que devia ser mantido em segredo por tantos anos e em tal escala? Os iniciados disseram que certos pontos nessa terra possuem força significante relacionadas com as linhas de *ley* e energias, e que nesses locais podiam acontecer eventos extraordinários, impossíveis de ocorrer em outro lugar. Por séculos, Girona abrigara diferentes religiões e práticas místicas – o culto a *Mitra,* a adoração ao Deus Sol, e a adoração a Ísis trazida pelos romanos. Outros cultos e práticas dos fenícios e egípcios chegaram à costa de Girona em *la*

Escala. Dizia-se que Carlos Magno fez aparecer um sinal de fogo no céu sobre Girona, expulsando assim os mouros. No século XII, um centro de cabala foi fundado por uma colônia judaica que existiu na província desde o século IV D.C. O renomado estudioso Gersham Scholem disse que essa Escola de Nachmânides de Girona foi a mais importante da história. Além disso, os gregos tinham chegado quatro mil anos atrás. Girona é certamente um núcleo onde se armazenou uma grande quantidade de energia psíquica. O ritual, junto com seus documentos e artefatos e práticas, fora mantido aqui por uma sociedade oculta, guardando o silêncio necessário através dos séculos. Como José, um dos guardiões recente da sociedade disse – Rennes-le-Château é aqui em Girona. Ela sempre guardou o segredo. É por isso que Saunière veio para cá.

Então o segredo era o Portal – mas o que ele é, na verdade? E a Senhora com o Cálice, a Madalena – que papel representam suas aparições? Quando Saunière entendeu a torre de Girona, ele construiu uma torre par na distância correta em Rennes-le-Château. As torres tinham que ser ativadas de modo a carregar a química do caminho entre e no ponto central do Monte Canigou. Sob essas condições, matéria e espírito são capazes de sair e também reentrar em nossa existência. O fenômeno permite contato com camadas de realidades além de nós, que não estão normalmente ao nosso alcance. Esse ponto pode recuperar o passado existente no plano etérico. Ele pode facilitar e permitir a entrada de outras entidades, seres, conhecimento. A evocação de material do Portal sempre esteve aos cuidados dos adeptos. Em mãos imprudentes, o poder deste processo poderia lançar o planeta em trevas inimagináveis.

A Senhora com o Cálice fora retratada em pinturas catalãs e histórias desde os primórdios dos tempos, e algumas obras de arte medieval ainda existem. Sua finalidade é conferir benefício que não nos é necessário buscar ou pedir. Num nível primário, ela cura. Num nível mais elevado, conduz. Ela sempre entra em nossa atmosfera nas vizinhanças do portal da montanha quando invocada por um grupo de adeptos poderosos o bastante para alcançá-la. Ela poderia ser chamada de guardiã do Portal? No que diz respeito à ultima visão desta figura benevolente em 1976 em Girona, centenas de testemunhas disseram que a experiência foi uma cura divina inigualável e inesquecível.

Diziam que Saunière entendia de cabala. Estava suficientemente preparado para lidar com ela? O material em si era poderoso demais para ele? Estaria apenas buscando obter o cálice terreno do *Graal*? Será que, erroneamente, viu apenas seu conceito literal e não conseguiu entender seu significado simbólico?

José, ao contrário, considerado um iniciado elevado, sente que, à medida que se aproxima o fim de sua vida, deve apressar-se para terminar o caminho traçado há tantas gerações. – Se eu não o fizer –, ele diz, – se falhar, terminarei como Saunière. Tenho que completar o que deve ser completado. O padre não o fez.

Em minha própria viagem, descobri que a sociedade oculta de Girona, no decorrer dos anos, havia sido composta por pessoas profissionais e elitistas, indivíduos de vários setores da vida, com o propósito de manter secreto o material. Somente num passado recente alguns membros acharam que esse material deveria ser disponibilizado a todos. Como disse Lucia Stilman: – Segredos são perigosos. Eles são elitistas –. Membros conservadores reagiram querendo que todo o material fosse entregue ao Vaticano e a sociedade encerrada. De acordo com José, os membros da sociedade finalmente concordaram em mantê-la secreta até que o mundo se tornasse um local mais otimista. – Não vejo que isso tenha acontecido –, ele disse num eufemismo característico.

Sugeriram-me que, depois de terminar *City of Secrets* (Cidade dos segredos) eu deveria seguir a jornada dos iniciados, da melhor maneira que pudesse, e escrever sobre a experiência. Alguns membros conservadores se colocaram ainda mais contra este livro do que o primeiro;

e imaginei – seguindo os passos do poeta catalão Jacint Verdaguer, o abade Saunière, José Tarres, e algumas centenas antes deles – que catástrofe poderia encontrar.

A viagem, em sua forma mais óbvia, é para desprender as camadas de frágil defesa e entorpecimento que a vida incrustou. Ela permite que você seja quem realmente é. A viagem amplia a experiência, coloca-a numa tessitura mais ampla, clamando que o que percebemos e atravessamos não é tudo o que existe. Ela apresenta outro sentido de tempo, especialmente o passado, que podemos pensar como irremediavelmente desaparecido. Mas, como Liliane disse: – Nada é perdido. Apenas nos perdemos no tempo.

Este conceito é inerente a histórias infantis, e as crianças não teriam problema com transformação e portal. Na verdade, alguns anos atrás um grupo de crianças de Girona falava sobre um acontecimento que foi rapidamente descartado como imaginação. Elas disseram que foram levados ao portal da igreja de São Nicolas conhecido como "o portal dos invisíveis". Ali elas aguardaram até serem levadas a uma montanha e atravessarem uma abertura para locais coloridos e maravilhosos. A abertura foi chamada de portal. Em cada caso os pais disseram que foi apenas um sonho e que as crianças estavam dormindo. E então se descobriu que todas as crianças tinham o mesmo sonho. E acontecia noite após noite. Depois, inexplicavelmente, o fenômeno cessou tão repentinamente quanto havia começado.

O que eu precisei durante a experiência do portal? Eu diria, controle. Lembrei de Liliane dizendo: - Esqueça controle. Não tem utilidade lá. Confiança seria um aliado melhor. Confie na consciência superior. Porque se não o fizer, minha amiga, você está perdida.

Quando a desconfiança desaparece, outra coisa ocorre – um sentimento de verdadeira aventura, de lhe ser mostrado o inimaginável, de estar em outras mãos sábias e cuidadosas, de passar num teste, de maravilhar-se com a grandiosidade de tudo visto em outros níveis, ainda que brevemente. No meu caso, no mínimo foi um renascimento.

Depois da experiência, eu estava menos temerosa. Ganhei um sentimento mais profundo de vida e conseguia ver o quadro maior. Pude ir mais fundo em meu trabalho e a experiência me nutria. Pude aproveitar, automaticamente, oportunidades impensáveis antes da viagem. Por vezes senti que, verdadeiramente, nada tinha sido perdido. Em outros momentos, me senti livre. A viagem havia mudado o modo como eu vejo minha vida. Foi um privilégio.

Um tempo depois, por intermédio da cabalista alemã, e às vezes por acaso, falei com outros que fizeram esta ou outra viagem. Parece que existem certos pontos em comum. Além da perda de controle na entrada do portal, as imagens se tornam mais vibrantes. Alguns viajantes, eu soube, foram levados muito mais longe do que eu em esferas antes desconhecidas. Outros ouviram sons inimagináveis. Aspectos intrigantes de suas vidas foram rapidamente compreendidos. Iniciados em potencial obtiveram clareza sobre seu propósito de vida, aparentemente escolhidos para trabalhar aqui na Terra para curar e transformar. Todos tiveram uma sensação de liberdade depois e os habituais dias ruins não duravam mais tanto tempo. Alguns tomaram novos rumos ou se aprofundaram no assunto portal.

Nem todos buscadores que conheço chegaram a um portal, mas a abordagem em si, com o trabalho necessário em cada local, foram benéficos e libertadores. Um ou outro não vivenciou a ressonância com o portal; não conseguiu entrar e sentou-se num estado de meditação. Uns poucos preferiram a transformação da viagem ao desafio do desconhecido do portal. Muitos refizeram a experiência em sonhos.

Antes da minha viagem, nunca ouvira falar de portais ou de pessoas viajando por esse caminho. Estudantes tais como eu sou, efetuam mudanças em si mesmos, ao passo que adeptos, presumivelmente, podem efetuar mudanças em um nível global. Através de sua ressonância eles podem endireitar, num nível superior, um pouco da escuridão planetária. Não fizeram o mesmo os cabalistas na Idade Média em sua intenção de ajudar Deus no aperfeiçoamento deste universo?

Cientistas modernos acolhem o portal em outra direção, examinando--o, buscando entender suas energias e sua estrutura e até corrigindo entradas de portal que deslizaram com o tempo.

A viagem do iniciado é pessoal, não é uma competição. Ela dá resultados e qualidades variados dependendo da pessoa. Verdaguer, por exemplo, tornou-se clarividente e fazia curas e exorcismos, para desgosto da Igreja. Mas por fim, todas as viagens têm uma coisa em comum. Que valor essa antiga prática tem para o mundo hoje em dia?

- O mesmo de sempre –, diz José. – Iluminação.

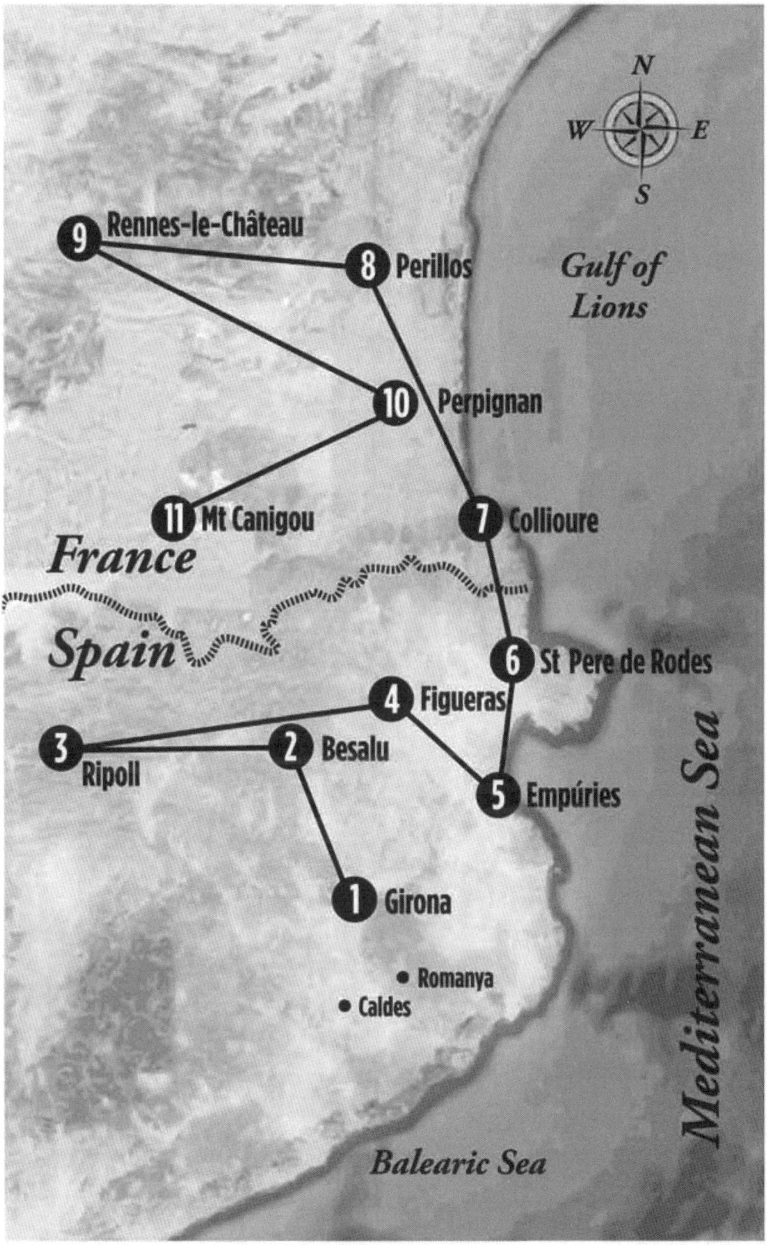

N
W
E
S
Rennes-le-Château
Perillos
Gulf of Lions
Perpignan
Mt Canigou
Collioure
France
Spain
St Pere de Rodes
Figueras
Ripoll
Besalu
Empúries
Mediterranean Sea
Girona
Romanya
Caldes
Balearic Sea

APÊNDICE A

Estágios da Jornada do Quadro Mágico de Vênus

Local	Quadrado	Localização	Atributo	Prática espiritual	Capítulo
1	34	Girona	Portal	Reflexão/	1-9
		Barraca		Indagação/	3
		Jardim da francesa		Renúncia, Pt 1	4-8
		Hotel Centro			8
		Residência Internacional			9
		Beco			9
		Centro judaico			9
		Bar Savoy			9
		Hotel Peninsular			
		Romanya de la Selva	Ponto de descanso	Paz	10
		Caldes de Malavella	Ponto de descanso	Purificação/ Batismo psíquico (para estudantes)	10-12
2		Palera Besalú	Ponto de energia	Entrega, Perdão, Purificação, Batismo psíquico (para iniciados)	13
3	39	Ripoll/Gombren	Ponto de energia	Aceitação	14
4	44	Figueras	Ponto de energia	Silêncio	14
5	45	Empúries	Portal	Recebimento	14
6	20	St Père de Rodes/ Caverna do Diabo	Ponto de energia	Renúncia, Pt 2, Gratidão, Renascimento	14-15
7	19	Collioure	Portal	Transformação	15
8	10	Perillos	Ponto de energia	Abandono, o Vazio	16
9	47	Rennes-le-Château	Portal [?]	Humildade	16
10	42	Perpignan	Portal	Preparação	17
11	7	Canigou	Portal	Redenção/ Iniciação/ Liberdade	17-19

APÊNDICE B

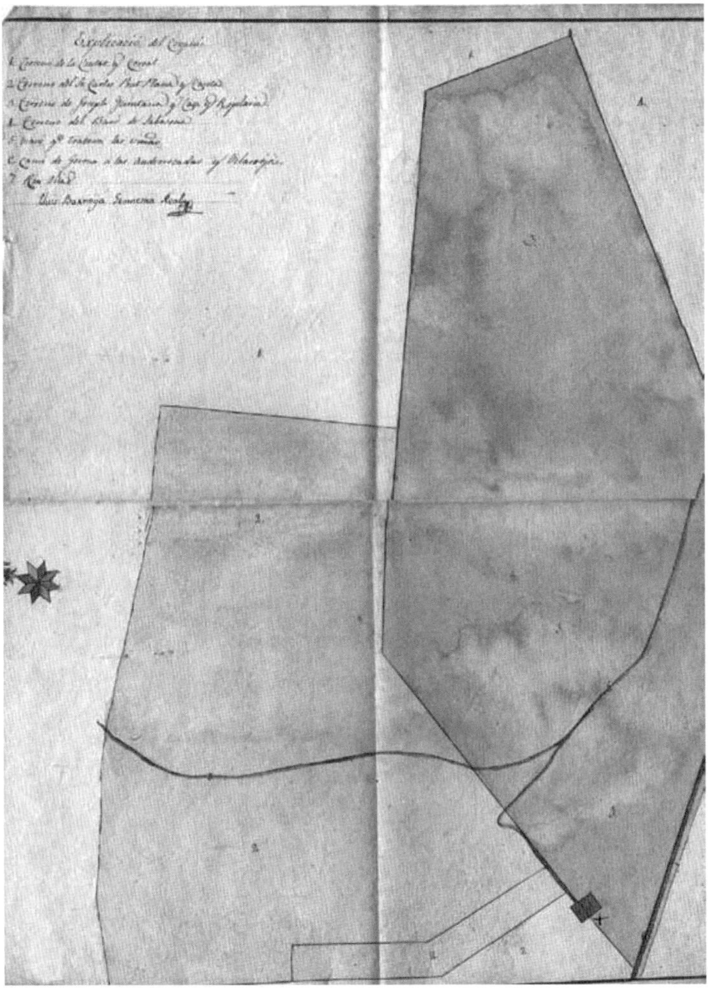

Mapa da terra que a sociedade comprou em Girona por volta de 1830

CRÉDITOS DAS ILUSTRAÇÕES

Patrice Chaplin e o editor gostariam de agradecer a Christopher Murray por sua ajuda generosa na assistência a Sra. Chaplin na preparação para a publicação de muitas de suas fotografias que aparecem neste livro. Agradecemos também àqueles que gentilmente deram permissão para o uso de outras ilustrações, como segue:

Páginas 16, 19, 20, 76, 87, 88, 98, 149, 150, 152, 192, 249, 286 e 304, cortesia de Andrew Gough

Páginas 21, 140, 195, 204, 214, 215, 220 e 240, imagens Shutterstock, LLC.

Página 244, The Stapleton Art Collection/Art Resource, NY

Página 258, cortesia de Roger, M. Erasmy

Página 336, cortesia de Ajuntament de Girona, Girona, Catalunha

Todas as outras ilustrações vêm da Sra. Chaplin ou de outras coleções particulares

Este livro foi composto nas tipologias Adobe Caslon Pro 12pt e Trajan Pro 15pt e impresso em papel offset 75g para a Barany Editora